清华 的风格

谢维和／叶富贵／李珍 著

三联书店

图书在版编目（CIP）数据

清华的风格／谢维和，叶富贵，李珍著. —北京：
生活·读书·新知三联书店，2021.4 （2025.1 重印）
ISBN 978 - 7 - 108 - 07110 - 1

Ⅰ.①清… Ⅱ.①谢… ②叶… ③李… Ⅲ.①散文集 - 中国 - 当代
Ⅳ.① I267

中国版本图书馆 CIP 数据核字（2021）第 038419 号

责任编辑　唐明星
装帧设计　刘　洋
责任校对　张　睿
责任印制　卢　岳
出版发行　生活·讀書·新知 三联书店
　　　　　（北京市东城区美术馆东街 22 号　100010）
网　　址　www.sdxjpc.com
经　　销　新华书店
印　　刷　三河市天润建兴印务有限公司
版　　次　2021 年 4 月北京第 1 版
　　　　　2025 年 1 月北京第 4 次印刷
开　　本　635 毫米 × 965 毫米　1/16　印张 15.5
字　　数　173 千字　图 40 幅
印　　数　11,001 - 13,000 册
定　　价　59.00 元
（印装查询：01064002715；邮购查询：01084010542）

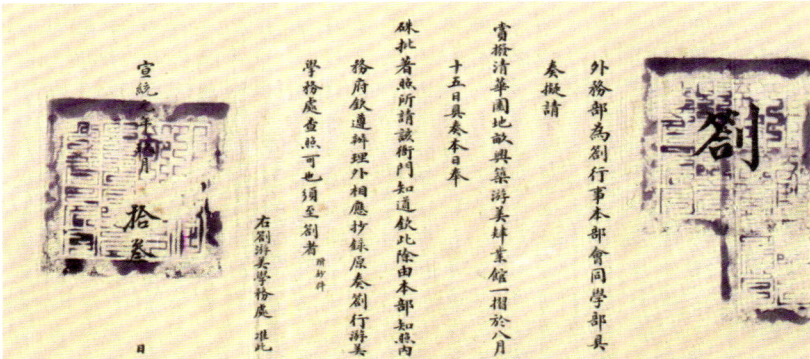

宣统元年九月十三日（1909 年 10 月 26 日）清政府外务部关于宣统元年八月十五日（1909 年 9 月 28 日）朱批赏拨清华园建游美肄业馆的札文

1916 年 7 月 27 日，清华学校校长周诒春为逐渐扩充学程预备设立大学事呈外交部文。
周诒春从三方面申述改办大学的必要性：

一、"可增高游学程度，缩短留学年期以节学费也。"

二、"可展长国内就学年限，缩短额外求学之期，庶于本国情形不致隔阂也。"

三、"可谋善后以图久远也。"

1925 年，大学部招收第一批 95 人进校，称为"一级"。其中包括王淦昌、周同庆、施士元、张大煜、夏坚白、沈有鼎、袁翰青等

国学研究院四大导师

王国维（1877—1927），字伯隅、静安，号观堂、永观。浙江海宁人

梁启超（1873—1929），字卓如，号任公、饮冰室主人等。广东新会人

陈寅恪（1890—1969），字鹤寿。江西修水人

赵元任（1892—1982），字宣仲。江苏常州人

1929 年国学研究院部分学生合影

国立清华大学条例

第一章　总纲

第一条　国立清华大学根据中华民国教育宗旨以求中华民国学术之独立发展而完成建设新中国之使命为宗旨

第二条　国立清华大学由中华民国大学院会同国民政府外交部管理之

第三条　国立清华大学设本科及研究院

第四条　国立清华大学分为若干学系其科目及课程标准另定之

国立清华大学附设留美预备班于中华民国十八年夏最后一期学生派遣留美后裁撤之

第五条

第三章　董事会

（甲）国立清华大学设董事会其职权如左

一　推举校长候选人三人呈请大学院会同外交部择一特任国民政府任命之但在董事会本身以外

呈请国民政府……国立清华大学院会同外交部……

决议下列关于国立清华大学本校……

一　重要章则
二　教育方针
三　预算
四　保遣及管理留学生之方针并其留学经费

（乙）

第六条

（丙）

（丁）

五　通过教育行政以外之其余约缔结

其他关于设备或财政上之重要计划

六　审查下列关于国立清华大学事项

一　校及校务报告

建议清华大学基金之保管机关

……得请该机关开送……基金数目及保管收支情形

二　……由大学院会同外交部聘……

时许……通知董事会……

董事会置董事九人由国民政府院备置董事中至少有一人

项为国民政府院会同外交部……往之此……

决算

第十六条

三　组织及会议

一　课程大纲
二　学生之考试成绩及学位之授与
三　其他建议校董会董事会讨议之事项

国立清华大学教授会以本大学全体教授组织之为董事会成立以前由校长聘之

第十七条　各学系主任由校长商同教务长后聘任之但在校任教为各会员本校成立以前由校长聘之

第廿六条　国立清华大学秘书长由校长一人承校长之命处理全校行政事务

理全校事务

国立清华大学依行政及需用上之需要得分

《国立清华大学条例》（1928 年 9 月颁布）

文学院院长冯友兰

理学院院长叶企孙

法学院院长陈岱孙

工学院院长顾毓琇

留美公费学生名录

第一届 24 人（1933 年）

龚祖同　顾功叙　蔡金涛　蒋葆增　夏勤铎　孙增爵　寿　乐　吴学蔺

顾光复　刘史璜　林同骅　朱颂伟　熊鸾翥　杨尚灼　黄文熙　覃修典

张昌龄　戴松恩　夏之骅　魏景超　寿　标　罗志儒　王元照　徐义生

第二届 20 人（1934 年）

杨绍震　夏　萧　孙令衔　时　钧　温步颐　王竹溪　赵九章　萧之的

殷宏章　汤湘雨　杨　蔚　赵　铸　戴世光　黄开禄　宋作楠　费　青

曾炳钧　张光斗　徐芝纶　钱学森

第三届 30 人（1935 年）

王锡奭　张骏祥　王宪钧　李树青　谢　强　陈振汉　李士彤　龚祥瑞

张宗燧　李庆远　方声恒　王遵明　张全元　潘尚贞　杨遵仪　张宗炳

张信诚　沈　同　薛　芬　李庆海　郭本坚　徐民寿　刘光文　王宗淦

张　煦　钱学榘　钟朗璇　贝季瑶　俞秀文　胡先晋

第四届 18 人（1936 年）

孙晋三　王岷源　朱庆永　林良桐　王铁崖　马大猷　张明哲　武　迟

孙观汉　章锡昌　沈　隽　郑　重　程嘉垕　王兆振　徐人寿　钱惠华

曹松年　张纪正

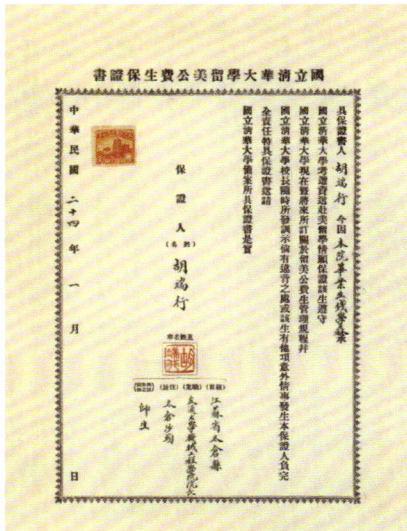

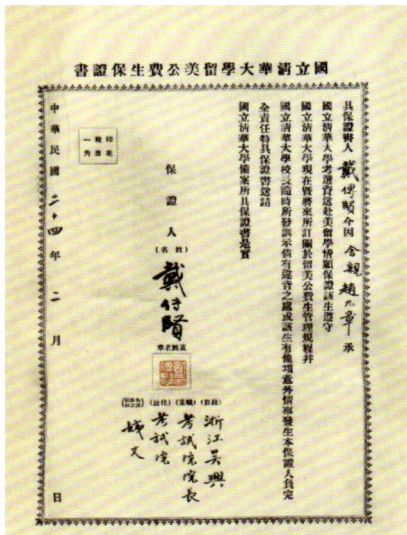

《留美公费生管理规程》规定旨美"公费生录取后，于必要时，须依照本大学之规定，留国半年至一年，作研究调查或实习工作，以求获得充分准备，并明了国家之需要"。这是钱学森、赵九章考取留美公费生的志愿书与保证书

明斋，1930 年建成

新斋，1935 年建成

静斋，1932 年建成

前：善斋，1932 年建成。后：平斋，1935 年建成

1946 年 5 月 3 日，西南联大中文系全体师生在教室前合影。二排左起：浦江清、朱自清、冯友兰、闻一多、唐兰、游国恩、罗庸、许维遹、余冠英、王力、沈从文

结茅立舍　弦歌不断

西南联大学生茅草屋顶宿舍

西南联大校舍遭日机轰炸后的情景

西南联大教师疏散在农村的住所（西郊陈家营）

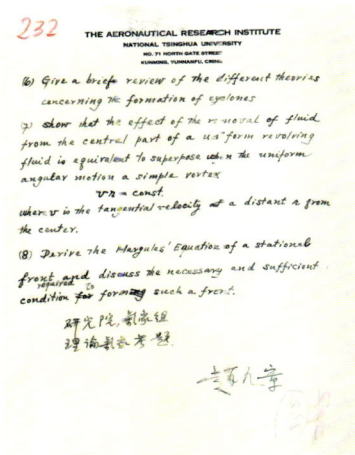

赵九章教授的理论气象考题
（1943 年）

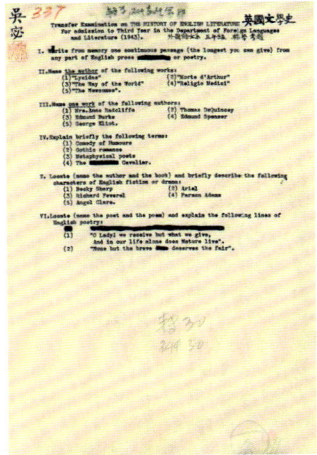

吴宓教授的英国文学史考题
（1943 年）

叶企孙教授批改的李政道电磁学考卷（1945 年）

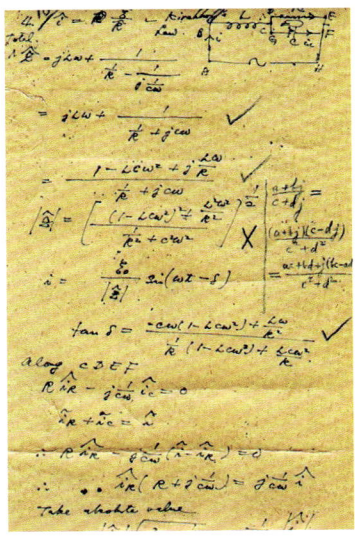

中國人民解放軍第十三兵團政治部 佈告

為佈告事：查清華大學為中國北方高級學府之一，凡我軍政民機關一切人員，均應本我黨我軍院定愛護與重視文化教育之方針，嚴加保護，不准滋擾，尚望學校當局及全體同學，照常進行教育，安心求學，維持學校秩序。特此佈告，俾眾週知！

此佈

政治部主任 劉道生

中華民國卅七年十二月十八日

1948 年 12 月 15 日，清华园获得解放。这是张贴在清华西门的解放军第 13 兵团政治部布告

1950 年 6 月，毛泽东应张奚若教授转呈清华大学师生员工的请求，为清华大学题写校徽，共题写六条"清华大学"，并自注"右下草书似较好些"
（右下角为根据题字制作的教职工校徽）

1948 年 12 月 15 日，毛泽东主席代表中央军委起草关于"注意保护清华燕京等学校及名胜古迹等"的电报

《人民日报》刊登的《关于全国工学院调整方案的报告》

1984 年，经济管理学院成立

1993 年，人文社会科学学院成立

时间	学院	首任院长
1994	信息科学技术学院	李衍达
1996	机械工程学院	金国藩
1999	法学院	王保树
1999	原中央工艺美术学院并入清华大学，更名为清华大学美术学院	王明旨
2000	公共管理学院	陈清泰
2000	土木水利学院	袁驷
2001	医学院	吴阶平
2002	新闻与传播学院	范敬宜
2004	航天航空学院	王永志
2008	马克思主义学院	邢贲思
2009	生命科学学院	施一公
2011	环境学院	余刚

1994 年至 2011 年，清华大学成立或复建的学院

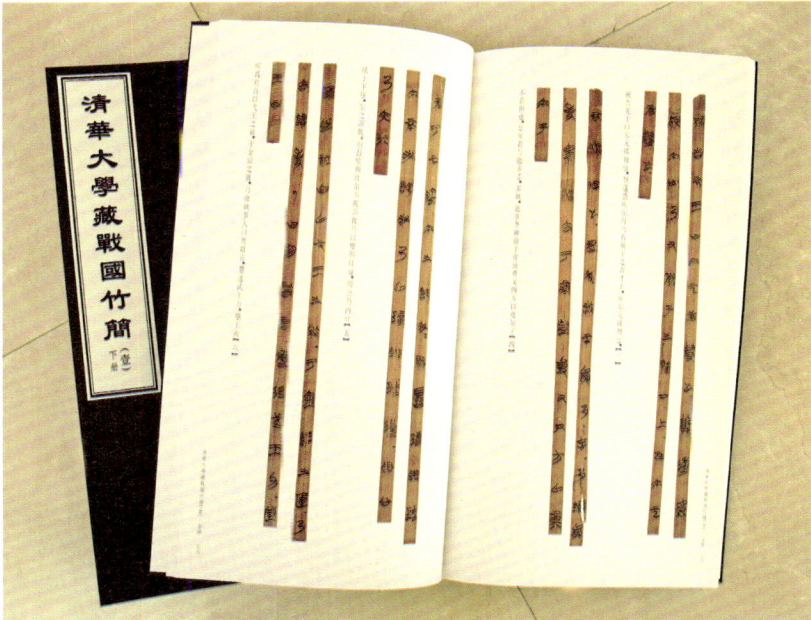

清华简：2008 年 7 月由校友捐赠，清华大学收藏了一批战国竹简，被称为"清华简"。在李学勤教授带领下，研究团队对"清华简"深入研究，不断推出令世人瞩目的成果

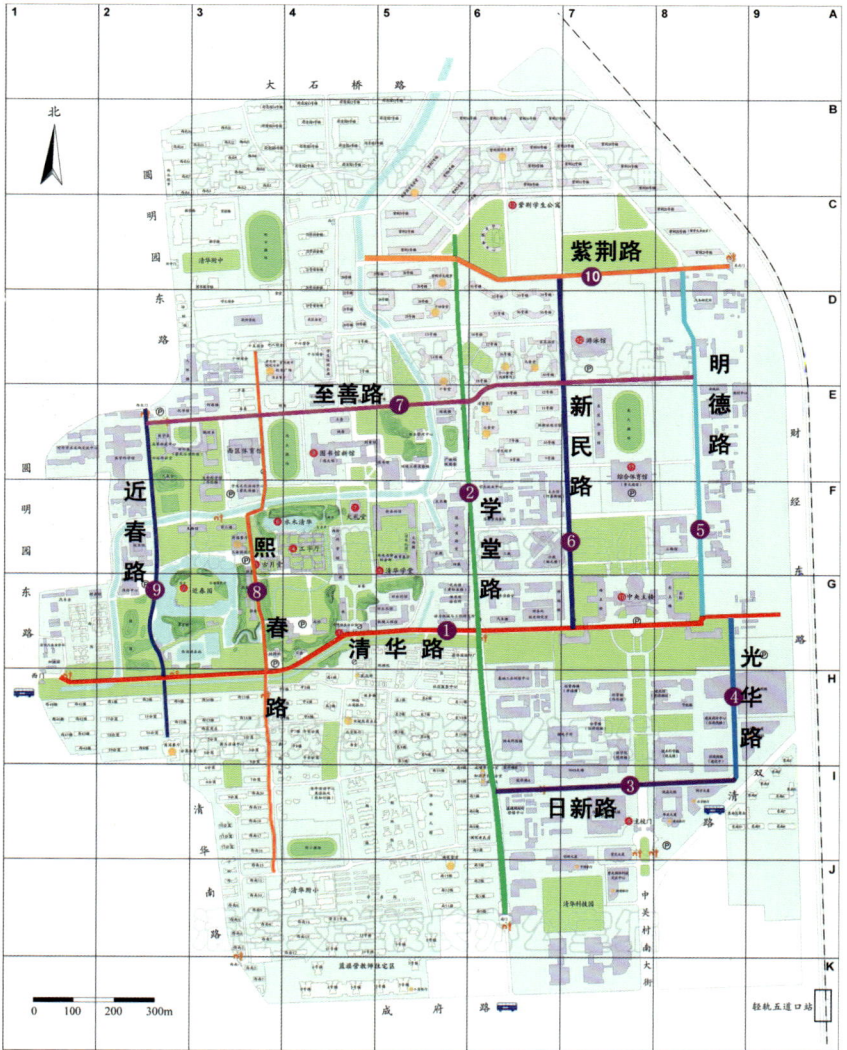

为庆祝百年校庆，学校特举办校园道路命名活动。经过全校广泛征名和八次专家讨论，最终形成了十条主要道路命名方案。这些道路名称是我校办学理念、历史传统、文化积淀和大学精神的集中体现清华：

一个可以做梦的地方！

—— 一位清华人之语

题

记

　　清华大学，在莘莘学子的眼中，是一所享誉中外的一流学府；在社会大众的议论中，是一块人杰地灵的"风水宝地"；在知识界同人的心目中，是一座藏龙卧虎的学术殿堂；在国际友人的印象中，是一张中国高等教育亮丽的名片；在大学研究者的头脑中，则是一个有声有色的教育故事……中西融汇、古今贯通、文理渗透的办学风格，彰显了清华大学的格局，铸就了它的格式，孕育了它的格调。这是一种关系成败的境界，一种决定效率的规矩，也是一种体现特质的品位。这些，就是清华大学魅力之所在，也是本书要说的人和事之所系。

目录

本书以"《大学一解》续貂"作为导言的题目，实在有点不揣冒昧，甚至是胆大妄为。因为，清华大学老校长梅贻琦先生早在1941年，针对中国当时的大学，包括对清华大学的办学，曾写下了著名文章《大学一解》[①]，对大学之道做了充分透彻的诠释，体现了清华大学的办学思想和理念。这篇文章在清华大学的历史上，乃至中国高等教育史上，都已经是不朽之作。本书的写作及导言，不敢有僭越之念，只是希望能够在梅贻琦校长与潘光旦先生思想的启示下，说一点他们已经谈到但尚未展开的想法，以及清华大学后来的发展，特别是20世纪80年代以来的进步，只能算是对梅贻琦老校长《大学一解》的续貂之笔。如果说，当年梅贻琦老校长已经把中国教育的传统经典文献《大学》中"明明德"与"亲民"的观念做了十分透彻的阐释，说明了

① 《大学一解》原载于1941年4月出版的《清华学报》第13卷第1期（清华大学三十周年纪念号）;《读书》1996年第4期上刊载了吕文浩、黄延复先生所作《回顾一段历史》一文，其中提到："一九四一年，潘先生代清华大学梅贻琦校长起草了我国高等教育史上的名文《大学一解》。"

大学培养的目标，并且特别强调了通才和道德的修养；那么，本书则希望可以接着梅贻琦校长对《大学》的阐述，根据当时潘光旦先生初稿中的部分内容，特别是其中强调的修养途径和方法，对大学之道以及清华大学的办学风格，做一些进一步的论述和不完全的介绍。

在潘光旦先生的初稿中，有一段至今都特别值得我们关注的话。他在文章中写道："《大学》一书，于开章时阐明大学之目的后，即曰：'知止而后有定，定而后能静，静而后能安，安而后能虑，虑而后能得。'今日之青年，一则因时间之不足，再则因空间之缺乏，乃至数年之间，竟不能学绵蛮之黄鸟，觅取一丘隅以为休止。休止之时地既不可得，又遑论定、静、安、虑、得之五步功夫？而所谓自我修养者，固非履行此五步功夫不办也。"① 这里所讲的"定、静、安、虑、得"，正是实现大学之道和修养的具体途径与方法。然而，令人遗憾的是，在新的国学热潮中，当人们追捧《大学》一书，甚至"大学之道，在明明德，在亲民，在止于至善"之语在某些人的讲话中已经是张嘴就来的时候，很多人却不知道紧接着"止于至善"的修身之道，更遑论在自身的修养中践行这样的要求。

如今，中国高等教育的体量已经是世界上最大，有着最大规模的学生群体，中国也正在从一个高等教育的大国走向高等教育的强国，为中华民族的伟大复兴而努力。在"知止而后"，这种"定、静、安、虑、得"五步修养功夫的践履则显得格外重要。

清华大学在百十年的办学过程中，始终努力践行着这种"大学之道"的传统，在"行胜于言"的校风中，不断以自己的实际行动和创新，追求着"明明德、亲民、止于至善"的目标，由此逐渐形成了自身的风格。

---

① 潘光旦：《大学一解（稿）》，载《中国近代思想家文库·潘光旦卷》，中国人民大学出版社，2015，第293—294页。在梅贻琦先生的《大学一解》中，也提到了这些修养的方式，但没有展开论述。

大学应该是有"定"的。按照朱熹的解释，这个"定"即为"志有定向"，是一种有方向的定力。这种"志有定向"对大学是非常重要的，也是大学的本质和规律所决定的。它表明一所大学必须明确自己的办学方向，明白"为谁培养人，培养什么人，怎么培养人"的根本问题。清楚自身所承担的责任就是服务祖国、服务人民，以及在培养社会主义建设者和接班人上有作为、有成效，能够为中国的大学争取在世界上的地位和话语权。它意味着一种在学科方向上的选择与定位，以及有所为、有所不为，或者是有所先为、有所后为；同时，它表明了一种坚持和定力。时间是判断一所大学成功与否最好的裁判或法官；而大学的某个决策或举措是否得当，恐怕也需要相当长的时间来检验。所以，大学的治理必须有一种定力，有一种坚守，切不可朝令夕改。

中国传统经典文献《道德经》中有一个说法："重为轻根……是以圣人终日行不离辎重。虽有荣观，燕处超然。"[1] 它比喻人们的言行举止，皆当以重为本，而不可轻举妄动。按照汉代学者河上公的解释，"人君不重则不尊，治身不重则失神，草木之华轻故零落，根重故长存也"[2]。因此，这种"定"实际上就是一种稳重，一种沉着，不慌不忙，谋定而后动。这种定力，也就是一种实事求是的精神和作风，一种对大学之道的尊重。大学切不可轻浮，否则，就会像杨雄所批评的那样，"言轻则招忧，行轻则招辜，貌轻则招辱，好轻则招淫"[3]。所以，如果说"治大国如烹小鲜"，治大学又何尝不是"如烹小鲜"呢！而失重或轻浮，实在是大学的大忌。

清华是一所有定力的大学，是认定了自己的目标，就能够放弃某些诱惑而矢志不移地向前走的大学。21 世纪初，为了推进和加强中国

---

① 参看《道德经》第 26 章。
② ［汉］河上公：《宋刊老子道德经》，福建人民出版社，2008，第 37 页。
③ ［汉］杨雄，《法言·修身》。

文化与世界其他国家文化的交流与合作，中国的高等教育界有一股到海外兴办孔子学院的热潮。许多大学都闻风而动，积极参与孔子学院的兴办。许多国外大学也积极响应，非常希望与中国大学合作，推动本校汉语教学。当然，清华大学也收到了许多国外著名大学的邀约，希望一起设立孔子学院。而且，相关的管理机构也反复动员清华大学更多地参与这个项目，甚至通过主管部门的领导牵线搭桥，希望清华大学成为一个表率。然而，清华在这个时候却坚持了一种具有清华风格的做法。一方面，在经过充分考虑与比较以后，根据学校本身建设世界一流大学的目标，以及学科结构的特点与资源配置的约束，清华大学与英国一所著名大学合作成立了一所非常有特色的孔子学院；另一方面，也十分礼貌且坚决地谢绝了有关领导的善意和若干世界著名大学共同设立孔子学院的邀约，自始至终地致力于办好这一所孔子学院，并且得到了合作大学的高度评价。这是非常不容易的。这种做法在当时甚至受到来自某些领导的压力和批评，但清华仍然坚持自己的做法，并且始终将建设世界一流大学作为自己最重要的目标和任务。

坚定不移地建设世界一流大学，并不是一种托词。清华是这样说的，也是这样做的。早在 1993 年，清华大学就根据中国改革开放的发展趋势与学校的定位，非常正式地提出了建设世界一流大学"三个九年，分三步走"的目标，而且近 30 年来一以贯之。虽然由于财政制度的缘故，建设世界一流大学的"985 工程"与学校的财政年度常常不一致，以致在经费的供给上有时会出现暂时的"断档"。为了保持一流大学的建设不断线，学校拿出多年来积累的"家底"，支持一流大学项目的实施。曾几何时，在社会和政策领域中，世界一流大学建设的声音似乎有些小了，甚至有些人还猜测这个政策是不是会有所变化，清华大学仍然坚持自己的方向和目标不动摇，而且已经初见成效。如今，学校又进一步提出了到2030年迈入世界一流大学前列，以及在2049年前后，即中华人民共和国成立100周年之际，建成世界顶尖大学的既定方向和阶段性目标。把一件事情做70多年，这并不是一件容易的事情。多年来，清华大学的发展几经沧桑，但不管学校的领导如何调整，学科结构如何更新，也无论外部的环境是否变化——虽然清华园里已经是旧貌换新颜——但清华仍然就是清华，"不翻烧饼"，这就是大学的"定"。

大学应该是能"静"的，即有一种宁静或平和的氛围。这种"静"不仅仅是校园的安静，更重要的是朱熹所说的"心不妄动"。它表示大学的一种精神面貌和心理状态。如果说，"定"更多地强调在外部诱惑中秉持自身的方向与目标，那么，"静"则是指克服自身内心的冲动与不安。大学太需要这种宁静了。所谓"静为躁君"的说法，对大学尤为适合。汉代学者河上公在解读《道德经》时也非常深刻地指出，"人君不静则失威，治身不静则身危，龙静故能变化，虎躁故夭亏也"①。面对当今世界的变化无常与不确定性，能够保持一种以静制动、稳中求进的态势，是一所大学的基本品位和境界，也是世界一流大学基本品质的反映。诸葛亮在他著名的《诫子书》中，有一句脍炙人口的名言，"非淡泊无以明志，非宁静无以致远"，讲的就是没有恬静寡欲的修养，就不会有明确的志向；没有宁静的心态，就无法达成远大的目标。其实，大学作为一座探索高深知识和传承文化文明的精神殿堂，作为一处孕育新思想的土壤，作为一个创新的场域，更需要这样一种宁静。中国古代著名的思想家管子对于如何达静以及这种宁

---

① ［汉］河上公：《宋刊老子道德经》，福建人民出版社，2008，第38页。

静与智慧之间的关系有过许多非常深刻的见解，对此孔子也很认同。例如，管子曾经说道："世人之所职（职，主也）者精也。去欲则宣（宣，通也），宣则静矣。静则精，精则独立矣。独则明，明则神矣"[1]；由此可见，如果一所大学缺乏这种宁静，则无异于失去了独立、明智与精神。他还说，"人能正静者，筋韧而骨强；能戴大圆者，体乎大方；镜大清者，视乎大明。正静不失，日新其德，昭知天下，通于四极"[2]；"心静气理，道乃可止。……修心静音，道乃可得。道也者，……人之所失以死，所得以生也。事之所失以败，所得以成也"；"静则得之，躁则失之。灵气在心，一来一逝，其细无内，其大无外。所以失之，以躁为害。心能执静，道将自定。得道之人，理丞而屯泄，匈中无败。节欲之道，万物不害"[3]。而著名儒学大家梁漱溟先生也特别希望年轻人能够静心地思考自己的志向。他在《欲望与志气》一文中说道："在这个时代的青年，能够把自己安排对了的很少。在这个时代，有一个大的欺骗他，或耽误他，容易让他误会，或让他不留心的一件事，就是把欲望当志气。……越聪明的人，越容易欲望，越不知应在哪个地方搁下那个心。心实在应该搁在当下的。可是聪明人，老是搁不在当下，老往远处跑，烦躁而不宁。所以没有志气的固不用说，就是自以为有志气的，往往不是志气而是欲望。仿佛他期望自己能有成就，要成功怎么个样子，这样不很好吗？无奈在这里常藏着不合适的地方，自己不知道。自己越不宽松，越不能耐，病就越大。所以前人讲学，志气欲望之辨很严，必须不是从自己躯壳动念，而念头真切，才是真志气。"[4] 清华校友、国家主席习近平也非常明确地指出："高校应该成为使人心静下来的地方，成为消解躁气的文化空间。

---

① 参看《管子·心术》。
② 同上。
③ 参看《管子·内业》。
④ 梁漱溟：《欲望与志气》，载《教育与人生》，当代中国出版社，2012，第270页。

教师要静心从教，学生要静心学习，通过研究学问提升境界，通过读书学习升华气质，以学养人，治心养性。"① 由此可见，大学并不是一个凑热闹的地方，也不是一个赶时髦的地方，它是一个安安静静地做学问的地方，是一个'传道、授业、解惑"的神圣的地方。

在清华园里，曾经有一种非常强烈的声音：学校里参观游览的人太多了，熙熙攘攘地太闹了，严重影响了学校师生员工的学习与工作，扰乱了学校的环境和正常的秩序……的确，随着清华大学声誉的提高和社会影响力的不断扩大，以及人们对清华的向往，每逢节假日，清华园内参观的人总是络绎不绝，甚至是人声鼎沸，的确有些喧闹。当然，清华大学是中国人民的大学，应该向社会开放，并激励青少年努力学习。可校园宁静也是非常必要的。对此，学校制定了对团队参观的预约制度，并规定了参观人数的限额，以维护校园的秩序与安宁。

但是，大学的"静"，更多的应该是一种精神和心灵的宁静。许多来清华开会、办事，或者参观的人或许都没有注意到，在清华园的道路上，平时很少能够看到高悬在头顶的大红横幅。殊不知，这也曾是清华的一景：在学校教学区的主干道上，一条接一条的横幅密密麻麻，好像商场的招商宣传广告一样。这些横幅常常是大红色的，给人一种非常强烈的视觉刺激，让人心情十分躁动，因而也引起了许多师生的反感和吐槽。对此，学校领导曾经专门对此事提出了要求，原则上不允许在校园里挂这样的横幅。别看这样一件小事，它却反映了学校的办学理念和风格，也是大学建设之道。当然，这种精神与心灵的宁静更多地取决于学校对教师与学生的尊重与信任，以及学校的管理文化。清华大学人文学院有一位名教授在评价学校管理时曾经说过这样一句非常有趣的话：'不扰民。"他指的就是学校能够给教师们充分

---

① 参看 2016 年 12 月习近平在高校思想政治工作会议上的讲话。

的信任，没有那么多的大会小会，以及各式各样的表格，或者是今天一个文件，明天一个政策，等等。教授们有充分的自主权和宽松的环境安心地从事自己的教学与科研。这实在是一个相当高的评价。其实，它就是大学的"静"。

大学也应该是能"安"的。按照朱熹的说法，这种"安"指的是"所处而安"，即能够安心地做好自己本分的工作，可以心无旁骛地从事自己钟爱的专业与学术研究，学生们也都能够专心致意地投身于学业之中。这是"定""静"而后的一个更高的阶段，也是大学本身应有之义。当然，这种"安"并非不思进取，更不是一种犬儒主义的态度，而是一种"不惑"的境界。唯有心中不惑，方能做到安心。对此，著名儒学大师熊十力先生曾经对《大学》中的这个"安"做过一个非常精彩的解释。他认为，"安"属于"止"的范畴，即明确知道自己的目标，基本含义是："收摄精神，不令弛散，此时心地炯然，不起虚妄分别。"①这正是一种做事的状态，而且是一种做大事、做成事、有创新之态。如果借用《道德经》第四十八章中的话，这种"安"的状态或境界，也就是所谓的"为学日益，为道日损"。说得通俗一点，就是读书和吸收新的知识，应该是做"加法"，注重不断的积累，而且是多多益善；而真正要安心地做高深的学问，做出比较好的成就，以及达到一种较高的境界，则必须做"减法"，即不断地去除自己心中的各种非分之想和功利性的欲望，不要有太多的想法，进而能够集中精力。不难发现，在各种各样的体育比赛中，尤其是在比赛的关键节点，一些运动员的动作常常会变形，不能正常地发挥自己的水平，以至于失去了一些很好的机遇，其重要原因之一就是彼时彼刻的想法太多。在今天的信息社会中，这种"安"显得尤为重要。

---

① 熊十力：《与池际安》，载《十力语要初续》，岳麓书社，2013，第39页。

我们在互联网的世界里不能总是像美国学者尼尔·波斯曼在《技术垄断》中所说的那样"躲猫猫"，而需要有一种"凝视"。它是一种持久的关注，一种连续的热情、关切与思考。而一所大学，也包括一个学者，必须能"安"，学会做减法，做自己擅长的事情，做自己专业的工作。

这种"安"是清华大学所面临的一个非常严峻的挑战。众所周知，清华大学已经是享誉世界的一所名校，具有较高的社会声望——这当然是一件好事，但也是清华大学的一个纠结。因为，正如物理学中的"虹吸效应"一样，如果一所大学办得比较好，有非常高的学术地位和社会声誉，周围的很多资源往往会主动地向这所大学聚集，资源方会热切地希望与这所大学合作。对于这所大学及教师来说，在这种"虹吸效应"中保持一个清醒的头脑，拒绝一些诱惑，自觉地根据学校的规划和重点目标，以及自己的专长与优势，有选择地与之开展合作，真的是一个蛮大的挑战。如果是来者不拒，多多益善，那就坏事了，甚至最终很可能是鸡飞蛋打，一事无成。清华大学面对的正是这样一种境遇。过去在学校工作的一位领导就曾经表示了这种忧虑，他非常担心有些院系和研究所，以及有些教授，不加选择地与他人合作，造成学校不堪重负，甚至是虎头蛇尾，出现一种"虚胖"的现象。为了避免出现这种现象，学校对各个院系和研究所与校外企业或部门，包括国际的合作，有着非常严格的条件。所有的校外合作都必须经过一定的学术和管理部门的审核。根据不同的条件和标准，有的合作项目只能冠以院系的名称，不能随便使用"清华大学"。同时，所有的合作项目都有严格的时间限制，通常是三年。如果要继续合作，必须通过必要的评估程序。即使有很大的资金投入，如果与学校或院系的学科方向不一致，也很难立项。近年来，清华大学正在逐步地做减法。一度是清华品牌的某些著名公司，如今都已经与清华大学脱钩。而且，清华大学还对社会上某些挂着"清华"名称的机构和单位，进行了合法的清理。

为了进一步实现这种"安"的状态和境界，清华大学还率先对学校的学术评价制度进行了改革。在清华，并不是发表的论文越多越好，也并非科研项目和经费越多越好，关键是看你的研究有没有创新的价值，对国家及行业有没有什么特别的贡献，能不能解决社会经济科技发展中"卡脖子"的关键问题；看你有没有创新价值的"代表作"，有没有关系到国计民生的重大项目，能不能产生影响民族文化发展和人类发展进步的重要思想，等等。某些项目虽然也有一定的价值，但如果不符合清华大学学科发展规划与目标的要求，也很难得到学校的认可。在 21 世纪初，学校为了引导教授和科研人员集中精力做大项目，明确提出多少百万元以下经费的项目不列入考核评价的范围。让专业的人做好专业的事，集中精力做好人才培养，这就是清华的"安"。

大学应该是能"虑"的。这种"虑"，当然是一种思虑，以便于能够像朱熹所说的那样，"处事精详"。这种思虑的水平也正是大学重要的质量指标之一。换句话说，大学应该是一个出思想的地方，大学的教授应该是最能够想事的人，大学生就是要学会思考的能力。美国哈佛大学的一位校长也引用一位美国艺术与科学院院士的话，强调大学的目标就是培养大学生理性思考的能力。

其实，大学不仅是一个有思想、出思想、能思想的地方，更重要的是，大学应该是一个能够反思的地方，而且是一个能够教人反思的地方。中国古人所讲的"人贵有自知之明"，说的就是这个道理。对个人是这样，对大学也是这样。一所优秀的大学，就是能够不断进行反思的学校，它必须不断地检讨自己的所作所为，从中汲取经验和教训，进而在不断的反思中持续地进步和创新。为什么一个国家能够给予大学充分的办学自主权，允许大学有高度的学术自由，甚至大学的教师可以不坐班，重要原因之一就是相信大学是能够坚持反思自身，并且能够在反思中产生更多的自觉和更大的自律。

需要进一步辨别的是，《大学》中关于修身的五步功夫为何说的是"虑"，而不是"思"，这可是有讲究的。中国传统经典《黄帝内经》中就有一个非常好的解释，在黄帝内经的《灵枢经·本神篇》中，有这样一段话，"所以任物者谓之心，心有所忆谓之意，意之所存谓之志，因志而存变谓之思，因思而远慕谓之虑，因虑而处物谓之智"[1]。由此可见，虑与思还真是不一样的。质言之，"虑"更多强调的是一种着眼于长远的思考，一种未雨绸缪的思维方式，一种对民族与国家前途的忧患意识，一种建设取向的批判性思维，也是一种力求探索世界和事物发展规律与发展趋势的思维。这恰恰是大学的使命。因为，大学与社会上其他的行政机关和企业不同的是，它对社会的责任常常不仅是一种现实的委托，更多的是一种预期的委托，一种对未来的责任和担当。

在清华园里，有一个常常让人们感到新奇的现象，那就是定期举办的教育教学研讨会和科研讨论会，它们并不是一两天的热闹，而是长达半年或一年的讨论、交流与思考；它不是一次简单的头脑风暴，而是一种持续反复的讨论和思考。而且，每次的研讨会，都有专门的议题，有不同形式的交流，有各种各样的学术报告，等等。在这样的研讨会上，人们经常会思考一些比较基础性的问题，例如，究竟什么

---

[1] 大意为：担任生命活动的叫作心，心中怀念叫作意，意念的所存叫作志，根据志而随心衡量变化叫作思，思考由近至远叫作虑，认真考虑而后毅然处理事务叫作智。

是学科，世界一流大学的含义是什么，大学教师是什么样的人，大学的资源应该包括哪些内容，清华大学如何培养世界最顶尖的人才，等等。清华大学当然是倡导行胜于言的，但务虚会也是每年的规定动作。在建设世界一流大学的过程中，清华大学越来越清楚地认识到，具有独特性与引领性的办学理念是世界一流大学的基本内涵，而缺乏思想的大学绝不能成为世界一流大学。需要指出的是，由于20世纪50年代初中国高等教育领域的院系调整，清华大学的基础学科，特别是文史哲、数理化与经济等都调整到北京大学，由此成为一所多科性的工业大学。这种变化多多少少对清华大学的办学领域和评价导向产生了一定的影响。但清华人对这个问题是清醒的，当时不仅非常睿智地保留了数十万本非常珍贵的人文社会科学图书，而且也在不断自觉地反省自己的发展。老校长顾秉林院士在中文系老主任徐葆耕教授的追思会上曾经非常坦诚地说道："徐老师还指出'清华精神'中也有突出的弱点，这就是'形而上'思维的贫乏。徐老师说，回顾清华90年的历史，虽然学术巨人和科学巨人林立，但对本世纪发生重要影响的思想家甚少。我想，对于这个问题或许会有不同的看法，但从继承和弘扬清华精神的角度来看，这一问题的确是需要引起我们高度重视的。在我看来，清华在未来的三五十年内能否为世界提供卓越的思想巨人，是清华能否成为世界一流大学的关键所在；而思想巨人的产生又有赖于自由和创造的思想氛围。过于急功近利的办学思路会不可避免地抑制创造性的培育。"[1]实际上，早在20世纪80年代，清华大学就已经着手恢复文科的工作，进一步加强思想文化的建设，而且特别重视基础文科的发展。到目前为止，一大批思想文化建设的成果已经极大地促进了中国优秀传统文化的创造性转化和创新性发展。清华文科的地位和影

---

① 参看2010年3月30日顾秉林校长在徐葆耕教授追思会上的讲话。

响力已经逐渐进入国内大学的前列，并且在国际上产生了相当的影响。

清华大学重视校史的研究和校志的建设，并且持续不断地进行修订与完善，体现了大学之"虑"，以及学校对自身办学的反思。在清华大学的档案馆和图书馆里，保留了自 1908 年起始的学校档案，以及自 1914 年起始的《清华周刊》；从 1919 年开始，就有了第一本《清华一览（1919 年—1927 年）》，而且，自始而后还有《国立清华大学一览（1930 年—1937 年）》《清华大学一览（1959 年—1965 年）》，以及《清华大学一览（1984 年—1994 年）》，等等。类似于《清华大学史料选编》一类的材料更是连续不断。而学校在 2001 年集中力量编撰了清华校志以后，2011 年又重新出版了校志的修订版。这种修志的工作对于大学而言是一件非常重要的大事，而且都是由学校的主要领导担任主编，其他学院领导基本上悉数参加，共同讨论。它并不是简单的流水账，而是要对以往的工作做一种评价和判断，放大点说，甚至有点所谓"盖棺论定"的意义。当然，它本身就是一次反思的过程，是对学校工作进行系统总结的思想活动。正因如此，清华大学的校史馆恐怕算得上清华园最重要的建筑之一了。它坐落在清华园的核心地区，紧邻学校的新清华学堂，整个设计和装修庄重大气，也是去清华参观的打卡之地。这种对校史校志的重视和反思确实是不常见的，它也是一流大学的基本标志之一。清华大学能够有今天的成就和地位，恐怕与它重视校史校志，能够经常性地反思自身，有一定的关系。

大学必须是能"得"的。这里的"得"并不是说大学经过"定、静、安、虑"之后，就能够有所收获和回报。当然，这种修身之道自然会促进大学的发展和提升大学的地位。然而，按照汉代学者郑玄《大学》中的解释，这里的"得"指的是一种"得事之宜也"，简言之，即"得体"。它指的是一种适宜、合理的做人做事的方式，是人们在言行举止、仪容与服饰等方面都能够做到与自己的身份和时空相称，能够言行得当、恰如其分。用现在的话讲，则是能够在做人做事中把情、理、法三者统一起来。所以，作为五步功夫之最后一步的"得"，强调的是在经过"定、静、安、虑"以后，才能够达到一种得体的境界。这当然是一种为人的很高的品位，也是一所大学和一个大学人应该达到的境界。这种"得"或"得体"，首先反映的是一种秩序，一种"礼"。一个人能否得到社会和他人的尊重，并不在于他的地位与富贵程度，而更多地在于他的言行举止是否得体；一所大学能否获得社会的赞誉和学术界的认可，也并不在于这所大学有多少钱，发表多少论文，拿多少大奖，等等，而是看这所大学的办学模式是否得体，这所大学的师生员工的言行举止是否得体。通俗地说，大学就是要有书香之气，校园就应该是草木葱茏，教授也要有教授的"道貌岸然"，学生就要有"才子佳人"的气质，等等。《诗经》中所谓"敬慎威仪，维民之则"讲的就是这样一种得体。按照古人的解释，"有威而可畏，谓之威。有仪而可象，谓之仪。君有君之威仪，其臣畏而爱之，则而象之，故能有其国家，令闻长世。臣有臣之威仪，其下畏而爱之，故能守其官职，保族，保家。顺是以下皆如是，是以上下能相固也"[①]。所谓的"师道尊严"就是如此。

在大学里，例行的毕业典礼就是"得体"的重要形式之一。学校领导和学位委员会的教授们穿的是深色的学位服，戴的是特殊的学位帽，正襟危坐在前面；台下的博士与硕士们则穿着不同色彩和式样的学位服。而授予学位的过程则是充满了一种隆重的仪式感：每一个毕业生在正式授予学位之前，学位帽上的帽穗是挂在右前侧，大家按照

---

① 参看《左传·襄公三十一年》。

一定的顺序，依次走到校长面前，恭恭敬敬地弯腰鞠躬，低下头，让校长将帽穗拨到左侧，然后从校长手里双手接过学位证书，拍照，再一次给校长鞠躬……有些大学的学位授予仪式还有音乐伴奏，毕业生甚至需要半跪着恭接校长授予的学位证书。这个仪式是必需的，也是得体的。它能够给毕业生一种崇高感，一种学术的尊严，以及一种生命的升华。

需要进一步说明的是，这种"得体"的含义，不仅仅是一种"礼"，它还包含了"礼之用，和为贵"的意思。也就是说，不仅有一定的制度和规矩，而且这些制度和规矩的实施还很适当与合理，能够得到大家的接受和欢迎，不会导致人们的对立和反感。它是一种有约束力的规矩，但它的实施又能够让人感到无拘无束。对此，朱熹在《小学·稽古第四》中说道："故君子在位可畏，施舍可爱，进退可度，周旋可则，容止可观，作事可法，德行可象，声气可乐，动作有文，言语有章，以临其下，谓之有威仪也。"显然，这样的制度和规矩也是最有效的。中国故宫博物院里，珍藏着清朝乾隆皇帝悬挂在自己寝宫养心殿中的一幅画，画的是一名年轻人，恭恭敬敬地伫立在书桌一旁，倾听一位耄耋老人的告诫。画面本无特别，点睛之处却是画面右上角乾隆皇帝的御笔题词："是一是二，不即不离，儒可墨可，何虑何思"；该画也因此而得名《是一是二图》。当然，其中的寓意是非常深刻的，它恰到好处地反映了一种"得体"的要求，包括在治理国家、为人处世等方面所做的也恰到好处。

更重要的是，这种"得体"是一种思想和精神的合理性。它体现的是一种真正的文化品位，是一种人文主义的精神。按照法国思想家托多罗夫关于人文主义的说法，这种思想与精神的"得体"指的是：

承认世界上所有人拥有平等的尊严；将其他的所有人视为自己行为的终极目的；人们的所有行为都应该出于自由选择。而这种"得体"对大学尤为重要。

在清华大学，工字厅的安排与使用是非常得体的。作为早年清代皇家的王府，在经过适当的扩建和修缮以后，至今仍然保存完好。其前、后两大殿中间以短廊相接，俯视恰似一汉字"工"字，故得名"工字厅"。庭院中既有曲廊萦回、雕薨绣槛之景，又有水磨砖墙、清瓦花堵之姿。朱栏画栋之内，一座座独立的小套院相互勾连，水杉、石榴、海棠、樱花、松柏等一干花草树木欣欣向荣，禽鸟穿梭其间，相映成趣，令人更觉清幽异常。这座有着 300 多年历史的古建筑，如今已经成为学校的决策之处，成为清华接待中外来宾的场所。它背靠风光旖旎的水木清华，左傍清华大学最早的建筑群，右接古色古香的古月堂和秀丽的荷塘，前方是一片郁郁葱葱的百年古树林。这里，曾经是学校的音乐室，也做过教师的阅报室，还曾经是一些教师的宿舍。1924 年印度著名诗人泰戈尔访问清华大学时，就下榻工字厅。在工字厅大门前，蹲守着两尊威武的石狮子，咸丰皇帝御笔题写的"清华园"的匾额，横挂在大门上方，真有一种"文官下轿，武官下马"的威严。将这里作为学校的核心所在地是最得体的。[①] 因为，工字厅已经不是一座普通的建筑物，甚至不是一处简单的历史建筑，它承载了清华大学的历史与过去，浸润和体现了清华大学的文化传统，成为清华大学的象征，一个不可替代的文化符号。对于外国友人来说，它甚至是中国优秀大学的代表符号。[②] 一所具有历史的大学似乎都有某个代表性的

---

① 根据钱锡康先生介绍，1952 年以前，清华大学没有校长办公室。蒋南翔 1953 年到校后，于 1953 年 1 月 15 日第一次校行政会议上通过设立校长办公室，由解沛基担任首任校长办公室主任，即在工字厅办公。工字厅是在蒋南翔到校后变为校机关办公用的。1953 年挂上了"为人民服务"的匾额。
② 当年法国总统萨科齐访问清华大学时，点名要在工字厅与清华大学校长见面。

建筑作为学校的象征或文化符号，它是人们对这所大学所有认知和记忆的载体，是学校师生员工的自豪和骄傲，代表着学术的尊严与知识的地位。这也是世界上许多著名大学共有的一个特点。这是必须有的，是一所大学应该有的代表性文化标识。

大学中的"得体"不仅在于有代表性的建筑物，更体现在精神与素养中。在清华园的历史长卷中，你可以看到一大批衣着不同，却一望便知是教授的人。不管他们的穿着如何，都遮掩不住他们横溢的才华，那种让人肃然起敬的儒雅，那种能够耳濡目染的风度，一看就知道是有一定文化素养的知识分子。今天的清华园里，这样的教授也不在少数。无论他们穿的是对襟的汉服还是西装，甚至是十分简朴的 T 恤，也不管在什么地方，你一看就知道他们是学者。这就是"得体"。

大学的"得体"最根本的是教育方式符合教育规律。对学生的处分方式就是一个例子。从严格管理和教书育人的角度，学校需要对那些有过失的学生进行处分，这是必要的，也是正常的。在清华大学，有一个专门的规定，叫作《清华大学学生纪律处分管理规定实施细则》，一般而言，清华大学对学生的处分都有一个期限，在处分期内，当事学生是没有申请奖学金资格等权利的。一旦处分期结束，处分自动撤销，学生也就恢复了他所有的权利，但他受处分的材料仍然留在档案中。这对于他未来的发展是十分不利的。所以，根据教书育人的原则，本着有利于年轻人成长的目的，学校在学生纪律处分的文件中，还有一个很重要的条款：对有记过以下处分（含记过，但不包括学术不规范的处分），并且已经撤销处分的学生，如果能够很好地改正自己的错误，并且有出色的表现和突出的成绩，则可以在毕业前有一个申请撤除处分的机会，经过必要的程序和得到批准后即可以将处分决定从学生的人事档案中撤除。这样的规定是教育规律的体现，是非常人性化的，也是非常合情、合理、合法的。谁家的孩子能不犯错误！犯了错误当然应该批评教育，包括适当合理的处分。但是，如果让年轻的大学生仅仅由于犯了一次错误而背上一辈子，则是不合理的，是违背教育规律的。所以，清华大学的这种规定是一种非常得体的做法。

其实，这种"定、静、安、虑、得"就是对大学的一种写照，是大学该有的模样。从广义的角度来说，它们就是大学该有的风格。而且，它们又何尝不是大学办学和发展的基本路径呢！坦率地说，今天有些大学的确缺乏必要的定力，没有大学应有的宁静与安宁，对于学校的发展也少有深入与长远的思考，何谈言行举止的得体？！大学就应该有大学的样子，像一个有文化的地方，能够成为民族精神与道德的殿堂。大学人就应该是有修养和思想的人，是能够得到人们发自内心的尊重，进而成为社会表率的人。

梅贻琦老校长在《大学一解》一文最后说道："大学之道，在明明德，在亲民，在止于至善。至善之界说难言也，姑舍而不论。然明明德与亲民二大目的固不难了解而实行者。然洵如上文所论，则今日之大学教育，于明明德一方面，了解犹颇有未尽，践履犹颇有不力者，而不尽不力者，要有三端，于亲民一方面亦然，其不尽力者要有二端。不尽者尽之，不力者力之，是今日大学教育之要图也，是'大学一解'之所为作也。"[①]

受《大学一解》之引领，本书接着要说的是，中国的大学，特别是清华，不仅要更加尽心地深入了解、领会与实践"明明德"与"亲民"的要求，而且还需更加尽力地按照"定、静、安、虑、得"的五

---

① 梅贻琦：《大学一解》，《清华学报》第 13 卷第 1 期（1941 年 4 月）。

步功夫去践履"明明德"与"亲民"的目标，持续不断地建设世界一流大学和高等教育强国。这也是《清华的风格》一书的初衷。按照《大学》的论述，所谓的"至善"应该就是接近"大学之道"吧！"物有本末，事有终始。知所先后，则近道矣。"换句话说，能够了解大学的本末主次，并且能够根据人才培养的来龙去脉和轻重缓急办学，也就接近了至善的境界。这样的大学应该就是世界一流大学。清华的风格，正是力求描述清华大学百年来在这种追求中的表现及特点，并将之展现在世人面前。

二 大学的风格

初次听到"清华风格"这个词时，人们可能会有某种为之一振的冲击，感觉这是一个很好的创意和表述。用"风格"来描述和反映一所大学的特点，的确是一个很好的思路。它也是多年来在写大学、研究大学和比较不同大学中的一种创新。人们常常以为风格只是在文学艺术领域表达某个艺术家或艺术流派的一个语词，其实是小看了它的意义和价值。也有人认为，学校的风格就等同于学风或校风，但也不尽如此。它当然与大学的学风、校风有非常密切的关系，但也有着更加丰富和特别的内涵。

何谓"风格"

风格是一个常见词，可以用在不同的领域。风格也是一个很难定义的概念，可以从不同的角度进行说明。风格更是一种见仁见智的说法，具有很大的包容性。风格之解并无定论，但有一点是肯定的：它既是一种个性化的表述，也能够体现一种共有的价值，是特殊性与普遍性的统一。

梦游清华园

有人说，风格是反映艺术作品内在本质与特征的代表性风貌，包括艺术作品的表现形式与审美特征等；这种表现艺术作品的风格可以反映出时代、民族或艺术家个人的思想观念、审美理想、精神气质等内在特性。例如，在中国文学史上，我们可以看到汉魏六朝之画的"迹简而意澹"，欣赏盛唐之画的"雄浑壮丽"；在西方艺术史中，我们可以领略米开朗琪罗的雄强、达·芬奇的深沉、拉斐尔的优雅，以及罗马式、哥特式、文艺复兴式、巴洛克式等不同时代艺术作品的风格。也有人说，风格是各种不同语言在表达不同思想与意境时的某种特定的方式。的确，"风格"一词在早期就有书体、文体之意，如英语、法语和德语等语言的特点。中国南朝时期刘勰的《文心雕龙》就非常系统地阐述了汉语的风格。刘勰的名言，"才有庸俊，气有刚柔，学有浅深，习有雅郑，并情性所铄，陶染所凝，是以笔区云谲，文苑波诡者矣"[1]，至今仍然为人称道。还有人认为，"风格"一词还可以指人的风度与品格。一个人的言行举止与举手投足等往往能够不同程度地折射出这个人的内在修养和人生品位。有的人表现得沉稳有度，有的人则锋芒毕露；有的人热情奔放，有的人则恬淡沉静，等等。法国作家布封有一句名言："风格即人。"

这些说法都有一定的道理，但清华人则常常是以自己的经历和感

---

[1] 刘勰：《文心雕龙·体性》。

受来诠释风格。著名学者、清华校友季羡林先生有一篇非常有名的文章《清新俊逸清华园》。他在文章中写道："清华园，简单淳朴的三个字；但却似乎具有极大的启示性，极深邃的内涵。谁见了会不油然从内心深处漾起一缕诗情画意呢？人们眼前晃动的一定会是水木明瑟，花草葳蕤，宛如人间的桃源，天上的净土。"[1] 非常有趣的是，1930 年季羡林从山东来北京报考清华大学时，国文的题目就是《梦游清华园记》。他并未到过清华园，只能凭借自己的想象，对清华园进行描述。当他后来到清华大学上学时，才亲眼看到清华园的真容，虽然他发现和想象有不少区别，但季羡林先生的感觉是，"梦中的水木明瑟，花草葳蕤，却是一点也不差的。这颇给了自己一点慰藉"[2]。而且，他还说道："我在上面讲到的我对清华园的印象：清新俊逸，这不仅仅指的是清华园的自然风光，而更重要的指的是清华精神。什么叫'清华精神'呢？我的理解就是：永葆青春，永远充满了生命活力，永远走向上的道路。"[3] 这不恰恰是对清华大学风格最精彩的注解和诠释嘛！

季羡林先生可能不知道的是，他当年《梦游清华园记》中的想象，以及后来的亲眼所见与评价，不仅非常真切地反映了清华园的风貌，而且得到了国际方面的认可。

世界著名杂志《福布斯》(Forbes) 在评选全球最美校园时，对清华大学校园风格的描述是："我们的建筑师小组认为校园的美景在很大程度上取决于自然环境。在这一方面，该校园有天然优势：1925 年建立的清华大学位于清朝皇家园林遗址。北京最受瞩目的历史遗迹，比如圆明园，都在附近。校园多处的池塘岸边石椅、水上荷花，令人流连忘返。这里许多的楼阁与园林是中国传统风格，但是校园也有西式

---

[1]　季羡林：《清新俊逸清华园》，《光明日报》2001 年 3 月 23 日。

[2]　同上。

[3]　同上。

建筑，比如大礼堂与学堂。"[1] 清华大学由此荣膺全球 14 所最美校园之一。描述中最典型的代表就是工字厅的中国传统风格与清华学堂、大礼堂、科学馆等西方建筑物的有机融合。

的确，一所大学的校园能够也应该比较充分地展现这个学校的境界。清华园的建筑就恰恰体现了中西融汇、古今贯通、文理渗透的风格，例如，校园西部具有更多皇家园林的特点，因为它们曾经是圆明园辉煌建筑的遗存；老校区则是根据美国某大学的风格设计和建造的；而校园东部的某些建筑则隐隐约约可以看到苏联建筑的影子。

坦率地说，要想轻易地说清楚"风格"一词，还真不是一件容易的事情，它涉及的领域太宽了，内涵也十分丰富。例如，英格兰的足球与意大利的足球体现了不同的风格，而南美足球则反映了另一种风格。同样，不同国家和地区的餐饮也有自己独特的风格。例如，欧美的西餐与汉堡、南美的烧烤、印度的咖喱等，风格各不相同。仅以中餐来说，也存在不同的菜系，如粤菜、川菜、徽菜、本帮菜、赣菜、鲁菜、淮扬菜等，也都体现了不同的风格。类似的例子还有很多，总之，风格的确是全释角度颇多的一个词。但不容否认的是，风格的确可以反映一所大学的气质与特点。

荷塘与《睡莲》

清华园里，有一个几乎算得上网红的打卡之地，那就是著名的荷塘。它也是对季羡林所谓"清新俊逸清华园"的注解之一。那是当年清华大学初期校园中，残破的圆明园里"近春园""熙春园"和"清华园"中的一部分。荷塘虽小，却秀色可餐。春日里柳条拂面，微

---

[1]　参看《福布斯》原文报道，2020 年 3 月 1 日。

风习习，给人们带来温馨的感觉；在秋日，满池子的荷花将整个荷塘装扮成一幅出污泥而不染的画，点缀在绿色荷叶上的枝枝荷花，不时地撩动着人们的心弦；冬日里，夏秋喧闹的荷塘好像安静下来，残荷的枝叶给文人墨客不少的灵感，厚实的塘面上，不时有孩子们在滑冰，夹杂着欢快的嬉笑声……所有来清华园参观的游客也以到荷塘作为游览清华的标志。而荷塘环绕的荒岛上残留的残垣断壁常常让人们回想起当年圆明园的辉煌……

人们或许会感到好奇，这样一个小小的、再普通不过的荷塘，何以能够有如此的殊荣？如果就面积而言，它或许比不上北京大学的未名湖；就荷塘边的亭台楼榭来说，与其他一些皇家园林更是没法比了。当然，很多略微了解清华历史，或者对中国文学史有所涉猎的人都知道，就是这个小小的荷塘，当年触动了大文豪朱自清的文思，触景生情地写出了脍炙人口的不朽之作《荷塘月色》。

其实，荷塘真正的价值并非只是朱自清先生的《荷塘月色》，关键是它体现了清华大学有着深厚的历史内蕴的育人环境的风格。它是清华大学育人环境的代表，也是清华风格的一种反映。也许正因如此，清华大学率先在世界上将自己称作"绿色大学"。

清华园中的荷塘及朱自清先生的《荷塘月色》，常常让我们联想到西方印象派著名画家莫奈的作品《睡莲》及其价值。2018 年，清华大学的艺术博物馆举办了一次西方印象派艺术的作品展，其中，最具代表性的无疑是莫奈的《睡莲》。毫无疑问，画面中的睡莲当然是作品表达的重点，的确值得人们去欣赏和赞美。然而，在某些艺术家看来，睡莲本身可能并不是作品真正的表达核心。这幅举世闻名的绘画作品与其说是表现睡莲，不如说是莫奈希望通过睡莲来表现大自然中光与水的魅力。它通过水在阳光下呈现出来的各种各样的色彩，以及呈现在倒影上的盛开的睡莲，表现了春天的明媚，也表现作品的风格。它给人们的感受是一种比较朦胧，却十分美的印象。虽然画面中有些地方的线条不甚清晰，但在整体上如同音乐和诗歌那样，兼备了造型与理想，通过光和影的色彩传递出一种激荡心扉的美感。

其实，所谓的风格，恐怕也就如同莫奈的《睡莲》那样，往往是凭借某种具象的存在，非常典型地表达某个事物的内在价值与特点。而荷塘从某种意义上也可以说是反映了清华园育人环境的一种风格。由此可见，虽然人们对"风格"一词有各种各样的理解和解释，并且赋予它不同的意蕴，但综合各家之看法，依笔者之管见，"风格"一词用来表现和描写大学的办学特质与内在品质，是非常合适的。

风格从整体上表现和反映了大学的代表性特征。它并不是某一个局部或者某一部分人的特征，也并非在某一时期的阶段性表现，而是展现在它的方方面面，是一种总体的呈现。就一所大学的风格来说，虽然不能囊括每一个师生员工，也一定是绝大多数教职员工和几乎所有学生，甚至能够在毕业生身上体现出来的精神风貌；而且，它也覆盖了大学中的人才培养、科学研究与社会服务等。同时，这种风格还融合了大学的各种文化因素，结合了学校的内在精神、办学理念和价值追求等等。如同荷塘一样，它那隽永清新的格调实际上体现了清华园整体的风貌。如皇家建筑风格的工字厅与后面的一池碧水，构成了"水木清华"的绝佳景色——匾额中的"水木清华"出自晋谢混《游西池》诗："景昃鸣禽集，水木湛清华"；又如坐落于具有中国传统建筑文化特色的1—4号楼附近的"情人坡"，东南校门进来后的一片大草坪，紫荆区旁边的世纪林，等等。它应该是处处可见，时时能够感受到的。这里，可以给大家透露一个小小的秘密，据学校有关权威人士介绍，清华园内草本植物的种类数量在北京的园林中可能是数一数二的。目前，清华大学校园绿化面积约110万平方米，绿化覆盖率达54.8%。截至2019年底，校内共有乔木约4.5万株，灌木约20.9万株，竹子约8.7万棵，宿根花卉约17.1万株，色块植物约33.1万株。树龄在百年以上的古树240棵，一级古树16棵（300年以上），二级古树224棵（100年以上），涉及树种有侧柏、桧柏、油松、白皮松、银杏、国槐、枣树等。自2004年起，学校把"丰富校园树木品种，建设植物多样性生态校园"作为"绿色校园"建设的重点工作之一。先后从北京周边、河北、吉林、辽宁、陕西、山东、青海等地引种，极大地丰富了校园植物的多样性，改善了生态环境，也拓展了辅助植物教学科研工作的自然课堂，发挥了"环境育人"的重要作用。同时，还为北京市园林绿化扩展了可供应用的树种资源。特别值得一提的是，在清华园里，还有不少观赏性的植物。如在行道树中采用七叶树、杂交鹅掌楸等8个新树种，推广种植了流苏、红花麦李、珍珠绣线菊、美人梅等优良花灌木136种，蒙古栎、美国红枫、秋紫白蜡等26种彩叶树种，形成了多处高品质的校园新景观。推广种植了崂峪苔草等耐旱地被植物，推进节水型园林建设。[①]

　　清华园的这种风格也体现了校友的贡献及其对清华风格的传承。在这里不能不提的是，机械系1975级校友邰洪义从2004年开始连续十年，响应母校号召，捐赠了众多东北珍稀树种：冷杉、美人松、三角枫、橡树、白桦树，共计40多个品种、1000多棵乔木。这些珍贵树种被连片种植在西校门、游泳池畔、照澜院等处，茁壮成长的美人松林、白桦林、橡树林为师生们提供了读书、学习和休闲的绿色场所。

---

① 以上材料由清华大学校园建设中心绿化科潘江琼老师提供。

邰洪义学长"植千株树，念万缕情"的初心义举，为全球最美校园描绘了精彩的一笔。在邰洪义校友的示范感召下，新疆马兰基地的刘国治校友送来了新疆红柳、沙枣、骆驼刺等西北树种；洛阳校友会送来了55个品种的牡丹和38个品种的芍药，建设了牡丹园；宁夏校友会送来了枸杞；清华校友会送来了祁连圆柏、新疆杨和紫桦；山西校友会送来了沙棘……清华大学历任主管校园环境建设的副校长有一个不成文的责任，就是在全国各地搜寻各种不同的树种与花卉，并且想方设法移植到校园里。如今的清华园里，各类树种达到了1320种，成为北京市拥有树种最多的校园。[1]

这种育人环境的风格并不仅仅体现在校园的自然环境里，还贯彻在学校的人才培养中。据季羡林先生回忆，当年他在报考大学时，同时选择了北大和清华两所大学。在国文考试中，北大的题目是《何谓科学方法，试分析详论之》，而清华的国文题目则是《梦游清华园记》。这说明了北大的确有悠久的科学传统，而清华注重人文和自然环境与学生的文学素养相结合培育的风格，于此也可见一斑。这也恰恰是清华园中荷塘之所以有魅力的原因所在。

其实，大学的风格，如同所有的风格一样，都不是一时的表现或偶然的灵光一现，它通常都有非常深厚的历史基础和长久的文化积淀，是一所大学优秀文化传统的凝聚和结晶。正如教育部本专科教学工作评估方案中"办学特色"的指标一样，它既不是某种所谓的"你无我有，你有我优，你优我特"；也并非个别的创新项目和改革理念，而是一所大学在长期的办学过程中逐渐形成，并且已经被大家认可和落实在教育教学实践中的一种无形的不成文规则和价值观。

众所周知，清华园所承载的历史其实是非常沉重的。人们在里面

---

[1] 这部分材料由清华大学"绿色大学"办公室的梁立军老师提供。

可以感受到当年帝国主义的铁蹄与民族的屈辱，以及清华大学本身的历史责任。其实，这种历史的基础与自觉的积淀往往都是世界一流大学的重要特征。这也是所有一流大学能够得到世人认可的基础。当然，这也是教育规律的体现。由此形成的风格才是有生命力的，是历久弥坚的。

当然，"风格"一词通常体现了一种褒扬，而没有贬抑的用法。一般来说，人们常常用"风格"表示对某事、某物、某种行为或某人的一种赞赏和褒扬。它并不是一个批评或者责备的语词。更重要的是，一种风格往往包含了一种对真善美的追求，体现了一种非常积极的导向和自我规范。正如人们对荷塘的赞美一样，它实际上包含了一种对清华大学的褒奖。而对《荷塘月色》的吟诵则变成了一种对清华大学师生的希冀。实际上，一个没有风格的人或者团体，往往缺少一种内在的约束和自律。从许多已经具有自身风格的大学中可以发现，办学风格的形成过程本身就是一个努力和奋斗的过程，是一所大学不断提高教育教学质量和办学水平的过程，是它克服困难，不断取得成功的过程。所以，风格本身往往具有标杆的意义，能够产生一种旗帜的作用，具有很大的社会影响力，也是一所大学品牌的重要表征。

需要指出的是，风格既是一种有形的存在，也是一种无形的精神，是一种形象化的精神存在。如同荷塘中的莲花荷叶、草木绿树、呱呱蛙叫一样，都是非常感性的、耳濡目染的、真实的存在。任何风格都不能是某种抽象的符号，或者原则性的口号，又或高深的理论。它应该具有一种比较具体形象的特点，甚至是比较生动活泼、喜闻乐见的形式或表述，是能够看得见、摸得着、说得出的精神性的东西。但它又蕴含了非常深刻的思想内涵与长久的文化脉络。它是可以操作的，具有指导的作用；它是可以检验的，与效果或成果具有非常直接的联系；它是可以言说的，能够成为一所大学的标识和"行话"；它还是可以辨识的，可以形成一种在认知上的"排他性"，以至于一眼就能够认出其归属，等等。

虽然大学的风格具有一种形象化的特色，但这种形象化的表达却是写意性的，说不清楚。似乎有点神秘或者只可意会不可言传，不可量化。如同艺术史中的印象派作品，而不是所谓的工笔画。印象派的绘画作品强调的是外界物体在光和影的作用下给人的感觉和印象，以及由此产生的色彩变化，特别是着重于描绘自然的刹那景象，使一瞬成为永恒。正如莫奈的著名作品《日出·印象》《睡莲》，以及梵高的《向日葵》那样。在非专业的人看来，这种绘画作品常常有一种比较模糊的感觉。但不能不承认的是，他们的确更加准确地把握了对象的内涵，让人们产生了许多联想，内心感到了愉悦。朱自清先生的《荷塘月色》也具有这种写意性。我们可以随意地采撷其中一段："曲曲折折的荷塘上面，弥望的是田田的叶子。叶子出水很高，像亭亭的舞女的裙。层层的叶子中间，零星地点缀着些白花，有袅娜地开着的，有羞涩地打着朵儿的；正如一粒粒的明珠，又如碧天里的星星，又如刚出浴的美人。微风过处，送来缕缕清香，仿佛远处高楼上渺茫的歌声似的。这时候叶子与花也有一丝的颤动，像闪电般，霎时传过荷塘的那边去了。叶子本是肩并肩密密地挨着，这便宛然有了一道凝碧的波痕。叶子底下是脉脉的流水，遮住了，不能见一些颜色；而叶子却更见风致了。"显然，它已经超越了荷塘本身，描绘的是一种幽雅的意境。这恰恰就是风格的价值。工笔画虽然非常精准，甚至可以达到图纸的效果，让人们佩服艺术家的细致入微，但它却往往缺少这种写意。

这就是风格，就是大学的风格。

大学风格，学风之格

一所大学的校园环境可以给人以这所大学风格的感性的认识，而一所大学的学风、校风则不仅是校园环境的灵魂和精神底蕴，同时也深刻地体现了这所大学内在的办学风格。

大学本身就是一个学习的场所，是一个传道、授业、解惑的地方，是追求高深学问的领域，更是一个精神的殿堂。大学的学风也是这所大学校风最重要的内涵和体现。所以，一所大学的风格就是这所大学的学风最重要的表现形态。"风格"本身的定语就是"风"，是"风"的某种特点与标志。因此，大学的风格必须体现大学学风的特点与展示大学学风的内涵。认识和理解大学的风格，必须深入认识和切实理解学风的含义。

学风之谓也

学风无疑是大学风格中最重要的内涵。大学的学风，其实也是一个见仁见智的话题，包含了非常丰富的内容。按照词典上的定义，它通常指学者个人的学术品格，也指大学和整个学术界的学术风气。它既包括学者或学术机构，特别是大学的治学态度与方法，也反映了学者和大学的道德品质，体现了一种学术的境界和品位，还体现了做学问的基本规范与特点，甚至是学术交流的方式，以及学术写作中语言的特点，等等。这些说法都是有道理的。而历史上诸多的观点与说法，或许也可以给我们一些启示。

毛泽东同志在《整顿党的作风》一文中对学风有一个重要论断。他非常明确地提出："所谓学风，不但是学校的学风，而且是全党的学风。学风问题是领导机关、全体干部、全体党员的思想方法问题……"[1] 换句话说，学风的根本是一种思想方法，它决定了人们为什么而学，学什么，以及怎么学的根本问题。它关系到人们如何认识世界，选择何种道路与方向，如何不断提高自己的素质与修养。从中国共产党的建设来说，它关系到党的发展和战斗力。就教育和学校而言，学风乃是最根本的问题，学风建设是最根本的建设。

曾经担任北京大学校长的蒋梦麟先生对学风也有一个说法。他认为学风是"一个学校里，教员学生，共同抱一种信仰，大家向那所信仰的方面走"[2]。将学风比作一所学校里老师与学生共同的信仰，这的确是一种很有意思的理解。正如学风的风向一样，一所大学里师生共同的信仰正是引导大家共同努力奋斗的精神力量。而且，学风作为一种知识分子的信仰，是非常神圣的，需要顶礼膜拜的，是不可亵渎的，需要大家日日去维护的。不难发现，按照蒋梦麟的说法，学风实际上就是大学的精神体现。

这里，我们还可以参考 20 世纪早期著名学者陶希圣的观点。他专门写了一篇文章《关于整顿学风——几个问题》，从一个更加宽泛的角度阐释了他对学风的看法。他认为："大多数学生在所与的社会及所与的时代之中最有利的地位，是决定好学风的标准。"[3] 这句话听起来有点别扭，但也确实点明了学风的社会基础。这里所谓"最有利的地位"，实际指的是两个意思：其一，社会尊重知识和教育，能够为办学和年轻人的学习提供最大的支持和很好的环境；其二，教育和学校也

---

① 毛泽东同志 1942 年 2 月 1 日在中共中央党校开学典礼上的讲话。

② 马勇：《赶潮的人：蒋梦麟传》，东方出版社，2015，第 350 页。

③ 陶希圣：《关于整顿学风——几个问题》，载《中国近代思想家文库·陶希圣卷》，中国人民大学出版社，2014，第 223 页。

能够为社会做出自己的贡献，能够为国家和老百姓造福。由此，学习成为整个社会都关心的头等重要的事情，成为国之大计。这当然是最好的学风。

中国科学社的创始人之一任鸿隽先生在谈到中国向西方学习科学时所提到的"可学与不可学"的观点，正是对学风的一种非常深刻的阐述。在他看来，不可学的是对西方科学皮毛的模仿，而不可不学的则是科学精神。他说："不可学者，以其为学人性理中事，非摹拟仿效所能为功；而不可不学者，舍此而言科学，是拔本而求木之茂，塞源而冀泉之流，不可得之数也。其物唯何，则科学精神是。"① 而这种科学精神就是求真理，其主要特征包括：崇实、贵确、察微、慎断和存疑。而且，在任鸿隽先生看来，这种"求真"是科学和学风的第一要义。

清华大学历来高度重视学风建设，始终将优良学风作为治学之本、成才之本、立校之本。清华大学国学研究院四大导师之一的王国维先生就曾经对中国近代的学风进行了非常严肃的批评。他说："近世学人之弊有三：损益前言，以申己说，一也；字句偶符者，引为确据，而不顾篇章，不计全书之通，二也；务矜创获，坚持孤证，古训晦滞，蔑能剖析，三也。必湔此三陋，始可言考证。考证之学精，大则古义古制，日以发明，次亦可董理群书。"② 同为清华大学国学院导师的梁启超先生在《科学精神与东西文化》的演讲中，也对中国学术研究领域的学风问题进行了非常认真的讨论。陈寅恪先生在谈到清华大学国学院的研究定位时，也非常坚定地表示，"吾侪所学关天意，并世相知妒道真"。清华大学原党委书记李传信教授对清华的学风"严谨、勤奋、求实、创新"有过十分清晰的解读。他认为，清华大学的学风是

---

① 任鸿隽：《科学精神论》，载《科学救国之梦——任鸿隽文存》，上海科技教育出版社，上海科学技术出版社，2002，第68页；黄翠红：《任鸿隽传》，社会科学文献出版社，2017，第275—276页。

② 刘檠琼：《民国教育人物外传》，华欣文化事业中心，1975，第25页。

几代人在学习和工作中形成的优良风气和习惯，是经过实践检验得到社会承认的。严谨和勤奋是今天在学校学好真本领，将来在工作和事业中能做出真贡献的基础，是治学之本，成才之本，事业之本；而求实的含义包括在学习中要理论和实际相结合，面向我国的生产实际和社会实际坚持实干，做出实在的贡献，而不是追求虚名和个人实惠。创新，就是在前人成就的基础上前进和突破，从实际出发创造性地解决实际问题，取得新成果和新进展。[①]

21世纪初，清华大学在建设世界一流大学的过程中，也十分重视学风建设，并且将2019年作为学校的学风建设年，进一步阐发了清华学风"严谨、勤奋、求实、创新"的内涵，明确指出，"学风是学校在长期办学实践中形成的求学、教学、治学的风气，直接影响学生的学习成长，直接影响师生的思想品性和行为习惯，直接影响学校的办学质量和社会声誉。优良学风是大学立德树人、办学治校的基础和保障"[②]。所以，将学风作为一所大学办学水平的评价标准是肯定不错的。而且，学风也必定是一所大学风格的重要内涵。

品质与规准

大学的风格与大学学风具有非常密切的关系。但大学的风格又并不等同于学风。严格地讲，大学的风格讲的是这种学风的品质和特点。它既是对学风的进一步概括与提炼，又是对学风更加具体的展开，包含非常丰富和具体的内涵。以稍微有点戏谑的说法，大学的风格乃"学风之格"。"格"是一个动词，体现了一种行为的要求，而不仅仅是述而不作；同时，它也是一个名词，反映了一种状态和境界，用中国著名古典文献《大学》的话讲，则具有一种"知止"的意义。按照字

---

① 李传信1985年5月24日在第二十四届学代会二次会议闭幕会上的讲话。
② 参看清华大学《清华大学关于加强新时代学风建设的若干意见》[清委发（2020）12号]。

典的解释，这个"格"讲的恰恰是一种品质和规准。它非常恰当和准确地表达了大学风格的功能与价值。就一所大学而言，学风无异于它的生命与立身之本。

大学的风格首先具有一种引领与规范的力量和作用。所谓"格"，本身就具有某种品质、标杆、定位、战略与典范等方面的含义。例如，所谓"言有物而行有格也"，指的就是一种规矩（《礼记·缁衣》）；清代著名诗人龚自珍的名句"我劝天公重抖擞，不拘一格降人才"，则有人才标准的意思；在唐代，"格"还有法律条文的用法。① 在大学办学中，大学的风格直接影响和制约了大学的战略决策与布局，它大到大学的学科规划、专业结构、资源配置，小到某个教师的教学方式与学生的言行举止。它可以引导学校改革发展的基本取向，规范师生员工的行为方式和人才培养的模式，等等。在清华大学，当学校领导和各个院系讨论学校出台的各种政策和文件时，经常会不无挑剔地看它们有没有能够体现清华大学的特色，是不是符合清华大学的实际，能不能有助于解决学校建设发展中的某些具体问题，等等。这就恰恰反映了大学风格的一种价值。

大学的风格也表示一种规准，一种约束和限制，包括能做什么，不能做什么，以及是非的界限，等等。"格"字本身就包含了"阻止、搁置"等意思。在日常生活中，带"格"字的类似词组也比比皆是，如：格阻（阻止、阻挡）；格非（匡正邪辟谬误的心）；格心（匡正思想、归正之心）；格正（匡正时弊、纠正）；等等。因此，大学的风格也时常成为学校办学和决策中的一个潜在标准。记得有一次学校校务会议讨论某一笔捐款如何使用，当某位学校领导提出是否可以说服捐款人改变建设体育设施的意愿，而建设教学科研用房时，竟然立即被

---

① 唐武德二年，颁新格五十三条。《旧唐书·刑法志》

"群起而攻之"。这种大学风格的力量在清华园里可谓处处可见，例如，"行胜于言"的清华传统就像一把达摩克利斯剑，时时提醒清华的教职员工和学生，绝不能坐而论道，述而不作；不仅要有好的理念和观念，更重要的是必须积极地实践，要干事情，并且要把事情干成干好。

这种大学的风格还可以具有一种评价的作用。实际上，"格"字本身就有一种表示量度的意思，例如：格知（度知、量度）；格量（衡量、推究）；格术（格物之术）；格物致知（谓研究事物原理而获得知识）；等等。也许有人会说，这种大学风格很难量化，也不容易进行比较。此话不错。然而，正如某种风格能够真正体现某一个艺术作品的内核一样，由于大学风格能够从整体上体现一所大学的精神和灵魂，所以，它也是最能够反映一所大学水平与境界的因素——这也是建设一所世界一流大学最难和最需要下功夫的地方。非常有意思的是，在清华大学的校园里，像不像清华人，也常常是一种评价方式。其实，一所大学办得如何，走进这所大学感受一天，参加一次学校的活动，到教室看看，在食堂吃一顿饭，看看操场上的气氛，就可以"略知五六"了。一所大学的水平与品位都在里头了。也正是因为大学风格能够反映大学办学特色，它成为大学评估的基本指标之一也理所应当。而且，能不能把自己学校的风格说清楚，本身也反映了一所大学的成熟程度和办学水平。

大学的风格既是一个总体性的概念，是一所大学办学历史的精神总结和文化凝练，也是一所大学办学体制机制和人才培养模式的非常具体的表征。它充盈在大学的整个校园之中，体现在大学的课堂与实验室里，融化在大学绝大多数的师生员工身上，也投影在大学的每一项事业和工作中。当然，它是一所大学里师生员工的骄傲与自豪所在。

清华大学的学风"严谨、勤奋、求实、创新"，现在已经成为清华人的一种标杆，一种做人做事的基本要求，一种治学从业的基本精神。

清华的风格

清华的风格充分体现了风格的各种特质，而且清华也以自身的文化丰富了大学风格的内蕴。它与世界上其他著名的一流大学一样，在自己百年来的办学历史中积累和凝练了自己的风格，并且在新时代不断拓展和提升。

一流的标识

世界上大凡比较著名的一流大学，都已经形成了自己的风格，并且以不同的方式和途径将这种风格融会在学校的方方面面，进而展现在世人面前。这种风格及其特点也是这些大学能够跻身世界一流的重要条件和内在基础，是世界一流大学的重要标识之一。甚至可以认为，大学的办学风格也是这些大学的品牌。

从大学的历史上看，教学及研究早已成为柏林大学公认的风格。柏林大学创立于1810年，是世界著名大学之一，它在"二战"之前被认为是世界学术中心，对德国乃至整个世界高等教育的发展产生过十分重要的影响。而它的办学风格则是柏林大学的核心与最主要的价值。柏林大学的办学风格中最突出和重要的内涵与特点，是它所强调的研究与教学相统一的原则。也正是这个原则，改变了过去大学单纯传授传统神学或宗教知识的传统，引领世界高等学校进入了一个新的时代。需要说明的是，这种研究与教学的统一，并不是单纯的研究加教学，而是将教学与科研形成一种连续的统一体。按照洪堡先生的思想，这种统一本身就是大学教育的要求。因为，大学要培养年轻人，要探索高深知识，关心人的精神成长，就必须要研究以哲学为代表的科学，就必须探讨人的心灵和精神的内在本质。当时柏林大学的培养目标就是要培养一种"完人"，即充满想象力，精神生机勃勃，意志坚定，思想深邃的人。他们承担着为人类追求真理的使命，因而必须始终在研究和探索之中。

这种研究与教学相统一的办学风格充分体现了柏林大学的办学定位，正如洪堡先生所指出的那样，大学并不是中学，也不是专科的学校，而是一个专门探索高深知识的高等学术机构，它的使命就是探索与研究。正是根据这种风格及定位，当时柏林大学的学科结构中，作为一种纯科学的哲学获得了超越神学的中心地位，成为柏林大学的核心。当时的哲学不仅要研究和讲授一般的人文和社会科学，还要研究和讲授自然科学。与此同时，学校还开办了神学、法学与医学等，使得当时的柏林大学成为欧洲，乃至整个世界的学术中心。

这种研究与教学相统一的风格也直接反映在柏林大学的教学组织形式和人才培养模式中。其中最典型的就是研讨班的教学形态。这种研讨班通常由 10 名左右的学生与一位教师组成，而且学生自己常常成为研讨班的主持人。他们共同围绕计划中的问题进行讨论和交流，发表各种不同的意见，等等。在这种研讨班中，教师与学生共同探讨未知的领域，形成了一种新的师生关系；课程本身并不是一种单纯的灌输，而是一个探索的过程。在这个过程中，不仅仅是研究与教学的结合，还通过对哲学的探讨，把各门学科结合起来，形成一种通识教育，由此将科学与学生的教养以及一般的启蒙结合起来。

研究与教学相统一作为柏林大学办学风格的这一特点，已经成为柏林大学在高等教育界的重要标识。人们一谈起柏林大学，甚至德国的高等教育，自然而然地就会想到柏林大学的这种办学风格。这种风格也一直延续到今天，影响着柏林大学或柏林洪堡大学的发展，成为高等教育历史中的宝贵遗产。①

与柏林大学不同，学院制的魅力则是英国牛津大学的风格。牛津大学是世界著名大学之一，至今已有 800 多年的办学历史，培养了一大批非常优秀的人才，对英国，乃至欧洲和整个世界都有着重要的影响，做出了不可替代的贡献。这些影响和贡献始终体现着牛津大学的办学风格，即始终坚持探索普遍学问的办学宗旨和追求卓越的奋斗目标。正如纽曼先生所指出的那样，大学就是一个探索普遍学问的场所，是传授普遍知识的场所。这也是牛津大学办学理念或风格的重要特点之一。

牛津大学办学风格的这种特点，非常突出地体现在学校的办学历史与实践中。虽然它与其他著名大学一样，强调教学与研究的结合，也取得了非常高水平的科研成果，但高素质的人才培养始终是牛津大学最重要的职能，而且在大学的基本任务中，培养领袖人才是第一位的。在牛津大学看来，这种领袖人才并不是简单的有学问的人，而是一种有教养的人，是社会政治的精英。这种办学风格在牛津大学有两个十分典型的体现。首先是它的学院制。牛津大学的学院并不是按学科来划分的，而是由不同院系不同学科的学生组成的，每一个学院都是独立法人，拥有自己的教师、职员、校舍、基金、各种学习和生活娱乐设施。而且，它常常可以提供学术要求之外的各种丰富多彩的课外活动，为本科生提供一种富有活力的生活方式。非常值得重视的是，

---

① 别敦荣等：《柏林大学的发展历程、教育理念及其启示》,《复旦教育论坛》2010 年第 6 期。

这种学院的院长往往并不是某一个学科或领域的著名学者，而是德高望重的社会知名人士。这种学院制非常有益于不同学科背景的学术交流与融合，实现通识教育的目标和综合素养的形成。而且，就大学的职能分工来说，牛津大学各个学院更重视品格的发展，注重全人格的培养。

其次是牛津大学的导师制。这是牛津大学与其他大学不同，并与学院制配套的一种教学组织形式。尽管导师来自各自的学院，但他指导的学生却可以来自其他学院。导师的职责不仅是学术方面的指导，还包括品行的教育。更重要的是，这种导师制让学生有更多与教师交流的机会，可获得更有针对性的指导和帮助，进而得到一种真正的陶冶与浸润。同时，导师还能够根据学生的需要，为学生引荐其他导师进行指导，帮助学生在学术上得到专业的引导。

当然，在牛津大学 800 多年的办学历史中，也经历着各种变化和创新，包括越来越重视科学研究等。但是，牛津大学的风格却一直体现在它的人才培养模式上。牛津大学自始至终能够获得世界的尊重和保持它在世界高等教育中的尊荣，也得益于它办学风格的这种特点。①

世界著名的哈佛大学近年来在大学排行榜中常常独占鳌头，而它的办学风格——对真理的追求——是其中的重要因素之一。哈佛大学对美国和世界的影响是非常深远的。由于哈佛大学的成立早于美国的独立，所以，有的哈佛人甚至不无夸耀地认为是"先有哈佛，后有美国"。而哈佛大学的地位与它的办学风格也是息息相关的。这种办学风格最突出的特点，即在于哈佛大学将追求真理作为自己矢志不移的宗旨。

---

① 刘宝存：《牛津大学办学理念探析》，《比较教育研究》2004 年第 2 期。

追求真理作为哈佛大学办学风格的特点，首先体现在它的校徽和校训中。从早年哈佛学院时代一直沿用至今的哈佛大学的校徽上，写有拉丁文的 VERITAS，其汉语的意思即是"真理"。哈佛大学校训的原文也是"以柏拉图为友，以亚里士多德为友，更要以真理为友"。这种追求真理的办学风格始终反映在历任校长的办学思想和理念中。例如，曾经担任哈佛大学校长的艾略特就认为，大学就应该是真理的追求者，大学的教师就应该以追求真理作为自己的使命。所以，他不仅重视本科教育，还要办研究生教育，将研究与教学结合起来。经过艾略特长达 40 余年的主政，在 20 世纪初期，哈佛大学初步成为一所研究型大学。柯南特校长同样秉承哈佛大学创办者的初衷以及艾略特的理念，将追求真理作为哈佛大学，乃至整个高等教育的办学目标。他认为，如果要表达大学和高等教育的目标，那么，最好的概括就是追求真理。在他看来，大学的主要任务并不是应用知识，而是发现和探索新的知识。而且，后来历任的哈佛大学校长，如德里克·博克、陆登庭等人，也都继承和弘扬了哈佛大学的这种办学风格。他们认为，大学不同于其他社会机构的主要特点，就在于它必须以追求真理作为自己的目标和定位，进而能够作为一个特殊的社区，将众多卓越非凡的人才聚集在一起，去追求人类的最高理想，从已知世界出发，去探究和发现世界及自身未知的东西。

追求真理作为哈佛大学办学风格的重要特点之一，也充分体现在学科建设、科学研究与人才培养等各个方面，包括学科的综合、通识教育的实施、教育评价的导向，以及良好学术氛围与环境的创造，等等。可以说，哈佛大学之所以能够在世界高等教育领域保持引领的地位，成为许多大学学习和仿效的对象，不能不说与它始终强调追求真理的办学风格有关。[1]

新加坡南洋理工大学是亚洲近年来迅速崛起的一所高水平大学，甚至已经成为一所在世界上有广泛影响的大学。南洋理工大学之所以能够取得如此骄人的成绩，非常重要的原因之一就是它的办学思路，即走创业型大学的发展道路，坚持与社会和企业合作，发展教育教学和科学研究。这也是它办学风格的一个重要特点。

这种办学风格的特点首先体现在大学的资源结构及其来源上。除了新加坡政府的大力支持以外，学校还有两个非常重要的资源来源。其一是与企业的合作。学校奉行服务于经济、社会和企业的办学模式，通过高水平的教学质量和科研成果来吸引外部资金，得到了企业界人士的普遍支持。目前，南洋理工大学已与全球500多家企业建立了良好的合作关系。这些企业在研究经费、学生实习等方面全力支持，学校则为企业源源不断地输送量身定制的高素质人才，并协助企业研制极具市场竞争力的新产品。学校还鼓励教职员工、学生、校友、风险投资人及企业家之间的紧密交流和合作，新加坡众多的政商界领袖、海内外知名企业家、杰出创业者、风险基金公司、天使投资人、知识产权顾问等都曾应邀前往学校演讲，学校鼓励教师与产业界合作创办研究中心，或到企业做顾问，与此同时，学校还会选聘企业的经理或业务骨干到学校担任教师。其二是社会各界人士的捐款。这些捐款可以来自校友、学生、家长、教职员工，也可以来自社会人士，包括基金会、政府机构、企业、商界名流、热心公众等。通过建立各种各样的基金，或者奖学金、讲席教授等，支持学校的教学科研，并且鼓励师生参与社会活动。需要指出的是，这种办学资源的结构性特点并非单纯的是一个资源问题，更重要的是它进一步优化了学校与社会企

---

[1]　刘宝存：《哈佛大学办学理念探析》，《外国教育研究》2003 年第 1 期。

业之间的合作机制，使学校的人才培养与科学研究能够更加适应社会经济发展的需要。南洋理工大学还通过这些基金，广泛开展与世界各国著名大学的联系，不断拓展办学空间。[①]

南洋理工大学的这种资源结构与学校的治理模式是密切相关的。据说南洋理工大学在 2006 年已经从一个法定机构转制为一所非营利的企业，通过 14 人组成的学校董事会进行领导和管理。这个董事会由资深学者、杰出企业家及知名商界人士组成，它是大学管理的主要支柱。由此打破了传统的象牙塔式的办学模式，大胆尝试企业化管理模式，包括在财务管理、人才战略，以及运行机制等方面借鉴产业界的经验。同时，学校采取开放的办学模式，形成能够对经济和产业界的变化做出迅速反应的敏感机制，使学校甚至能够站在经济发展的前沿，服务地方经济社会的发展。非常有意思的是，南洋理工大学的领导也担任一些企业的董事，进而能够很好地了解企业的发展及需要，拥有非常丰富的企业管理经验。而且，学校还要求各级管理者都能够成为实干家，发挥企业家的精神，不断创新发展。[②] 南洋理工大学这种办学风格的特点与新加坡社会经济发展的定位和特点具有非常直接的联系，并由此适应和引领了国家的建设与发展。这也反映了大学风格与国家社会经济文化之间的关系。

当然，世界上其他的一流大学或知名大学都有自己的办学风格，而且都是这些大学非常重要的标识，成为这些大学文化中非常核心的内容。这种办学风格是这些大学对时代发展和人类命运的一种关注方式，是回应社会矛盾及冲突与文化变迁及挑战的一种特定方式，也是引领社会前进的一种精神。

---

① 喻胜华：《浅析新加坡南洋理工大学的办学理念》，《高等教育研究学报》2013 年第 1 期（第 36 卷）。

② 燕凌、洪成文：《新加坡南洋理工大学的成功崛起——"创业型大学"战略的实施》，《高等教育研究》2007 年第 2 期。

中西融汇[①]、古今贯通、文理渗透

清华大学是一所文化内涵非常丰富，具有深厚历史底蕴的大学，也是一所很有故事和传奇的大学。可以肯定的是，百年来清华大学已经形成了自己的办学风格。在清华园里，有许多脍炙人口的格言和名句，例如，"自强不息、厚德载物""行胜于言""严谨、勤奋、求实、创新""爱国奉献、追求卓越""人文日新"和"独立之精神，自由之思想"等等。

那么，清华大学的办学风格究竟应该如何表述呢？这是清华人一直在思考和研究的问题，许多校友也不断地贡献着自己的思想。清华大学文科处在"双高计划"（建设文科的高原与高峰）中，还专门设立了"清华风格"的研究课题，清华大学教育研究院还开展了"清华风格"的征文活动，等等。清华大学校友、国家主席习近平十分关心母校的建设和发展，他根据自己的从学经验和工作体会，对清华大学办学风格的表述提供了他的意见。他在清华大学105周年校庆时给母校的贺信中表示，清华大学"开创了中西融汇、古今贯通、文理渗透的办学风格"。这一表述得到了大家的广泛认可，更重要的是，它还十分准确地揭示了中国近代以来国家社会文化的深刻矛盾、教育面临的挑战与发展道路，以及清华大学的地位、态度、贡献与责任。而且，这种表述在21世纪初实现中华民族伟大复兴"中国梦"的努力中，仍然具有十分重要的现实意义。

在清华大学1916年的校刊《清华周刊》中，登载了闻一多先生的一篇文章《论振兴国学》。此事还得从当时的课程安排与学生学习情况说起。根据潘光旦先生的回忆，在清华学校期间，学校也存在着重

---

① 关于"中西融汇"，有学者认为，在清华早期的提法中，应该是"融会"。

西学，轻国学；重自然科学，轻人文学科的现象。在学校的教学计划和课程体系中，西学的课程安排比较多，学生的学习也比较认真；而国学方面的课程则相形见绌，用潘光旦先生自己的话说，与西学课程比较，"汉文课程的光景却惨淡了。第一，课目根本不多，只国文、中国历史、中国地理、博物等三四门，有一个时期还添上练字一课。第二，时间都排在下午一至四时，四时起是体育活动时间，午休根本谈不到，因此，学生精神疲倦，打瞌睡的很多。第三，上面提到过，教学方法与设备一般很差，引不起同学的兴趣"①。根据当时学生的记录，"学生过了午刻，把西学课交代过后，便觉得这一天的担子全卸尽了，下午的国文课只好算是杂耍场、咖啡馆"②。对于这些现象，当时清华的一些师生十分着急，大声疾呼加强国学。作为学生的闻一多便明确指出："新学浸盛而古学浸衰，古学浸衰而国势浸危，呜呼，是岂首倡维新诸哲之初心耶。易曰：硕果不食；诗曰：风雨如晦，鸡鸣不已。吾言及吾国古学，吾不禁怒焉而悲，虽然亡羊补牢未为迟也，今之所谓胜朝遗逸，友麋鹿以终岁，骨鲠耆儒，似中风而狂走者，已无能为矣，而惟新学是惊者，既已习于新务，目不识丁则振兴国学，尤非若辈之责，惟吾清华以预备游美之校，似不遑注重国学者，乃能不忘其旧，刻自濯磨，故晨鸡始唱，踞皋高吟，其惟吾辈之责乎，诸君勉旃。"③希望能够由此唤醒学校和同学对国学的重视。不少学者为了提高学生对国学的重视，还设立了各种文学团体，有些高等科的学生也"体会到自己毕竟是个中国人，将来要为自己的国家做些事，读洋书，到国外，只是为此目的而进行的一个手段"④，努力加强国学修养。

① 潘光旦：《清华初期的学生生活》，载钟叔河、朱纯编《过去的大学》，长江文艺出版社，2005，第99页。
② 顾毓琇：《清华学生生活之面面观》，《清华周刊·清华十二周年纪念号》1923年4月28日。
③ 闻一多：《论振兴国学》，《清华周刊》第77期，1916年5月17日。
④ 参看潘光旦：《清华初期的学生生活》，第102页。

同时，社会与学生家长也对此提出了责难。由此，清华学校在1923年便对课程进行改革，加强了国学的教学，开始重视课程体系里中西、古今与文理之间的协调，并在1925年成立了"国学研究院"。

就在进行课程改革的1923年，清华学校又成为中国思想史上一场重大思想论战的发源地。这就是1923—1924年具有重大和广泛影响的科学与人生观关系问题的学术论争，亦称科学与玄学的论战。其中主张科学无法支配人生观的一派为玄学派，坚持科学对人生观具有决定作用的一派则为科学派。

事情发生在1923年2月，北京大学教授张君劢应邀在清华大学对一些即将赴美学习科学的年轻学生，作了一个题为《人生观》的专题演讲，强调人生观与科学观是不同的等等。该演讲经整理成文，发表于《清华周刊》第272期上。针对这个演讲和这篇文章，地质学家丁文江先生随后发文讨论，在中国的学术界引发了一场"思想风暴"，包括后来成为清华国学院导师的梁启超先生等许多知名学者都不同程度地参与了这场思想论战。尽管这次大讨论涉及各种不同的学术观点，社会和学术界对这场讨论的看法也是各不相同，但可以肯定的是，它反映了科学主义与人文主义两大思潮在中国思想界的交锋。

当然，目前尚无充分的证据和材料说明这场论战对清华大学的直接影响，但1928年担任清华大学校长的罗家伦先生，著有《科学与玄学》一书，并认为："无论有没有那次论战，但什么是科学？什么是玄学？科学和玄学的关系怎样？是有志治一种科学，或有志治一点哲学的人，不能不知道的。"这至少表明这场论战对他的影响。更有趣的是，罗家伦出任清华大学校长后，到任伊始便去拜访著名学者陈寅恪先生，并送了一本他著的《科学与玄学》。陈寅恪接到书后，随即回赠一副对联。对联非常幽默地写道："不通家法科学玄学，语无伦次中文西文。"上下联中，正好将罗家伦名字中的"家""伦"二字嵌入，可谓绝妙。可以认为，这副对联十分明显地表达了陈寅恪先生对这场讨论的看法。按照刘梦溪先生的解释，"上联义显，可不置论，其下联的'中文西文'，我以为是就中国文化和西方文化为说。实际上博雅如义宁，也是不以大而无当的文化中西为然的"。他还说道："陈寅恪一生标举圣人'有教无类'之义，以文化高于种族的学说，化解胡汉，化解华夷，自然也可以化解吾人所谓之'中西'。其向罗氏所赠联，殆非出于学理之自然欤？"[①] 诸如此类的趣闻逸事不一而足，包括后来在清华任教的吴宓先生发起的"学衡派"与胡适等新文化运动人物之间的争论等等。问题是，这些故事与清华的办学风格之间有什么关系吗？显然，它们恰恰从一个侧面反映了清华大学的历史际遇与时代使命，为清华大学开创"中西融汇、古今贯通、文理渗透"的办学风格提供了一些非常生动的历史铺垫和文化注解。

　　清华大学的成立和初创阶段，正是中国社会发生急剧变化的历史时期，也是一个充满激情与挑战的动荡时代。如同梁启超先生所说的那样，这是一个"过渡时代"。在这个历史时期，社会的张力明显增大，矛盾与冲突比比皆是。按照历史学家罗志田先生的话，"这是一个历史悠久、看重文化的大国不得不转身的时代"[②]。"既存秩序不再显得'恒常'，同时过去相对易得的'稳定'，也被频繁而剧烈的动荡所取代。"[③] 这种大国的"转身"并不是某些个别的变化，或者局部的调整，而是一种思维方式和价值坐标的转型，进而至少形成了三个方面的冲突。其一是"回头看"与"向西看"。中国长期以来的价值坐标

① 　上述史实可以参考刘梦溪的学术文章《国学辩义》，原载《文汇报》2008年8月4日，全文载上海《社会科学报》2008年8月28日。
② 　罗志田：《"过渡时代"与"大国转身"》，《读书》2018年第11期。
③ 　同上。

是一种纵向的"回头看"，从历史中寻求合法性的根据和合理性的基础；而如今西方列强的船坚炮利，以及中国的屡战屡败，使得中国人不仅要"回头看"，而且要"向西看"，即参照西方发达国家的经验与制度，举办各种企业、机构与学校，由此，也就产生了中西之间的体用之争。其二是所谓新旧之间的关系。在这个时期，中国以往的传统和古代的价值受到了越来越多的质疑，一时间各种各样的"新字号"的运动和事物如同雨后春笋般冒了出来。尤其是1915年的"新文化运动"、1917年开始的"新文学运动"等。于是乎，道德有了新旧之分、文学有了新旧之分、文字有了新旧之分、学校有了新旧之分，甚至连标点符号也有了新旧之分。由此形成了古今之争。其三则是"从过去极为看重非物质面相到后来思想的全面物质化"①。在过去"士农工商"的社会地位序列中，文化人具有一种尊享的地位。"万般皆下品，唯有读书高"反映的正是这个意思。而熟读"四书五经"则是金榜题名的必由之路。然而，西方科学技术的发展与新式教育的发展，则越来越重视和强调了物质文化的价值，数理化具有了"走遍天下都不怕"的地位。由此也形成了文理之争。这些是中国近代社会一个基本的时代特征，是一个时代的命题。对于教育而言，这更是一个不可回避的问题。因为，无论是中西之争、古今之争或文理之争，都关系到人们的身份认同。如果说中国人始终将中国历代的圣人和传统文化作为自我认同的基础和参照系，进而导致了一种身份认同中的集体无意识，那么，自1840年鸦片战争以来，以及后来的甲午战争、戊戌变法、辛亥革命，中国人的身份认同逐渐出现了危机。中国人应该是什么样的人，这个似乎不用去想的事情，竟然成了一个问题。所以，时代的特征决定了这个时期出现的中国大学不能不对此表明自己的态度，

---

① 罗志田：《"过渡时代"与"大国转身"》，《读书》2018年第11期。

由此也从源头上奠定了不同大学办学风格的基础，并且一直影响着中国大学的发展与变革。

　　清华大学正是在这种历史变迁的"过渡时代"和"大国转身"中建立的大学。由于它的成立有着某种特别的原因和背景，所以也成为这个"过渡时代"和"大国转身"中非常惹眼的一所大学，并且有意或无意地成为这些文化冲突与争论的"旋涡"。因此，清华对这些冲突和争论的回应成了上下左右都非常关注的问题，也直接影响着中国大学的发展。而清华大学的历史也从一个侧面反映了这些价值坐标的冲突和文化发展的张力。事实证明，清华大学做出了十分得体的响应，由此开创了中西融汇、古今贯通、文理渗透的办学风格，并且对整个中国的大学提供了示范。清华大学国学研究院导师王国维先生在来清华任教之前，就曾经在《国学丛刊》序言中写道："世界学问，不出科学、史学、文学，故中国之学，西国类皆有之，西国之学，我国亦类皆有之。所异者，广狭疏密耳。即从俗说，而姑存中学西学之名，则夫虑西学之盛之妨中学，与虑中学之盛之妨西学者，均不根之说也。中国今日实无学之患，而非中学西学偏重之患……此由学问之事，本无中西，彼鳃鳃焉虑二者之不能并立者，真不知世间有学问事者矣。"① 而对古今文理之争，王国维先生也发表了他十分精辟的见解。他认为："治科学者，必有待于史学上之材料，而治史学者，亦不可无科学上之知识。今之君子非一切蔑古即一切尚古，蔑古者出于科学上之见地，而不知有史学，尚古者出于史学上之见地，而不知有科学。即为调停之说者，亦未能知取舍之所以然，此所以有古今新旧之说也。"② 无疑，这些思想也随着王国维到清华大学国学研究院任教，直接或间接地影响了国学研究院甚至整个清华的办学风格。

---

① 王国维：《国学丛刊·序》，《观堂别集》（卷4），载《王国维遗书》（第4册），第8页。转引自刘梦溪：《"文化托命"和中国现代学术传统》，《中国文化》1992年第1期，第114页。
② 同上书，第115页。

在清华正式成为大学以后，这种中西融汇、古今贯通和文理渗透的办学风格更加明确地体现在学校的学科建设和人才培养中。在1926年清华学校评议会讨论大学成立事宜时，计划设立的11个系按照记录所列顺序分别为：国文学系、西洋文学系、物理学系、化学系、生物学系、历史学系、政治学系、经济学系、教育心理学系、农业学系、工程学系。文理之间是非常平衡的。同时，在学科建设中也体现了中西融汇、古今贯通、文理渗透的风格。例如，1929年杨振声和朱自清在拟定的《中国文学系的目的与课程的组织》中，便表达了这种办学风格："中国文学系的目的，很简单的，就是要创造我们这个时代的新文学。为欲达到此目的，所以我们课程的组织，一方面注重研究我们自己的旧文学，一方面再参考外国的新文学。既是要创造新文学，为什么反而注重研究旧文学呢？因为我们文学上所用的语言文字是中国的，我们文学里所表现的生活、社会、家庭、人物是中国的。我们文学所发扬的精神、气味、格调、思想，也是中国的。换句话说，我们是中国人，我们必须研究中国文学，我们要创造的，也是我们中国的新文学，不过是我们这个时代的中国新文学罢了。为什么又要参考外国的新文学呢？正是因为我们要创造中国的新文学。不是要因袭中国的旧文学。……我们要参考外国文学，也就是要找新的营养。"[1] 按照朱自清先生的亲属回忆，朱自清先生之所以能够提出"中西融汇、古今贯通"的教学方针，与他早年的思想有关。1923年朱自清先生在浙江温州中学任教时，曾经为温州中学撰写的校歌歌词中就有"上下古今一冶，东西学艺攸同"[2]。而对于国文系的这种办学理念，王瑶先生认为，这种学术风格并不是中文系独有的，它"大体是贯穿于清华文

---

[1] 《中国文学系的目的与课程的组织》，载《国立清华大学学程大纲——附学科内容说明》，1929年。转引自王中忱：《后五四时期中国学术的"独立"追求与学科建构》，《文艺争鸣》2019年第5期。

[2] 参看温州新闻网，2017年4月5日。

科各系的"①。

在清华园里，文理渗透的氛围也已经成为一种习惯。据说在西南联大时期，著名的物理学家王竹溪先生与逻辑学家沈有鼎先生竟然在日本飞机轰炸时，还有闲情逸致跑到中文系听著名古文字学家唐立庵先生讲古文字学。这种文理渗透不仅是相互学习，还有彼此的切磋，以及对同一件事从不同的角度发表自己的意见。不同领域的学者可以就某一事物各抒己见。例如，1948 年 3 月 31 日，朱自清发表文章，对北平市政府"拨用巨款修理和油漆北平的古建筑"的做法表示不赞同。在同年 4 月 13 日出版的《大公报》上，梁思成发表《北平文物必须整理与保存》一文，对朱的观点进行了讨论辩驳。朱自清读到梁思成的文章后，称赞梁思成见解独到，两人的私交并未受到影响。这场关于"北平古建筑保护"的君子之辩成为美谈。② 这种兼重中西与古今，并讲究人文与科学的渗透、严谨的治学方法的办学风格与当时国内其他大学是迥然有别，并且卓然独成一家的，称之为"开创"可谓是实至名归。中国著名的文化学者刘梦溪先生就非常直接和明确地表示，与当时的其他大学比较，清华大学在早期的社会转型和文化变迁中，就已经初步形成了这种中西融汇、古今贯通、文理并举的风格。③

这种办学风格不仅是清华大学历史上的教育观念和办学模式，至今仍然贯穿在清华大学的人才培养和学科建设中，体现在科学研究与社会服务中，并且在新百年中焕发出新的景象，展现出新的故事。"清华简"的研究与保护；清华大学美术学院工艺美术系不断创新发

---

① 王瑶：《我的欣慰和期待》，《文艺报》1988 年 12 月 10 日。

② 《严谨 勤奋 求实 创新——清华大学优良学风档案史料展精粹之一》，清华新闻网，2019 年 11 月 13 日。

③ 这是本书作者在向刘梦溪先生请教时，刘先生通过与其他大学的比较，对清华大学办学风格的看法。而且他认为，当时是一种"文理并举"的现象。

展，举办了在世界范围内都具有引领性的《从洛桑到北京》的纤维艺术展；信息艺术设计系则把传统的艺术设计与现代的信息技术结合起来；清华大学美术学院主办的独树一帜的"艺术与科学"国际论坛……这些无不体现着清华大学的办学风格。

关于"艺术与科学"论坛和办学风格，坊间还流传着这样一段佳话：2006 年 11 月，清华大学美术学院第二届艺术与科学国际作品展暨学术论坛在清华大学主楼举办开幕式。那一天，并不宽绰的清华大学主楼后厅真的是高朋满座，门庭若市。众多著名艺术家的各类贺礼和参展者精心设计与制作的展品，让人们目不暇接、惊叹不已；科学界的"大牛"们也纷纷到场，其中最著名的莫过于诺贝尔奖获得者、世界著名物理学家李政道先生。当然，政商各界的大佬们也纷纷前来……真可谓星光熠熠，好一番节日的场面。会场的气氛伴随着一段段金句、一阵阵掌声不断地形成高潮。不过，真正的高峰还是著名艺术家吴冠中先生与李政道先生的互动。开幕式中，会议主持者首先邀请李政道先生致辞。他回顾了当年与毛泽东主席的会见，尤其是与毛主席关于科学和艺术的交谈，给与会者带来了十分难得的信息和他精辟的见解。紧接着是吴冠中先生上台致辞。就在人们竖起耳朵准备聆听吴先生那略带宜兴口音的讲话时，吴冠中先生却让工作人员在会场的大屏幕上展示了一幅投影。巨大的屏幕上是一个乍看似曾相识，细看却谁也不认识的字。它像一个"曲"字，却又不是我们常见的"曲"——"曲"字里面多加了一横。它究竟是什么字呢？吴先生就从这个字开始了他的致辞。他说，这就是一个"曲"字。从科学与精准的角度说，它是一个错别字。但是，从艺术的角度说，它却是一种更加准确的描述和表达。因为，"曲"的原意就是迂曲、曲里拐弯、婉转，表达一种幽深的含义。小篆的"曲"字就非常形象地反映了它的意境。如果在这个"曲"字里面加一横，岂不是显得更加弯曲和复杂吗？表面上看，这是一个错别字，不科学也不严谨，但它却更准确地表达了"曲"字的意蕴和内涵。这难道不就是艺术与科学的统一吗！这不正是对于现实与理想之间张力的一种超越吗！这番通俗而又深刻的话语，配上大屏幕上那个经过艺术处理的"曲"字的直观形象，科学与艺术的结合得到了惟妙惟肖的体现和诠释，让所有在场的人对艺术与科学的关系有了一种深入浅出的领会。也许正是吴冠中先生的这种平淡却不失深刻的思想观点的冲击力，就在主持者准备邀请下一位致辞嘉宾时，坐在前排的李政道先生竟然按捺不住地站了起来，对会议主持者说："我希望再讲几句。"还没等主持者反应过来，会场已经是掌声一片——这也使整个活动达到了高潮，成为科学与艺术讨论的一段佳话。而这两位学术和艺术的泰斗的友谊和对话，也正是对清华大学"文理渗透"风格的一个非常精妙的写照。

如果说，吴冠中先生与李政道先生的合作与对话是清华大学办学风格在学者个人之间的反映，那么，21世纪清华大学心理学系成立及学科定位和发展的故事则体现了这种办学风格在学科建设中的落地。

心理学是清华大学早年就有的一个学科，也一直是学校在文科复建中牵挂多年的一个心结。经过多年的努力和精心的筹备，心理学系终于在2008年正式重新成立。然而，心理学系成立以后，有一个难题摆在学校领导的面前：心理学系究竟应该放在文科，还是放在理科呢？当然，从1926年清华学校心理学学科的定位来说，它是与教育学一起成立的"教育心理学系"，但由于清华的心理学学科受美国近代实验心理学流派的影响，比较强调心理学基础理论的教学与研究，开设的课程侧重自然科学，包括普通心理学实验室和实验心理学实验室，所以，在1934年清华大学院系调整定型时，心理学系便成了当时理学院六大系之一。如今复建，心理学究竟应该如何定位呢？经过反复考虑，学校最终决定将心理学系放在社会科学学院。这样的安排并不是简单地将心理学学科定位成社会科学，而是认为，社会科学本身就是一个文理渗透的领域。实际上，清华大学社会科学学院的招生就是文理兼招的。而且，在心理学系的建设中，特别加强了对实验室的建设。特别值得一提的是，正是在社会科学学院中的心理学系，在清华大学的科技园里成立了世界上第一个"幸福科技实验室"，并且在上海、深圳和澳大利亚分别建立了分中心。根据幸福科技实验室的定位，它的机制和特点正是文理渗透，其目标是将积极心理学研究成果进行转化的科技创新孵化平台，把积极心理学研究成果与生化技术、基因技术、大数据技术等各种最前沿的科技成果结合起来，打造出集研究、学习、体验、展示、孵化于一体的复合型科技创新平台，并汇聚和推广全球最先进的有关健康幸福科技产品，从而提升人们的幸福感。如今，它已经成为清华大学的一个品牌。类似的故事还有"墨甲"机器人乐队。这是中国首支具有中国文化特色的机器人表演团体，由三位各具特色的机器人乐手组成，分别是竹笛机器人"玉衡"，箜篌机器人"瑶光"和排鼓机器人"开阳"。它们的名字来源于北斗七星中的三颗星。"墨甲"机器人乐队的名字，取自诸子百家的墨家——古代崇尚工程技术的重要流派。

这种"中西融汇、古今贯通、文理渗透"的办学风格，不仅体现在清华大学的人才培养、教学、科学研究与社会服务等方面，也写在了清华的园子里。许多来清华参观游览的人常常从标志性的"二校门"

走过清华学堂与大礼堂等早期建筑，途经工字厅和古月堂，徜徉在水木清华与荷塘月色中，他们在这条经典的游览路线中往往是不知不觉间就将这些不同的景物非常自然地融合在一起，却并没有发现其中的奥妙。实际上，它们包含了两种非常不同的建筑风格。清华园中的工字厅、古月堂，以及圆明园遗址部分的建筑，包括荷塘周边的景物等，都是中国传统建筑风格的体现；而沿途的清华学堂、大礼堂、科学馆、第二教学楼、同方部等，则是当时美国设计师墨菲等人按照美国伊利诺伊大学香槟分校的校园模式设计建设的。后来，虽然又经过多次的设计和扩建，清华大学的校园始终秉持了这样的协调统一。就是这样中西、古今两种不同的建筑风格，却能够在清华园里相辅相成，相映成趣。在游客眼中，形成了一种一体化的感觉，而这种一体化感觉的基础，正是清华大学的办学风格。

这种"中西融汇、古今贯通、文理渗透"的办学风格，是清华大学历史文化的积淀，是清华精神和文化的体现，是清华人的基本标识，是清华大学建设世界一流大学最重要的资源。它既是对中国历史发展的社会转型中各种文化冲突的回答，也是对现实问题和教育改革的态度，还是面向未来的一种发展道路。清华大学的这种办学风格具有十分丰富的内涵，并且表现为清华大学的办学格局、清华大学的办事格式、清华人的格调，以及贯穿其中的许多脍炙人口的清华格言。

三
清
华
的
格
局

　　清华大学的办学格局反映了清华大学的一种自我定位，以及它的建设发展与世界、中国及高等教育的关系。这种格局既有一种空间的含义，也是一种时间的积淀，更是一种精神与思想的图景。它彰显了清华大学的历史与时代责任，体现了学校的发展方向与建设规划，反映了人才培养的目标与基准，构成了学校资源配置的基本原则，影响着清华人的思维方式与行为准则，也成为清华风格的主要内涵。这种大学的格局，是一所大学风格最重要的体现，也是这所大学的办学境界。

"无问西东"的启示

　　曾几何时，一部反映清华大学与西南联大的电影《无问西东》的热映在中国大地上成为一道风景。一时间，电影屏幕和电视荧幕上，林林总总的报刊杂志上，人们街头巷尾的议论中，《无问西东》的故事与人物都成了主角。当然，电影中的故事情节与人物形象从一定的角度反映了清华大学的办学风格，成为清华办学格局的一个剪影。不过，艺术创作并不能完全反映现实，清华的真实形象比电影的刻画与描写要更加丰满和生动。

格局是一种境界

对于格局的含义，可以有很多不同的解释，包括《现代汉语词典》中的"结构和格式"，以及文学作品中的构思，做人的气度，还有对态势的理解与把握，等等。说得大一点，它也可以是一种世界观和人生观。例如，在文学艺术作品中，格局指的是整篇文章的布局谋篇、结构架势，如"杜诗格局整严，脉络流贯，不特律体为然，即歌行布置各有条理"[①]，由此形成了作品的品质、境界、境地；又如，格局用来指人时，更多地是描述人的品质与境界，包括人品的高下、见识的深浅与视野的广狭，以及境界的高低等；而在描写企业、社会和项目时，格局反映的则是一种社会的责任与品位的高低。尽管格局一词有各种不同的诠释，但有一点是共同的——格局是一种境界，它反映的是做人做事的一种视野、眼界与态度。而大学作为一个非常重要的文化机构，境界正是其中十分根本的品质之一，格局正是体现了一所大学的这种境界。

清华大学的老校长梅贻琦先生很早就在《大学一解》中对大学的格局做过一个十分通透的说明。他在文章中开宗明义地指出，"今日之大学教育，骤视之，若与明明德、新民之义不甚相干，然若加深察，则可知今日大学教育之种种措施，始终未能超越此二义之范围……大

---

① 杜甫著，仇兆鳌注：《杜诗详注》，中华书局，1979，第295页。

学课程之设备，即属于教务范围之种种，下自基本学术之传授，上至专门科目之研究，固格物致知之功夫而明明德之一部分也。课程以外之学校生活，即属于训导范围之种种，以及师长持身、治学、接物、待人之一切言行举措，苟于青年不无几分裨益，此种裨益亦必于格致诚正之心理生活见之。至若各种人文科学、社会科学学程之设置，学生课外之团体活动，以及师长以公民之资格对一般社会所有之努力，或为一种知识之准备，或为一种实地工作之预习，或为一种风声之树立，青年一旦学成离校，而于社会有所贡献，要亦不能不资此数者为一部分之挹注。此又大学教育新民之效也"。显然，这种"明明德、亲民、止于至善"正是一种以国家和民族命运为宏旨，以提升人民地位为初心的境界或格局。按照唐代著名文学家和学者韩愈的话，则是"传道、授业、解惑"。而结构功能主义的代表人物帕森斯则认为，大学也就是一个以文化为基础的潜在的模式维护机构。所以，大学的格局，从根本上说，就是大学文化中境界的体现，是大学精神的基本形态。

大学的格局无疑浸透在它的历史和传统中，是一所大学在长期办学历史过程中逐渐积淀下来的办学特色，特别是那些经过历史和实践证明的对于这个大学来说比较成功的办学经验和思路。今天，人们只要来到清华的东南大门，看到立在门前的"自强不息、厚德载物"的校训，就自然而然地会想到当年梁启超先生在清华的著名演讲《君子》。

那是 1914 年的初冬，北京天气渐冷，梁启超先生衣装整洁，面呈微笑，怀揣对清华学子的殷殷期望，以略带广东口音的"官话"，开始了题为《君子》的演讲。虽然如今早已时过境迁，但"社会之表率"与"中流之砥柱"的话语，已经融入了清华的文化之中，并且为清华大学的格局添上了一抹深深的底色。这种办学历史和传统中积淀、形成的办学格局既能够反映在学校的制度建设中，同时也无形地体现在学校的日常工作和整体环境里，体现为人们的言行举止，渗透在学校的各个方面。

大学的格局作为一种文化的境界，体现为大学生的文化素质，大学教师的文化素养，以及大学本身的文化追求。尽管大学教育更多地具有一种专业教育的特点，但现代大学教育已经越来越强调和重视通识教育，越来越把文化素质作为评价大学人才培养质量的重要标准。大学教师虽然是某一领域和学科方面的专家，但从教师职业的角度而言，文化素养仍然是第一位的；就大学本身来说，它的文化追求直接影响和决定了大学的办学视野和境界，制约着大学在办学过程中的方向和质量标准。

2014 年 11 月的一期语言类达人秀网络综艺节目《奇葩说》，获得了相当高的观看次数。而这一期节目之所以得到观众如此的关注，在一定程度上与清华的两个学生有关。其中一个是清华的校友，娱乐圈里大名鼎鼎的高晓松；另一个则是清华的"学霸"之一。在这期节目中，这个清华的"学霸"上台以后，介绍了自己的学历与背景——本科学的法律，硕士读的金融，博士读的新闻传播——然后他问三位评委"应该做什么样的工作会让这三个专业能发挥作用"。此番诚恳又略带显摆的问题招致了一顿严厉的批评。作为学长的高晓松毫不客气地说道："一个名校生走到这里来……问我们你该找什么工作，你觉得你愧不愧对清华十多年的教育？"高晓松还说："你是清华最优秀的在校生之一，我回学校里校长书记都跟我提过你，但是你今天的表现让我非常失望。我觉得你没有拿出一个大名校生胸怀天下的格局来。你要知道名校是干什么的，名校是镇国重器……如果名校只是教你点技能，为了找个工作，那要名校干吗？要名校的传统干吗？"①尽管事后人们对此议论纷纷，但毋庸置疑的是，高晓松表达了他自己作为清华校友，对清华办学格局的一种认识、坚持与维护。无独有偶，清华大学原副校长、西湖大学校长、著名生物学家施一公先生也发表了类似的观点，他认为："研究型大学从来不以就业为导向，从来不该在大学里谈就业。就业只是一个出口。大学办好了自然会就业，怎么能以就业为目的来办大学。"而且，本着对清华大学传统、使命与责任的认识，他对清华目前某些学生的功利主义现象也进行了批评。②虽然格局的大小与就业并不矛盾，但不管从事什么职业，确实需要有一定的格局。缺乏一种格局，什么事都干不好。而两位校友讲的就是做人做事的格局，他们的观点恰恰反映了清华的格局。

20世纪末清华大学复建文科时，有一个十分重要的指导思想："入主流。"它讲的是文科建设不能仅仅考虑清华大学已有的学科结构和优势，或者依托现有的工科建设若干能够很快见成效的学科专业，而应当根据国家的需要与文科的特点，建设主流的文科学科，特别是文史哲、经济社会和法律等。用当时学校领导的话说，即使清华大学依托现有工科的基础和优势，建设几个上得快的学科，如不能真正进入文科的主流领域，不能在文史哲和社会科学等文科的主流领域有所建树，尽管这几个学科可能达到了一流的水平，也不能说有了真正一流的文科。正如一流医院一定是在某些重大常见疾病方面有所成就一样；也如同只有在"三大球"——篮球、排球和足球——以及田径、游泳等重要领域有所成就，才可以算得上体育强国。"入主流"是大学的办学格局。

大学的格局非常精准地约束和规定了大学的办学方向。大学本身

---

① 参看网络综艺节目《奇葩说》2014年11—29期。

② 参看施一公2014年9月16日在欧美同学会·中国留学人员联谊会第三届年会暨中国留学人员创新创业湖北发展峰会上的演讲。

当然是一个学术机构，或者说它是一个知识传授和教学的机构。但从人才培养的基本含义而言，大学最根本的定位仍然是一个文化机构。学术可以促进人们专业化程度的提高，但它并不能够完全保证人朝着正确的方向转化和提高，也很难帮助人们形成合理的价值观。科学研究可以探索世界未知的领域，发现新的规律与奥秘，产出大量的科技成果，但它并不能保证这些探索与成果真正能够为人民服务。而大学的格局则规定和引导了人才成长的方向与价值观，促使科研真正为人类和社会造福。这就是大学格局的意义。从这个角度说，不注重格局的大学，就不算是一个文化机构，也算不上一个教育机构。但令人遗憾的是，有些人仅仅将大学看成一个学术机构或单纯的教学机构，以至于在政策或法规上一直把大学基本建设的范围局限在单纯学术或教学的某些具体项目上——包括教室、图书馆、学生宿舍等，而对于有助于直接提高和培育学生文化素质的某些建设项目，如博物馆、展览馆、音乐厅等，则统统排斥在建设项目范围之外，认为这些都是文化设施，不属于大学建设应该有的项目。这真的是一个很糟糕的误解。

成败系于格局

"格局决定成败。"这是一句流传甚广的格言，它讲的是，古往今来，凡成大事者，必有大格局。在社会上也有这样的俗话：再大的饼也大不过烙它的锅，对个人、企业或大学来说，如果事业是饼，格局就是烙饼的锅。所以，格局是一个十分重要的评价角度，而且是一个人们非常看重的评价标准。例如，人们在评价一个文学或艺术作品时，并不单纯看它的文采与措辞，或者是舞美或演技等，更重视它的追求与意境，看它对人性的表达；又如，人们在评价一个企业的发展，或者一个社会组织的活动，又或某个项目的构思时，并不简单地看它的市场需求或利润空间，或者资源配置的优劣等，而是在意它的社会效益与目标取向；再如，评价一个人的时候，并非仅仅看他的官衔、富有程度，或者外表等，而是注重这个人的气质与品位，以及他的精神境界。更要紧的是，这种对格局的评价甚至是致命的。你可以说某人的水平比较低，也可以认为某人的能力有限，但如果你要说某人的格局不大，那真是对某人最大的贬损。

　　大学作为一个非常典型的文化机构，格局正是其中最关键和核心的因素。大学的成功与否很大程度上取决于它的格局。当然，高水平的大学需要非常优秀的教师，以及先进的实验室和很好的办学条件，很多大学在师资等条件方面与高水平大学之间的差距也越来越小。甚至可以说，在这些方面清华及其各个学科并不具有非常明显的优势。但办学格局的差异却是大学之间形成差距的一个十分重要的原因。有一次，清华的一位校领导讲课时，专门就做人和做学问的格局与学生们进行讨论与交流。他通过比喻非常生动地说明了格局的重要性以及如何调整自己的格局。他说：人的格局就好像是他对自己生存空间的定义或界定，假定这个空间的物理中心是最重要的事情或最有价值的事物，那么，如果你的眼界局限在清华园里，你只能认为学校的二校门是最重要的事情或最有价值的事物；如果你把自己的眼界拓展到整个北京市甚至全中国，你则会对这个中心有新的认识；而如果你能够放眼全球，便可以有更大的视野与格局，并且能够发现新的中心，真正找到最重要或最有价值的事物。这就是格局。而在不同的格局中，你对什么事情是真正具有高度关联性的战略性要点的认识不同，做出的选择也就不同。而这种差异就决定了做人做事的成败。

格局是大学评价中一个十分重要的角度，或者说，格局本身是反映大学办学水平最重要的标准。可以说，格局的差异也是反映不同大学办学水平与质量非常重要的一个方面。令人遗憾的是，近年来大学领域出现了各种各样的排行榜，其中五花八门的指标更是让人眼花缭乱。它们看上去好像非常科学严谨，似乎是有说服力的。有些大学甚至将这一类排行榜及其指标当成自己的办学目标，以至于由此决定某些学科和教师的命运。殊不知，这些排行榜更多的是市场的产物，将评价当成一种商品定价的工具。至于其深层次的危害，就一言难尽了。而格局作为一种文化的表征与载体，它比某些非常量化的数据或者实证性的指标更能够说明一所大学的品质。虽然以它为标准很难做一个一目了然的排行榜，但它在人们心目中的名次差别却是立见高下的。如果说清华大学在大学评价的各个方面有非常漂亮的国际性的可比性指标，但它能够成为中国最好的大学，并且日益得到国际高等教育界的认可，其根本原因则在于它的办学格局。

　　近年来国内或国外经常举办各种各样的大学校长论坛和高等教育论坛，在这样的论坛上，大学校长们的演讲大致可以分成两类：一类是数据的罗列，包括学校有多大的面积，有多少学科和教师，有多少设备，拿了多少科研经费，获得多少研究的大奖，有多少国家重点学科、国家重点实验室，等等；第二类演讲是介绍大学的精神和文化，学校的历史传统、校友与故事，特别是学校发展过程中那些激励学生、老师和校友并令人骄傲的人物和故事。毋庸讳言，后一种讲法的效果明显好于前一种讲法，能够让听众印象更加深刻，对学校认识更加清晰。这种演讲风格的差异实际上反映了对大学办学定位，以及责任与使命的认识，体现了大学的不同格局。它的不同效果告诉我们，其实大家更关心的是大学的精神和文化，因为这的确是大学最关键和核心的价值。因此，大学的格局是大学最重要和最有价值的文化属性，格局的大小与品质是大学最重要的竞争力，是大学人才培养最基本的平台，是大学办学质量最根本的体现，也是大学建设和发展过程中最重要的办学资源。

在电影《无问西东》中，几个人物的选择是非常有意思的。一个是吴岭澜。他的学术基础非常扎实，在面对当时"因为最好的学生都念实科"的形势下，为选择文科还是理科而纠结。正值此时，世界著名的印度大文豪泰戈尔方问中国，抛出了中华文明是什么，以及在中华文明中的你是什么，你要为中华文明做些什么等问题。吴岭澜在泰戈尔的演讲中获得了启示，并且在老校长梅贻琦的建议下毅然决然地选择了当时并不为社会认可的文科。另一个是吴岭澜的学生沈光耀，一个风流倜傥的富家子弟，也是一个极有正义感的热血青年。在国家危急存亡之际，他选择弃笔从戎，成为一名空军战士，最后以身殉国。陈鹏与王敏的相爱充分反映了清华人的情感追求，而张果果在面对四胞胎家庭时的所作所为，也从另一个角度反映了清华人做人的原则。这些并不是一种单纯的专业选择，或者一时的冲动，也不是简单的卿卿我我，更不是一种恻隐之心，他们的选择反映了一种价值观，体现了清华人的一种格局，一种对中华文明和祖国人民的责任，一种对初心的遵从和对生命的尊重。这就是一种格局。如果说电影《无问西东》的编剧和演员非常出色的话，影片依托清华大学和西南联大所体现的这种恢宏的格局则更是它成功的原因。影片的内容是有限的，而清华的真实格局则更加丰富地反映了清华对自身在世界上的地位，在中国的责任，以及在高等教育界的使命的自我认知。

知耻而后勇

"知耻而后勇"源自《礼记·中庸》的"知耻近乎勇",意为知道羞耻就能够更加勇敢。它是中国传统文化所推崇的"三达德"中"勇"的一种阐发,表达了一种在受到耻辱之后,不自暴自弃,并由此激发出一种发自内心的动力,不断进取、奋发有为的精神状态。这句话或许能够非常典型地表达清华办学格局中在世界上争取中国学术独立自主的努力。1925—1926年的《清华年报》说:"清华之成立,实导源于庚子之役。故谓清华为中国战败纪念碑也可;谓清华为中国民族要求解放之失败纪念碑也亦可;即进而谓清华为十余年来内讧外侮连年交迫之国耻纪念碑亦无不可。清华不幸而产生于国耻之下,更不幸而生长于国耻之中。缅怀往迹,曷禁悲伤! 所可喜者,不幸之中,清华独幸而获受国耻之赐。既享特别权利,自当负特别义务。凡此十数年中,规模之扩张,人材之陶冶,皆清华所以惨澹经营求雪国耻之努力也。"[1] 而清华校名的变化,以及21世纪初国际高等教育界对清华的认可,也为"知耻而后勇"提供了历史的诠释,注入了新的时代内涵。

校名的变化

中国传统文化中,"正名"是一件非常严肃的大事,也有很多专门的说法,如"名正言顺""实至名归""师出有名",以及"名不虚传"等。之所以如此,关键是正名本身反映了一种定位,体现了一种格局。而清华大学校名的变化就是一个很好的例证。

从历史上看,清华的校名变化可谓是一波三折。清华大学最早的前身游美学务处,也叫作肄业馆,成立于1909年7月10日;将清华

---

① 清华大学校史研究室编:《清华大学史料选编》(第一卷),清华大学出版社,1991,第35页。

园作为游美肄业馆馆址，主要任务是选派留学生赴美学习，归属清政府外务部管理。1910 年游美学务处向外务部和学部呈文，申请将游美肄业馆改名为清华学堂，理由是肄业馆仅为留学预备，"取义尚狭"，而实际上"该馆学生不仅限于游美一途"，未留美的在馆毕业也应该将之培养成才，其最根本的考量其实是要办成大学。其呈文说："现经拟定办法，于该馆高等、初等两科各设四年级，并于高等科分科教授，参照美国大学课程办理，庶将来遣派各生，分入美国大学或直入大学研究科，收效较易，成功较速，而未经派往各生，在馆毕业，亦得各具专门之学，成材尤属较多。"① 因此，循名核实，应改为清华学堂。学部、外务部将初等科改为中等科，核准了游美学务处的申呈。外务部札奏肄业馆改名并附《清华学堂章程》，获朝廷批。清华作为一所学校至此完备地建立起来。经过数月筹备，清华学堂正式于 1911 年 4 月成立。这是一个从清朝到民国的转折期，而清华就诞生在中国历史的里程碑上，它完全感受到了此时此际的内涵和意义，也通体感知到国家与民族的托付和重任，当然也承受起中国历史与未来的期许和希望。清华的格局就是这个历史的产物，也是这个历史的要求，清华就是中国特定历史的应许。它不仅为学生留学做准备，而且开始为祖国培养人才，这是清华的第一次更名。

清华的第二次更名发生在 1912 年 5 月。因清华学堂建立，筹办学堂和考选留学生的游美学务处裁撤，清华正式成为一个学校机构。当年 10 月按照教育部的要求，学堂改称学校，即清华学堂改为清华学校。最有意思的是英文校名的变化，清华学堂英文名为 Tsing Hua Imperial College，清华学校则为 Tsing Hua College，删除的是"帝国"（imperial）一词。这次更名——将其中的"帝国"删除，是非常有含

---

① 清华大学校史研究室编：《清华大学史料选编》（第一卷），清华大学出版社，1991，第141 页。

义的，它反映了清华办学格局的一种变化，清华学校既体现为中国新的教育制度的发展，也代表了一种新的政治社会环境，意味着中国开始摆脱国外的控制而走向独立自主，也体现了一种新的定位与使命。

清华的第三次更名最初发生于1916年。时任校长的周诒春先生向外交部提出预备设立大学，得到外交部的批准。1920年张煜全校长详细地报告了筹设大学的方案，获全体中西教员一直赞成，当即设立大学筹备委员会。学校逐渐直至停办中等科，扩招高等科，并开始招考大学学生。此后筹办大学的步伐加快，学校教师和社会人士都积极献计献策。1924年曹云祥校长聘请周诒春、胡适、范源濂、张伯苓等为筹备顾问。1925年中等科废止，大学部和研究院招录第一届学生。1925年旧制高等科停止招生。1928年清华正式改办大学，成为清华大学。

在中国文化中，"正名"之所以如此重要，根本原因是这个"名"从来都不是空的，也不是一个单纯的形式，而是有实质性内涵的。清华三易其名，便包含了非常丰富的内涵，体现了一个从屈从走向自立的过程。从游美学务处到清华学堂与清华学校，清华一直归属政府的外务部或外交部管理，各项事务均由外务部统辖，经费由外务部提供，其实是按照美国的意志与要求办学，主导思想和各项制度、措施都以美国教育为依归，整所学校并没有真正纳入国民教育体系。根据清华大学校史馆金富军先生的研究，1911年清华建校时，由清政府外务部、学部共管。1912年后，清华学校归外交部管辖，"成为外交部的一个附属机关"①。虽然学校也有校长，但真正的权力都在由外交部控制的董事会手中。但清华的有识之士也一直努力改变这种外在形象和内在实质。1911年2月的《清华学堂章程》设定办学宗旨为"培植全

① 冯友兰：《三松堂自序》，生活·读书·新知三联书店，1989，第337页。转引自金富军：《政治与教育的双重变奏——1928—1929年清华大学"国立化"再研究》，载闻黎明、肖雄主编：《现代中国的历史转型——中国现代史学会2016年年会暨学术研讨会论文集》，云南民族出版社，2017，第375—385页。

材，增进国力"，教育方针为"进德修业，自强不息"。这个办学宗旨和方针在理念和目的上显然是中国色彩的，而且可以体会出其格局宏远，气度非凡。从 20 世纪 20 年代开始，清华的师生就开始了废除董事会的活动。钱端升先生认为："说者谓清华隶属外部而不属教育部，本属不经之事；盖清华之经费，固国民全体之负担，非外部之特别收入也。清华为普通学校，非如俄文学校之可以属于外部，警官学校之可以属于内部，交通大学之可以属于交部，故说者为清华宜归教部办理。然清华之急务在校务上之独立，而不在教部、外部之争。"[1] 最终于 1929 年，清华大学正式划归教育部管辖，由此开创了清华大学的新篇章。这里，应该特别指出的是，"1928 年 8 月，南京国民政府改清华学校为清华大学，校名里并无'国立'二字……但罗家伦校长挟北伐胜利余威出掌清华，在'清华大学'前加'国立'二字，体现清华由国家办理，所持理由可谓正大光明"[2]。这称得上是清华的第四次更名。这种校名的变化绝不仅仅是名称的问题，而是体现了一种办学的主权，以及清华大学的地位和前途。

更重要的是，这种校名变化实际上体现了清华大学在世界上追求中华民族的学术自主与独立的努力。"据邱椿《清华教育政策的进步》言，清华最初设定的蓝图'是要建设一个完全美国式的大学'，而自'五四'运动以后，民族思想发达，慢慢的注重中国公民教育，'五卅'以后，国家主义风行，国人反对教会教育，而清华式的买办教育也在反对之列，加之国内外的舆论也要求'创造一种中国式的理想学校'，清华才

---

① 钱端升：《清华学校》，清华大学校史研究室编：《清华大学史料选编》（第一卷），清华大学出版社，1991，第 428—429 页。转引自金富军：《政治与教育的双重变奏——1928—1929 年清华大学"国立化"再研究》，载闻黎明、肖雄主编：《现代中国的历史转型——中国现代史学会 2016 年年会暨学术研讨会论文集》，云南民族出版社，2017，第 375—385 页。

② 金富军：《政治与教育的双重变奏——1928—1929 年清华大学"国立化"再研究》，载闻黎明、肖雄主编：《现代中国的历史转型——中国现代史学会 2016 年年会暨学术研讨会论文集》，云南民族出版社，2017，第 375—385 页。

决意'建设纯粹中国式的大学'，把'养成中国式的领袖人才'树为目标。邱文所述或许过于简约，但查检此一时期清华的官方文件，如1923年确立的《清华大学总纲》及1925年公布的《大学部组织及课程》，则可看到，强调'一国之大学，当有其对于一国之任务；一代之大学，当有其处于一代之特点'，标举'令学子了解中国之现状与其在世界上之位置，然后令其就各人之所长求得切实于实用之学术'，此一时期清华所提出的大学理念，确实洋溢着'五四'以来日益彰显的民族意识和时代色彩。"①1928年出任校长的罗家伦在其任职演讲《学术独立与新清华》中，十分坚定明确地说道："国民革命的目的是要为中国在国际间求独立、自由、平等。要国家在国际间有独立、自由、平等的地位，必须中国的学术在国际间也有独立、自由、平等的地位。把美国庚款兴办的清华学校正式改为国立清华大学，正有这个深意。我今天在就职宣誓的誓词中，特别提出'学术独立'四个字，也正是认清这个深意。"②其实，这又岂止是罗家伦校长的宏愿，它也是教师们的心声。国学院四大导师之一，著名的史学家、思想家陈寅恪先生说："二十年以前之清华，不待予言。请略陈吾国之现状，及清华今后之责任。吾国大学之职责，在求本国学术之独立，此今日之公论也……清华为全国所最属望，以谓大可有为之大学，故其职责尤独重……实系吾民族精神上生死一大事者……"③著名思想家、清华大学国学院导师之一梁启超先生也明确说道："凡一独立国家，其学问皆有独立之可能与必要。所谓可能者：因自然界及人类社会之事象，各国各有其特点，故甲国人所已发明已研究者，乙国人饶有从他方面新发明新研究之余地。所谓必要者：不仅从

① 王中忱：《后五四时期中国学术的"独立"追求与学科建构》，《文艺争鸣》2019年第5期。
② 罗家伦：《学术独立与新清华》，载张晓京编《中国近代思想家文库·罗家伦卷》，中国人民大学出版社，2015，第166页。
③ 陈寅恪：《吾国学术之现状及清华之职责》，《陈寅恪集·金明馆丛稿二编》，生活·读书·新知三联书店，2009年，第363页。

国家主义着想为一国之利害关系及名誉计而已；乙国人所能发明研究者，未必为甲国之所能；乙国人若怠弃其义务，便是全人类知识线一大损失，对于人类进化史为不忠实者为有罪者。"[1] 而著名哲学家、清华大学哲学系教授冯友兰先生在1945年《大学与学术独立》一文中非常明确地说道：中国要成为世界强国，"要达到这个目的，我们就要做许多事情，其中最基本底一件，是我们必需做到在世界各国中，知识上底独立，学术上底独立"。他在1948年还有一段话，"清华大学之成立，是中国人要求学术独立的反映"。1987年他在回忆清华发展历程时，更加明确地称，"清华发展的过程就是中国近代学术走向独立的过程"。他说的"学术独立性，首先指中国的学术有自己的独立性，不做西方的附庸"。这就是清华的追求，就是清华的格局。

清华从来没有辜负过历史！从游美肄业馆到清华学堂，从清华学校到国立清华大学，20年间清华四易校名，从一个培训机构走向一所完全中学，再迈向一所正规的大学，所反映的是国家和清华不断向上的追求，每一步所代表的都是清华事业的发展，也是清华格局的持续提升和扩大。正如邱椿所总结的："最初，清华不过模仿美国的中小学校；后来模仿美国的大学；现在想创造一种中国式的大学了。清华学校从最'低'学府升到最'高'学府，这不是进步吗？"[2] 时至21世纪初，清华大学建设世界一流大学的努力，也正是在实践着争取中国学术在世界上的自主与独立，并且在学术自主与独立的基础上能够为人类做出中华民族的贡献。

换位的比喻

如果说，清华的前辈为清华大学的办学格局奠定了一个很好的基

---

① 梁启超：《学问独立与清华第二期事业》，《清华周刊》第350期，1925年9月11日。
② 清华大学校史研究室编：《清华大学史料选编》（第一卷），清华大学出版社，1991，第272页。

础，今天的清华人也没有辜负民族与人民的期望。对此，有一个非常有趣的故事，既反映了清华的格局，也体现了今日清华的国际地位。

2018 年 11 月 12 日，由美国麻省理工学院（MIT）校长拉斐尔·莱夫（L Rafael Reif），麻省理工学院校董会主席、执行委员会主席罗伯特·米勒德（Robert B. Millard）率领的麻省理工学院校董执行委员会一行访问清华大学。清华大学校长邱勇等学校领导会见了执委会成员。两校高层管理者齐聚一堂，共商两校共同发展大计，共谋未来合作蓝图，并就大学发展经验、未来发展战略、人才培养等多个问题进行了深入交流，会议相当成功。[①] 而会议的花絮则更是让活动锦上添花。会谈期间，清华大学校长邱勇院士与拉斐尔·莱夫等人一起在清华科技园的启迪会议室便餐，由于两校之间的长期合作与相互信任，便餐的气氛格外融洽。据清华大学国际处处长郦金梁教授回忆，就在大家敞开胸怀倾心交谈的过程中，拉斐尔·莱夫将清华与 MIT 做了一个非常生动形象的比喻。他说：在美国，清华大学已经是一个知名度很高的大学。在中国，人们常常将清华比作中国的"MIT"，而在美国，也有人将 MIT 比作美国的"清华"……这一席话将整个便餐的气氛推向了高潮。虽然它是 MIT 校长不经意的话，但恰恰是这种轻松场合中的言辞，往往是由衷之言。这不仅反映了清华建设世界一流大学的成就，更体现了清华大学的全球格局与世界地位。

别看这样一个比喻，它可是有大意义的。众所周知，MIT 是一所世界著名大学，它注重理工教育，强调创新和应用，与工业界和国防部门关系密切，为美国工业、国防和经济发展做出了重要贡献，是美国最早的创业型大学。20 世纪 80 年代以来，MIT 的计算机、人工智能、电子、信息等在学术、技术和产业上都处于世界领先的地位。

---

① 参看清华大学新闻网 2018 年 11 月 13 日新闻。

MIT 在 20 世纪以来的发展其实一直预示和引领着大学发展的方向和潮流，培养了许多的杰出人才，为人类知识的进步做出了无与伦比的贡献。多年来，清华大学在学科建设和人才培养方面，常常将 MIT 作为参照系，而且，MIT 也为清华培养了很多人才。据有关统计，清华留美学生中进入 MIT 的人数居第三位，高达 112 人，仅次于哥伦比亚大学和哈佛。[①] 清华与 MIT 的交流自清华向美国派出留学生时就开始了，其中很多人回国后成了国家和清华建设与发展的骨干。如清华第一届留美生张子高 1911 年考入 MIT 化学系，回国后成为中国化学学科的创始者之一，并于 1929 年受聘为清华大学教授，担任化学系主任、学校教授评议会评议员. 1962 年任清华大学副校长；陶葆楷教授 1929 年从 MIT 土木工程毕业，1931 年回清华，创建土木工程系的市政与卫生工程，编写了中国第一本《给水工程》中文教科书，1940 年任西南联大土木工程系主任，1946 年任清华工学院院长，1977 年在清华建立中国第一个环境工程专业；清华工程教育的先驱和开创者之一的庄前鼎先生 1926 年进入 MIT 学习化学工程，1928 年获得硕士学位，1932 年被聘为清华教授，筹建机械工程系，任系主任；1936 年到 MIT 攻读冶金博士的王遵明先生，1939 年获得博士学位，1941 年回清华任教，担任机械工程系和金属研究所教授；钟士模先生 1943 年到 MIT 攻读电机工程博士，1947 年获得博士学位，并回清华任教，1952 年在清华创建自动化专业，1958 年建立中国第一个自动控制系，并任系主任；常迥先生 1944 年赴 MIT 学习电机工程，获硕士学位，1947 年到清华任教，1952 年任无线电工程系副主任；吴仲华先生 1944 年清华公费留美，1947 年获得 MIT 博士，1954 年回国任清华大学动力机械系教授、副系主任；洪朝生先生 1936 年毕业于清华电机系，1948 年获 MIT 物

① 苏云峰：《从清华学堂到清华大学 1911—1929：近代中国高等教育研究》，生活·读书·新知三联书店，2001，第 339 页.

理学博士，1951 年回国任清华大学物理系教授；汪家鼎先生 1945 年获得 MIT 硕士，1957 年到清华大学工程物理系任教，后任化工系主任；陈新民先生 1935 年毕业于清华化学系，1941 年赴美，1945 年获得 MIT 博士学位，回国后任清华化学工程系教授，清华大学校务委员会委员兼秘书长；最著名的是林家翘先生，1937 年清华大学物理系毕业，1940 年赴美留学，1947 年后一直在 MIT 任教，70 年代后多次回清华交流，加强清华与 MIT 的联系，1979 年清华大学聘其为名誉教授，2001 年聘其为清华大学教授，2002 年回清华定居，担任周培源应用数学研究中心主任。这样的学者还有不少。特别值得一提的是，控制论的创始人维纳（Norbert Wiener）先生是 MIT 数学系的教授，1935 年到清华讲学，被聘为电机工程系教授，并与李郁荣教授合作，研究设计电子滤波器。MIT 的华敦德（Frank L. Wattendorf）教授是著名的航空工程专家，1935 年受聘清华开设航空讲座，任航空研究所筹备委员会委员，并协助完成了中国第一个航空风洞。所有这些都扩展和提升了清华的办学格局。由于学科的类似以及清华在中国的地位和贡献，人们常常把清华比喻为中国的"MIT"。

然而，在美国，也有人将 MIT 比喻为美国的"清华"时，它意味着一种坐标的转换，即清华也正在成为 MIT 在世界上的一个参照系。这对于正在建设并逐渐成为世界一流大学的清华来说，当然是一个非常重要的"第三方评价"。更何况这个"第三方"本身就是享誉世界的名校校长。近年来清华与 MIT 之间的合作交流已经越来越频繁，而且两所大学在若干可比性指标方面的数据也越来越接近。更有意义的是，两所大学在各自国家中的地位与独特价值，以及对世界科技发展的贡献，也使得两校之间有了更多的共同语言。需要指出的是，MIT

校长的这个介绍，并非仅仅是一种礼貌与客气，而是具有实质性的含义。虽然 MIT 的学科结构也有综合性的特点，但近年来清华大学在学科结构和布局方面的调整与建设，已经极大地拓展了人才培养和科学研究的平台，提升了知识发展与科技进步的综合实力。同时，清华大学的国际影响力也日益扩大。如果说早期更多的是 MIT 给清华培养和输送人才，如今，清华大学也开始为 MIT 输送人才。例如，清华大学土木工程系原副主任郑思齐，曾经荣获"清华大学优秀毕业生""清华大学优秀博士毕业生"称号，博士学位论文为清华大学优秀博士论文，2017 年就被 MIT 聘为城市研究与规划系的长聘副教授，并且担任了未来城市实验室的主任，近期已经被聘为终身教授，据说即将担任 MIT 筹备成立的房地产中心主任。而且，在 MIT 中著名的斯隆管理学院以及工程学院的教师中，如今都有清华的校友。[①] 这才是真正高水平的国际交流与合作。记得陶行知先生说过："国际交流的目的有两个方面：交换知识、解决问题。因此，即以交换知识论，必先双方有东西可以换来换去，才可算为交换。自己必先有好的东西，才能和人换得好的东西。因为，'给的能力'常和'取的能力'大略相等。能给多少，即能取多少。吾国近几十年来从东西洋得来的文化，多属肤浅，大半是因为我们所出产的，够不上第一流的交易。我敢断定要想在国际的教育上得到第一流位置，我们必须在教育上有第一流的贡献。这种贡献是继续不已的研究，苦心孤诣的实行产出来的。他们要靠着平日的努力，不是凭着一时的铺张。"[②] 正因为清华做出了世界水平的人才培养与科学研究工作，它才能够真正得到国际高等教育界的认可与尊重。

---

① 如郭明（Ming Guo，Associate Professor，Depertment of Mechannical Engineering，MIT），胡俊杰（Junjie Hu，Associate Professor，Department of Materials Science and Engineering，MIT），张娟娟（Juanjuan Zhang，Professor，Sloan School of Management，MIT）。

② 陶行知：《对于参与国际教育运动的意见》，《新教育》第 4 卷第 3 期（1922 年 3 月）。

虽然这种国际认可和尊重与学术的相互合作交流有非常重要的关系，但其中更重要的原因是清华在国际格局中办学的独立自主性。这是清华格局中非常重要的立场，也是民族自信的体现。正如前面提到的清华大学诸位前辈的治学立场与志向所表明的那样，争取中华民族在世界上的学术独立与自主性，始终是清华大学的办学宗旨。清华大学原校长蒋南翔先生就斩钉截铁地表示，"清华大学负有为国家培养德才兼备的工业建设干部的严重责任"，并提出到第二个五年计划时期，"清华大学就有更大可能不依赖苏联专家而独立地担负起为祖国培养优秀工程师的任务了"[①]。一个人没有自信和自尊心，即使做得再好，也得不到他人的尊重；一所大学也是如此。在高等教育国际化的趋势中，中华民族的初心是不能忘记的。清华正是这样，无论是 20 世纪 20 年代、抗战时期，还是五六十年代，清华始终怀有强烈的使命感、责任感和精英气质，以民族和国家发展为己任，在骨子里永远有自强不息、厚德载物的精神，不怨天，不尤人，不畏惧困难，不计较得失，总是矢志不渝，惟精惟一，努力奋斗。无论是学习美国还是学习苏联，清华始终不忘中国学术和教育的独立自主性。这就是清华的格局。

清华之乐

以培养国家和民族的领袖人才为使命，这既是清华办学格局中的自我定位，也是中华民族和人民对清华的期望。早年清华学堂和清华学校的办学宗旨便提出了"培植全材，增进国力"的目标；《清华大学总纲》则明确规定："清华希望成一造就中国领袖人才之试验学校"；而梁启超对清华学子的演说《君子》，更是语重心长地说道："清华学

---

① 清华大学校史研究室编：《清华大学史料选编》（第六卷），清华大学出版社，1991，第 22 页。

子，荟中西之鸿儒，棐四方之俊秀，为师为友，相磋相磨，他年遨游海外，吸收新文明，改良我社会，促进我政治……深愿及此时机，崇德修学，勉为真君子，异日出膺大任，足以挽既倒之狂澜，作中流之砥柱。"① 清华校友、国家主席习近平在清华大学 105 周年校庆的贺信中，希望清华大学要坚持正确方向、坚持立德树人、坚持服务国家、坚持改革创新，面向世界、勇于进取，树立自信、保持特色，广育祖国和人民需要的各类人才。培养高素质的栋梁人才，正是清华之乐，也是清华格局的重要含义。

清华的"秘诀"

近年来，清华大学已经成为人们到北京旅游的打卡之地。每到周末，或者是假期，校园里常常人头攒动，摩肩接踵。西门与东门外排队等候的旅游团常常排成长龙，络绎不绝。而"二校门"、"荷塘"、"水木清华"、闻一多雕像，以及镌刻有"行胜于言"的日晷等，总是吸引着大批的游客。尤其是那一队队身穿各种整齐的校服的中小学生，已经把清华校园游作为激励自己好好学习的动力。多年来，清华大学一直在中国社会和高等教育领域享有很高的声誉，成为年轻人和诸多学术才俊向往的地方，也成为国家实施创新发展战略的支撑力量，以及各行各业的合作伙伴。所有这些，当然与清华大学的社会名望和学术声誉有关，与清华大学的名校效应有关。问题在于，清华大学能够赢得这样广泛的社会声誉，成为享誉中外的一流大学，其"秘诀"究竟是什么呢？

实事求是地说，清华大学成功的"秘诀"不仅社会与老百姓好奇，教育学术界关心，清华人自己也一直在反思和研究。也许有人会说，这是因为清华的教师队伍十分卓越，个个都是人中豪杰。这的确

---

① 清华大学校史研究室编：《清华大学史料选编》（第一卷），清华大学出版社，1991，第261 页。

是一个非常重要的因素。当年梅贻琦先生就参照孟子的说法，提出了"所谓大学者，非谓有大楼之谓也，有大师之谓也"。以国学院的四大导师王国维、陈寅恪、梁启超、赵元任为代表的一系列学术大师在中国社会和学术界如雷贯耳，今天清华大学的院士与著名学者的影响力在中国高等教育界也是非同小可。他们为清华做出了不可替代的贡献。应该承认，其他大学也有十分出色的教师，也有大师级的人物，而且在某些领域并不逊色于清华。也许有人会说，这是因为清华的学生太优秀。不假，他们都是各个地区高考中的佼佼者，个个都是人中翘楚。这些学生基础扎实，才智过人，眼界开阔，个个都"自命不凡"，的确是值得打造的"好料子"。但根据天才的分布概率来说，清华学生也只是天才学生的一小部分。[①] 当然，也有人认为，这是因为国家对清华的偏爱。的确如此，长期以来，清华大学的建设发展及其成绩与国家的支持和全国人民的关心是分不开的。清华就是中国人民的大学。也正因为如此，清华园始终是对社会开放的。也许还会有人认为，清华大学有钱，财源广进，经费不愁。此话则对错皆有。对的是，过去在清华学堂、清华学校及清华大学初期，清华大学的办学经费是由当初的庚子赔款作为专项基金来支持的，的确有一定的保证，能够略比其他大学好一些；错的是，自新中国成立以来，清华大学年度预算中政府财政拨款的标准与其他高校是一样的，并无额外的照顾；对的是，在国内大学的年度预算排行榜中，清华大学办学经费的总量确实是高居榜首；错的是，这种学校年度预算收入的来源并不像人们所想象的那样——这里暂且留一个伏笔，且待下回分解。

其实，清华大学之所以有今天的成功，最大的"秘诀"就在于它并不追求任何所谓的捷径，就是老老实实地遵循着大学的基本规律，

---

① 根据国际上关于天才学生的研究，超常儿童的比例大概是 1%，参看胡森、波思尔斯韦特编：《国际教育百科全书》（第 4 卷），贵州教育出版社，1990，第 248—251 页。

将人才培养作为学校的根本任务。换句话说，在清华大学，人才培养是头等大事，所有的一切工作，包括教学、科研、社会服务和文化传承创新等，都要服从人才培养的要求。正如清华大学校长邱勇院士所说的那样："在我心中，清华园最美的景象是：繁花落叶间，教授行走在去教室的路上；藤影荷声里，同学们在长椅上读书；墨韵书香中，师生悠然谈心论道。这是最美的大学校园。"①

清华自创立以来始终以育才为根本任务。清华老校长梅贻琦先生任校长期间，十分突出的一个贡献就是组建了一支当时国内第一流的师资队伍。他通过良好的待遇、休假及学术制度和环境来发挥人才的作用。通过好的教师，建立良好的师生关系，并且提出了"从游"的教育思想，"学校犹水也，师生犹鱼也，其行动犹游泳也，大鱼前导，小鱼尾随，是从游也，从游既久，其濡染观摩之效，自不求而至，不为而成"②。同时，按照通识教育模式的要求，注重学生课外活动。清华大学原校长蒋南翔先生有一个非常基本的办学理念，即坚持以教学为中心。他认为，"学校中的具体工作很多，但是最核心的问题，是要完成教学任务。因此，在思想认识上，我们是明确地把做好教学工作作为全校工作中最中心的任务，而学校中的其他的工作——无论是政治工作、行政工作、财务工作、人事工作等等，都直接或间接地围绕和配合教学工作来进行"③。更重要的是，蒋南翔校长探索出了一整套培养英才的制度和办法，在理念上就是又红又专，德智体全面发展，理论与实际结合，以教学为主的教学、科学研究和生产的三相结合；在教学上，加强数理化等工程技术基础课，成立教研组，集体研究教学和备课，建立实验室和资料室，强化教师的教学，狠抓每一个环节，

---

① 参看邱勇 2020 年 5 月 12 日在清华大学强基计划启动暨书院院长聘任仪式上的讲话。
② 刘述礼、黄延复编：《梅贻琦教育论著选》，人民教育出版社，1993，第 102 页。
③ 清华大学校史研究室编：《清华大学史料选编》(第六卷·第一分册)，清华大学出版社，2007，第 134 页。

要求学生真刀真枪进行毕业设计；在实习实践时则强调培养领导和组织能力，并辅之以辅导员、三个代表队、因材施教、为祖国健康工作五十年等举措。清华大学物理系著名大师叶企孙建设物理系时，最核心的思想就是理论与实验并重，重质不重量。具体做法包括：聘任高水平教师，从事前沿研究工作；选拔学生，根据学生个性特点培养；小班教学，每班不超过 14 人；严格训练，高淘汰率，等等。

改革开放初期，清华大学在全面总结国内外办学理念和清华经验的基础上，提出"一、二、三"的办学指导思想，这就是 1982 年清华大学第六次党代会提出的"一个根本（学校的根本任务是培养人）、两个中心（学校既是教育中心，又是科学研究中心）、三个方面结合（教学、科研、生产相结合）"。在办研究型大学的过程中，清华并没有因为发展科研和社会服务而忽视教学，反而利用科研来支持教学。在 20 世纪 80、90 年代，学校的教学经费紧张，清华则将科研经费用于支持教学。而且，清华还将所有的学费收入以不同形式用在教学和学生身上。同时，清华把科研作为一种教学方式，通过科研提高教师对前沿知识的掌握来促进教学，通过学生参与科研促进学生各方面知识和能力的提升，科研就这样与教学相结合，由此保证和提升了人才培养的质量。清华还提出了全员育人的理念，教学育人、科研育人、服务育人，学校的全体教职员工都要在本职工作中把育人作为根本任务，教师更是把育人作为第一责任。清华大学原党委书记陈希教授在学校的某次教代会上还非常坚定地指出，清华大学必须通过人才培养来建设世界一流大学，即人才培养是清华大学建设世界一流大学的根本途径。

大学以人才培养为使命是一件天经地义的事情，也是大学的初心与本职，是国家和社会对大学最根本的期望与要求，也是大学在社会中的根本定位。然而，这件天经地义的事情好像变得有点"名不正，言不顺"了。大学里追求科研成了一种时尚，论文发表的数量与期刊级别，还有所谓影响因子的高低，不同类型的学术奖励与琳琅满目的学术标签，成为职称评审中的重要标准和关注点；五花八门的大学排行榜成为某些大学热捧的对象与角逐的领域，而名目繁多的各种头衔、"番号"与"帽子"等，也成为所谓人才的"标配"，等等。人才培养似乎正在边缘化，有时甚至沦为了大学教师的"副业"，以至于大学教授必须给本科生上课，还需要有所谓尚方宝剑的佑护，以及以解聘为威慑；而在少数大学，甚至出现了"花钱买教学"的现象。大学的庸俗化现象已经非常值得警惕了！在这种环境中，能够保持一种定力，非常清醒地坚持自身的责任，这着实体现了大学"不忘初心、牢记使命"的神圣职责。办大学，做教育，最重要的就是一颗平常心。可有时恰恰就是这种"平常心"容易被忘却，被淡漠，被轻视，被丢弃。其实，生活中最重要的东西，常常就是最普通的东西，如空气和水等；人生中最根本的道理，往往就是最简单的道理。清华大学始终保持了大学的这种"平常心"，这就是清华大学之所以成功的"秘诀"，也是一个最平常的"秘诀"。这就是清华的格局。

成长幅度

清华大学办学的这个"秘诀"——坚持一颗大学人的平常心，始终将"人才培养"作为学校的根本任务——其实也是有个中原因的。这个原因就是孟子所说的"得天下英才而育之"，乃君子三乐之一。当然，这也是清华之乐。

众所周知，清华大学多年来一直得到全国乃至世界优秀青年的青睐，也成为优秀青年追求人生目标、实现自身理想的精神殿堂。据不完全统计，每年各个省市自治区和地方的高考"状元"，以及高考成绩前 100 位之内的考生，很多都进入了清华大学学习。自从清华大学成立苏世民书院，并且在美国华盛顿西雅图与华盛顿大学和微软公司建设全球创新学院，以及与意大利米兰理工大学联合组建清华大学米兰艺术设计学院，还有深圳国际研究生院等国际人才培养机构以来，世界上越来越多的优秀青年也进入了清华的校园。坦率地说，能够给这样出类拔萃的优秀青年上课并与之交流，真的是当教师的幸事、快事和乐事。这些优秀的大学生思维敏捷，视野开阔，敢于质疑，可以带给老师非常大的成就感。因为这样的"教学相长"，清华大学对招生特别重视，不仅学校领导关注，各个院系的领导，甚至是院士与名师等都积极参与招生工作，努力吸引优秀人才来清华学习。看来，孟子的说法真是有道理。

但孟子所说的这种"君子之乐"可并不是一种单纯的快乐，它也是一种"难并快乐着"的感受。实事求是地说，要想真正地将这批优秀青年培养成才，帮助他们日后成为国家的栋梁之材，为人类做出贡献，可不是一件轻而易举的事情——甚至是一件极具挑战性的工作。2017 年 12 月 18 日下午，清华大学大礼堂中举办了一场办学理念的学术报告会，题目是"清华本科教育的质量标杆"。这是清华大学教育传统中每四年一次，并且历时一年之久的教育教学讨论会的内容之一。那天，大礼堂里座无虚席，据称"抬头率"极高。报告撩拨了大家心里一个非常敏感的东西：清华人才培养的质量应该是什么？报告人是清华大学教育研究院的一个教授，他引用了清华大学原党委书记方惠坚教授曾经提到的一个词——"成长幅度"，并对此进行了阐发与诠释。报告首先充分肯定了清华大学多年来人才培养的质量，列举了毕业生就业的可比性指标方面清华的成绩，把大家着实夸了一番。然而，报告话锋一转，请大家考虑和评价这种可比性指标方面的成绩能否反映清华人才培养的努力和成效。因为，清华的学生在入学时，本来就已经是当代青年中最优秀的群体，至少在分数等可比性指标上"高人一等"，如今毕业时，在就业的可比性指标上仍然"高人一筹"，又有什么值得骄傲的呢？而"成长幅度"这个清华格言的含义就是，评价清华大学毕业生的水平和学校的人才培养质量，不能单纯看他们是否能够在毕业或就业的若干可比性评价指标上名列前茅。如果只是这样，并不能反映出清华大学人才培养的成绩和能力。关键是要看这些学生入学后通过清华的教育和培养，在精神、道德品质与学术方面发生的变化，即"成长幅度"。这显然是一个大家都十分关心的问题。在报告结束后的互动环节中，一位老师就站起来说道，清华的学生本身就非常优秀，要在这种优秀的基础上进一步提高他们的素质和水平，难度很大，其边际效应往往比较低，培养的边际成本也很高……清华大学究竟应该为谁培养人，培养什么人，怎么培养人，这显然是一个非常重要的学术问题，是一个十分关键的实践问题，也是一个办学格局的问题。当然，清华的百年历史和现实已经回答了这个问题。

"爱国爱人民"，成为中华民族的"中流之砥柱"，是早期清华对"成长幅度"的一个回答。这是清华教授闻一多先生的肺腑之言，也是清华国学院导师梁启超先生在清华的著名演讲《君子》中对清华师生提出的殷殷期望。它们所表达的愿望，正是希望清华师生能够严格要求自己，努力成为中华民族爱国爱人民的栋梁之材。这就是"成长幅度"的核心内涵之一。

在风景秀丽的水木清华旁边，清华大礼堂的西侧，有一座独具匠心的雕塑。那就是清华校友、著名诗人和学者闻一多先生的塑像。他嘴里衔着充满智慧的烟斗，双眼凝视着前方，仿佛在思考、酝酿着新的诗作，构思着《七子之歌》的续篇，又好像在诘问不时匆匆而过的师生：你们究竟在干什么？塑像后面坚固的石头屏风上镌刻着他那不朽的诗句："诗人的天赋是爱，爱他的祖国，爱他的人民。"那是一种多么深沉痛切的情感啊！正是怀抱对祖国和人民的爱，闻一多严厉批判当时清华的美国化让学生脱离祖国和人民，他说道："我们过去受的美国教育实在太坏了，教我们和人民脱离，几乎害了我们一辈子。"[1] "美国化呀！够了！够了！物质文明！我怕你了，厌你了，请你离开我罢！"而后呼唤中国的灵魂："东方的文明啊！支那的国魂啊！'盍归乎来！'"[2] 这种爱国爱人民的责任始终激励着清华人。

1924年，梁启超先生谆谆教导清华学生："清华学生所享受的是全国父老兄弟的脂膏汗血"，"我们受了国家特殊的待遇！国家对于我们有特殊的希望，我们对于国家要应该有特殊的贡献，特殊的报效"[3]。周诒春校长说："清华学生既受特别权利，当奋发有为。""清华学生当群策群力，同气同声，以达救国之目的也。""事之成败得失在群与散及合与离，清华同学均爱国男儿，以救国为前提。"[4] 曹云祥把爱国作为领袖人才最基本的要求："真领袖人才必须具备之资格如下：曰态度，曰言语，曰礼仪，曰机变，曰乐观，曰公正，曰纲纪，曰义务，曰团体，曰爱国，曰知人。"[5] 1931年梅贻琦校长在就职演说中要求学生牢记救国的责任，以成才服务国家作为救国事业，"我们现

① 闻一多：《闻一多全集（书信·日记·附录）》，湖北人民出版社，1993，第519页。
② 《美国化的清华》，《清华周刊》247期（1922年5月12日）。
③ 《清华底成败与中国底安危》，《清华周刊》317期（1924年6月6日）。
④ 顾良飞、李珍主编：《君子——清华名师谈育人》，清华大学出版社，2015，第38—39页。
⑤ 同上书，第19页。

在，只要紧记住国家这种危急的情势，刻刻不忘了救国的重责，各人在自己的地位上，尽自己的力，则若干时期之后，自能达到救国的目的了。我们做教师做学生的，最好最切实的救国方法，就是致力学术，造成有用人材，将来为国家服务"[1]。梅贻琦还强调做学问要关注人民和社会的问题，"吾们在今日讲学问，如果完全离开人民社会的问题，实在太空泛了"[2]。蒋南翔校长也非常明确地说道，"每一个高等学校的教师和工作人员，都是以主人翁的地位，自觉地为人民服务"，"我们的清华大学，我们清华大学中的每一个成员，不是离开国家、离开人民孤立地存在着的"。他告诫清华的毕业生，"必须把自己所学的知识用之于人民，更有效地为人民服务"，"在新中国，高等学校毕业学生是新社会的建设者，应当首先根据人民的需要来考虑自己的工作问题"。如果你走进清华大学的校长办公室所在的工字厅的大殿，会看到一块十分醒目又略显沧桑的横幅——"为人民服务"，它时时刻刻提醒着清华的领导们身上担负的责任与使命。

这种成为爱国爱人民的栋梁之材的使命，为清华人展示才华、实现理想和报效祖国，提供了一个恢宏的空间和开阔的平台，也形成了清华人不断追求卓越的一种永远不竭的内在动力。这里，有清华早期投身于"教育救国""学术救国""工业救国""国防救国"的大批清华学子的身影。例如，侯德榜学长于1913年清华学校毕业后赴美留学，1921年获得博士学位后回国。20世纪20年代侯德榜攻克了先进的制碱技术，40年代更发明了"侯氏制碱法"，使中国制碱和化学工业一下跃居世界前列。这里，有20世纪50年代以来中国"两弹一星"元勋中清华校友的群体形象，他们中有王淦昌、赵九章、钱学森、彭桓武、钱三强、王大珩、陈芳允、郭永怀、屠守锷、杨嘉墀、王希季、

---

[1] 清华大学校史研究室编：《清华大学史料选编》（第二卷上），清华大学出版社，1991，第220页。

[2] 同上书，第225页。。

邓稼先、朱光亚、周光召等，他们以身许国，为维护国家独立和民族振兴做出了杰出的贡献。这里，还有清华改革开放以来的事迹与人物。他们中有国家大奖的获得者和群体，有默默无闻奋斗在祖国四面八方的平平凡凡的劳动者和知识分子，还有努力参与国家改革开放的一大批时代的弄潮儿。这里，当然也还有一批国家领导人和各行各业的管理者，以及驰骋在国内外市场中的企业家们。

侯德榜校友1917年在《国体上的奇耻》这封给母校的信中曾经这样写道："我到美以来，受人侮辱，抚心自问，我中国人独何至此。……当时的政府，国事不振，外交棘手，任人立种种不合理之法，我国公使，不敢抵御，不抗争，而造成华人受虐待，留学生受奇辱而呼吁无门。所以地球虽大，终无立足之地也。"[①] 他因此立志学习科技，发展实业，救国救民，进而做出了让中国人自豪的业绩。中国著名的外交家冀朝铸在谈到外交的体会时说："关键的关键，是要忠于自己的国家。"这种爱国爱人民的办学格局使清华大学将为国家培养栋梁之材作为一个非常自觉的定位与目标。

科学登山队的故事应该是20世纪60年代初清华人对"成长幅度"的又一个十分生动的注解。当时，清华大学与北京大学同时成为全国学生超万人的大学，又赶上中国人首次登上珠穆朗玛峰。借此之机，蒋南翔校长在1963年9月21日发表了《做攀登科学高峰的登山队》的文章。[②] 他提出在清华大学要建设"三支代表队"的思想，即辅导员代表队、体育文艺代表队与业务代表队，而其中"第三支队伍，也是最主要的队伍，在学术上我们要出第一流的人才，出中国自己的科学家"[③]。这种"科学登山队"的思路，就是对不同的优秀学生——特别是万里挑一的尖子学生因材施教。

---

① 清华大学校史研究室编：《清华人物志》（二），清华大学出版社，1992，第126页。
② 原载《新清华》第681期。
③ 同上。

按照科学登山队的思路，清华的学生可以大致分为三个梯队。第一梯队是那些勤奋好学、成绩优秀的学生。这些学生可以说是百里挑一的。学校鼓励他们多看参考书，多做练习，努力成为未来的红色工程师。第二梯队是成绩优异者。他们不仅学习成绩好，而且有广泛的爱好和多方面的才能，是学生中的佼佼者，可谓是千里挑一。院系为他们增设选修课、自修课，将他们作为研究生的培养对象，其中，一部分毕业后留在学校，希望在教学科研方面有所造诣。而第三梯队则是所谓"万字号"的学生。他们是少数特别优秀的学生，甚至是出类拔萃、凤毛麟角的。由于这些学生对科学知识的掌握和钻研有异乎寻常的能力，学校将他们作为科学家、领军人才的苗子进行培养，单独开小灶甚至可以跳级等。蒋南翔校长亲自为他们审订教学计划，并且学校指定教师为他们专门辅导，并且在生活上有特殊照顾。[①] 为此，蒋南翔校长"要求教务处从全校一万多名学生中挑选几个学习最优秀、有特长的学生，对他们实行因材施教，制订单独的教学计划，配备指导教师加强学习指导"[②]。这种对优秀学生进行专门培养的传统在清华一直延续着。在清华大学，学校和院系领导对这些特别优秀的学生都能够非常熟悉，包括了解他们的家庭、生活和学习，甚至会亲自帮助推荐到国外一流大学和重点实验室学习，介绍给世界一流的学者和科学家，在各方面给予一些特殊的支持，并且额外有着某些更高更严格的要求。

在清华园二校门北面的大草坪东边，矗立着一座式样别致的二层楼房。此楼为德国古典风格，青砖红瓦，坡顶陡起。它是一栋非常特别的大楼，其造型和色彩，以及乘风破浪般的气势，给人们一种肃然起敬的感觉。这就是清华校园中的标志性建筑之一"清华学堂"。用

---

① 张克澄：《大家小絮：风骨清华人》，中信出版集团，2019，第83—84页。
② 方惠坚等编著：《蒋南翔传》，清华大学出版社，2013，第208页。

老清华人的说法，它也叫"一院"或"一院大楼"。它是国家文物级的建筑，是清华学生非常羡慕的地方。这两层楼设计的都是小教室，非常静谧，特别适合读书与思考。当你走在红木的楼梯和厚实的地板上时，一阵阵咯吱咯吱的响声仿佛在讲述着楼里古老的故事：这里曾经是清华高等科学生的教室和宿舍，梁实秋等人都曾在这里住过，许多留美学生在出国之前也以此为出发地，走出过一大批非常优秀的清华学子；这里曾经是清华国学院的教室，王国维先生的古史新证、赵元任先生的方言学、李济先生的人文学等课程，均在清华学堂117号教室讲授；一批非常著名的国学大家，如姚明达、罗根泽、陈守寔、刘盼遂、刘节、陆侃如、谢国桢、王力、高亨、王静如、徐中舒、姜亮夫、戴家祥、蒋天枢、朱芳圃等，都曾经在这里学习；这里也曾是建筑系的专用大楼，著名建筑学家梁思成先生作为系主任在这里主持了建筑系的发展和人才培养，在当时清华学堂的楼道里，挂满了琳琅满目的名画①；这里曾是学校研究生院和教务处的办公室，为了给学校人才培养的各种实验班"开小灶"，学校决定将其中所有的行政机关全部迁出，将它作为学校各个实验班的专用教室，包括数理基科班、姚期智班、钱学森班、文科实验班等。这种敢于攀登科学高峰，为祖国培养拔尖创新人才的举措，也就是清华"得天下英才而育之"办学格局中的固有内涵。

迈入世界一流大学的前列，并努力成为世界顶尖大学，已经为21世纪清华人的"成长幅度"赋予了一种新的含义。这是清华大学党委书记陈旭教授在学校第14次党代会报告中代表学校提出的奋斗目标。她说道，获得世界公认的办学声誉，成为学术大师荟萃、全球学子向往的学术殿堂，为实现中华民族伟大复兴的中国梦，为促进人

---

① 王向田：《清华的第一个楼——清华学堂》，见"腾讯教育"，https://edu.qq.com/a/20110328/000289.htm。

类文明进步做出重大贡献，"是全校师生员工和全体清华人新的共同梦想、新的共同追求，更是党和国家赋予清华大学新的光荣使命、新的崇高责任"[①]。由此，清华人才培养的"成长幅度"将获得更大的提升。

清华大学原副校长、著名物理学家薛其坤院士的一个观点，或许可以为这种追求提供一个非常具体的诠释。那是 2019 年初春的一天，料峭的春寒正预示着新的开端。在北京西北长城脚下的山坳里，清华大学的绿化基地石门山庄中正在召开学校领导班子的改革发展务虚会。各位学校领导分别从自己分管工作的角度，畅谈着清华发展的目标，描画着未来的图景，探讨改革的思路。可出人意料的是，分管科研工作的薛其坤副校长在关于 2030 年清华科研的展望中，却对人才培养侃侃而谈。他提到了一个具有统计学规律的现象：那些能够对世界和人类做出重大科学贡献的人，往往出自少数几个国家和大学。例如，自从 1901 年首次颁发诺贝尔奖以来，截至 2012 年，共有 863 人获奖，他们主要集中在 10 个国家。其中，美国有 326 人，英国 108 人，德国 81 人，法国 56 人，瑞典 31 人，瑞士 27 人，俄罗斯 20 人，日本 18 人，荷兰 16 人，意大利 14 人。同时，诺贝尔奖、图灵奖的得主也主要集中在少数世界顶尖大学中，包括 QS 排行榜中前 25 名的大学。而且，全球著名的科技型创新大企业，如微软、脸书、谷歌、特斯拉和思科等，它们的创办者和领导者也都是出自少数顶尖大学。为此，他认为："决定时代走向的科学发现和重大技术由少数杰出人才造就。而这类杰出人才主要来自少数杰出大学。"[②] 大学基础科学研究的重要任务之一就是要培养这样的人才，而清华大学应该努力成为世界上最顶尖的前 20 所大学之一。这种大学的突出标志就是培养出能够做出世界

[①] 参看中国共产党清华大学第十四次代表大会报告。

[②] 参看薛其坤副校长的报告《不忘初心、牢记使命，向世界一流大学迈进：2030 年清华科研展望》。

级贡献的人才。他的发言引起了与会者非常热烈的讨论，得到了大家的认同——而这恰恰是清华办学的格局。

　　能够为世界和人类做出无与伦比的杰出贡献的人才算不算"精英"呢？清华大学要不要培养这样的"精英"呢？这当然是一个非常现实却又十分敏感的问题。它会不会有妨碍教育公平的"嫌疑"呢？实际上，任何国家都有为自己国家和民族培养"精英"的学校和机构。这些精英的责任正是为全社会和人民大众争取更大的福祉和更高水平的公平。这是国家发展与民族复兴的需要，也是中国建设世界一流大学的目的。在清华大学某系的一次学生活动上，一位教授语重心长地对学生们说，有人将清华大学看成是培养精英的大学，他并不想去否认，反而表示认可。他解释道，所谓的精英，并不是那种高高在上的人，也不是那种君临天下、凌驾于普罗大众之上的人，更不是那种享受荣华富贵的人，真正的精英是能够为社会吃苦的人，是能够承担社会责任的人，是能够去为老百姓遮风挡雨、争取利益，甚至做出牺牲的人，正如孟子所说的那样，"天将降大任于是人也，必先苦其心志，劳其筋骨，饿其体肤，空乏其身，行拂乱其所为，所以动心忍性，曾益其所不能"。这也就是清华人才培养的格局与目标。这种"精英"的核心内涵实际上就是能够承担责任，能够在惊涛骇浪中成为中流砥柱。它也是所谓"领导力"的主要含义。在清华园里，有一所世界著名的苏世民书院。这所书院的宗旨之一，就是要培养世界的领袖人才。它的招生宣传材料就非常明确地写道："领导力不应狭义地解释为在组织或办公室中的'领导'。应考虑更广泛的场景，比如申请者可以发挥影响力以帮助自己所在的组织达成目标等。苏世民书院主要通过领导力（Leadership）、品格（Character）和智识（Intellect）三个方面来评估候选人的领导潜质。"而其中品格的要求就包括强烈的决心和驱动力；在某一领域展示出可以超越自身为更大的群体贡献力量的意愿并能够承担领导角色；可以与价值观不同的人一起工作的能力，以及是否勇于承担失败的责任、分享成功的荣誉等。①

从人类命运共同体建设的角度来说，中国必须为世界和人类做出自己的贡献，要有能够承担这种使命或责任的人，要有培养这种人才的大学。如果中国要成为一个让世界尊敬的国家，如果中华民族能够真正成为让世界尊敬的民族，她就应该对人类文化做出自己独特的贡献，特别是知识、技术与思想的贡献。中国科学社发起人任鸿隽先生曾经指出："今之世界，相竞以学。凡欲自侪于文明之域者，莫不各有代表之学者，往来于世界学者之林以相夸耀。此非满足人生好胜之心而已也，实则纵全世界而观，人类犹一家也，各种犹兄弟也。兄弟对其家必各尽其应尽之责。其材者人皆尊尚之，其不材者皆鄙夷之，又势理之所当然无足怪者……而吾中国以世界五分之一之人口，乃无一学问家足齿于世界学者之林……此言诚然。味爱君言，吾人固当愧死入地矣。"②清华在人才培养上必须承担这样的责任，这就是清华的格局。

放大的"园子"

"园子"是清华大学师生员工对清华大学校园的昵称。当然，这个"园子"不仅是在北京市海淀区与圆明园一街之隔的实体性校园，还是清华人心目中的家园，更是一个不断开放的园子，是清华办学格局的一种缩影。过去，它只是清代皇家园林中的熙春园，以及后来的近春园和清华园；1914年，清华学校就开始了历史上第一次完整的

① 参看清华大学苏世民书院招生部关于"领导潜质考察与评估"的说明。
② 参看任鸿隽:《中国于世界之位置》，载樊洪业等编《中国近代思想家文库·任鸿隽卷》，中国人民大学出版社，2013，第18—19页。

校园规划。根据美国建筑设计师亨利·墨菲（Henry Merphy）和丹纳（Richard Dana）的设计，清华园第一次扩建就增加了大礼堂、科学馆、图书馆与体育馆。1930 年清华园得到了第二次扩展，中国建筑界的殿堂级大师——杨廷宝主持了这次扩建，学校主要建筑均在原有基础上扩建。将大礼堂作为学校集会中心，取消 4000 座的礼堂规划，扩建图书馆、后体育馆等。男女生宿舍分别设置在运动场南北两端。环湖辐射状布置五栋特种学术建筑（包括生物馆），北部小河北岸另布置三栋特种学术建筑（包括化学馆），以及气象台等。1931 年，受梅贻琦校长委托，沈理源先生开始介入清华校园的建设，他最有影响力的作品是新古典主义风格的化学馆，仿美国康奈尔大学的化学馆设计而成。他还在清华园设计了机械工程馆，航空馆，学生宿舍善斋、平斋、新斋、明斋、静斋和教师住宅新林院，以及屹立至今的西校门。1954 年的校园规划在蒋南翔校长的主持下展开，一个大手笔就是把京张铁路东移 800 米，从而扩大了清华园建设用地的范围。而清华大学主楼是当时中国大学中规模最大的建筑群，其建筑设计思路原本采用当时广泛使用的民族样式，类似于中国美术馆、民族文化馆；后来，又历经 1960 年、1979 年、1988 年、1994 年，以及 2001 年的规划与随后的建设，形成了今天的清华园。[①]21 世纪初以来的清华园又得到了一次新的放大，而这次的"放大"，则是放大在祖国的大地上，放大在全球的共同体中，放大在清华人的精神空间中。

预算的"正解"

清华大学的办学经费，或者清华大学的年度预算收入，可谓中国高等教育界的一个热门话题，也是媒体非常喜欢炒作的内容。其

---

① 常松：《清华校庆 | 30 张罕见规划图，带你见证清华园百年变迁》，参看清华研读间微信公众号，ID: qinghuayandujian。

中当然有对清华的羡慕和关心，但也不乏有一些误解。这也不奇怪，因为大学的年度预算经费关系到教育的质量与公平。清华大学受到某种特别的关注，实属情理之中。对此，还的确需要有一个"正解"。

这里可以对前面关于经费的伏笔做一个解密了。近些年清华大学的年度预算收入的确高居全国大学的榜首，甚至也逐渐接近国外一流大学的水平。为此也引起了人们的误解。然而，需要说明的是，年度预算收入的总量当然可以反映一所大学的资源基础，但每所大学年度预算收入的结构更能够说明一所大学的办学机制和格局。诚然，每年各个大学的预算决算一公布，清华的经费总额总会引起大家的关注。但很少人知道，清华年度预算收入的总经费中，政府公共财政拨款部分所占的份额并不大，甚至低于其他大学；而清华的各类横向经费、科技成果转化、服务地方和企业等所取得经费，以及与海外合作和捐赠经费等所占份额却成了其中一个重要部分。按照目前中国教育部对大学年度预算收入的统计口径，通常主要有七项，它们分别是：第一是一般公共预算拨款，即政府按照学校学生规模的综合定额和各种专项下拨的财政经费，包括财政教育拨款和财政科研拨款等；第二是学校的事业费收入，它是高等学校开展教学、科研及其他辅助活动取得的收入（其中，教育事业收入指的是高等学校开展教学及其辅助活动取得的收入，包括通过学历和非学历教育向学生个人或者单位收取的学费、住宿费、委托培养费、考试考务费、培训费和其他教育事业收入；科研事业收入指的是高等学校开展科研及其辅助活动所取得的收入，包括通过承接科研项目、开展科研协作、转化科技成果、进行科技咨询等取得的收入）；第三是事业单位经营收入，主要指过去大学从经营校办企业中获得的收入，由于近年来国家政策的调整，特别是校办企业与大学的脱钩，这个部分已经没有了；第四是上级补助收入，主要指对某些大学的特殊项目的财政补助，例如对少数民族学生的补助等；第五是附属单位上缴收入，由于政策的调整，这部分几乎可以忽略不计；第六是其他收入，包括学校的投资收益、捐赠收入、租金收入、银行存款利息收入等；第七是上年结转，即有些项目的经费是需要多年完成的，所以可以结转到下一年度。其中，第二至六条都是非财政拨款性收入。

以 2018、2019 两年清华大学经费的预算和决算数据为例。2018 年清华大学经费决算，总收入 199.69 亿元，其中，财政拨款收入 52.26 亿元，占总收入的 26.17%；事业收入 108.67 亿元，占总收入的 54.42%；其他收入 38.76 亿元，占总收入的 19.41%。① 2019 年清华大学经费预算，收支总预算 297.20 亿元，其中 2019 年收入预算 218.94 亿元，2018 年结转 78.26 亿元。2019 年的收入预算中，一般公共预算拨款 54.11 亿元，占收入预算的 24.72%；非财政拨款性收入 164.52 亿元，占收入预算的 75.14%；其中事业收入 116.11 亿元，占收入预算的 53.03%；其他收入 48.41 亿元，占收入预算的 22.11%。② 当然，由于国家"985 工程"与"双一流"项目的支持，清华在经费方面的确获得了一定的支持，但学校通过改革开放，拓展办学空间，在服务社会中获得更多办学资源，已经成为清华办学的发展战略和基本格局。仅以近年来学校事业费收入中教育事业费收入的结构为例。一般而言，这个项目几乎就是学生的学费，而在清华的教育事业费结构中，学生学费的收入只占年度教育事业费预算的 16% 左右，而住宿费与考务费等只占 6%；但面向社会与合作性人才培养的委托培养费与培训收入，

---

① https://www.tsinghua.edu.cn/publish/newthu/openness/cwzcjsfxx/2018.htm

② https://www.tsinghua.edu.cn/publish/newthu/openness/cwzcjsfxx/cwyc_2019.htm

却占到了 78% 之多。由此可见，清华的人才培养并非仅仅是校内的学生，而是面向全国的，甚至是向世界开放的。这种年度预算收入的多方面结构恰恰反映了清华的办学格局。

从大学办学的规律来说，这种大学年度预算的结构问题，并不单纯是钱的问题，而是一种办学体制机制的问题；不仅是一个年度预算收入结构的问题，而是高等教育和大学治理结构的问题。它反映了清华大学的治理体系正在逐渐从传统的计划经济时代中政府、大学的二元结构，转变为大学、政府、市场的三元结构的形态。从高等教育的历史和理论看，大学、政府和市场之间的关系就一直是大学办学和治理中不可回避的问题，它们纠缠和制约着大学的发展，影响着大学的特点。而且，这种大学、政府、市场之间的关系也是大学本身的属性和社会定位所决定的，是大学治理体系的基础。美国社会学家伯顿·克拉克将这三者比喻为三种不同的权力，即国家权力、市场和学术权威。[1] 在他看来，这样三种权力的"相互作用，决定协调高等教育系统的方法的三种势力"，并且把"这些势力合成一个图形称为协调三角形。三角形的每个角代表一种形式的极度和其他两种形式的最低限度，三角形内部的位置代表三个因素的不同程度的结合"[2]，由此决定了不同国家大学的治理模式和特点。

长期以来，中国的高等教育和大学一直囿于政府／大学之间的二元治理结构。大学的办学经费基本上由政府财政经费提供，大学甚至成了政府或教育部门的一个下设部门，以至于大学的办学自主权常常很难得以实现。这种局面在改革开放以后很长一段时间仍然没有得到根本性的改变。由此引发的一个后果就是大学办学严重脱离实际，一

---

① ［美］伯顿·克拉克：《高等教育系统：学术组织的跨国研究》，王承绪等译，杭州大学出版社，1994，第 159—160 页。

② ［荷兰］弗兰斯·F. 范富格特主编：《国际高等教育政策比较研究》，王承绪译，浙江教育出版社，2002，第 5 页。

方面大学生就业成为社会的难题，另一方面国家和社会经济发展所需要的人才又得不到满足；一方面学校的论文发表数量不断增加，专利数量也逐渐攀升，另一方面企业转型中所遭遇的技术瓶颈却得不到解决。虽然大学本身也开展了各种各样的教育教学改革，包括在 20 世纪末实施的面向 21 世纪教学内容与课程体系的改革，但由于二元结构的体制限制，这些矛盾始终纠缠和制约着大学的改革发展。清华大学年度预算结构的意义和价值，就在于它实际上表明清华大学在办学的体制机制的改革上，正在逐步走出传统二元结构的约束，在保证国家需要的基础上，形成了一种大学 / 政府 / 社会的三元结构。它既帮助大学获取了更多的办学经费，也优化和改善了人才培养、科学研究与社会服务的体制机制，还进一步拓展了大学的办学空间，加强和提升了清华服务社会经济发展的能力。这种模式或机制对于进一步促进高等学校积极参与国家或地方社会经济科技文化的建设和发展，是一种非常管用的办法和思路。

这种大学年度预算结构的安排和执行不仅是一个实践的问题，还是一个高等教育的理论问题；它不仅为国内大学的改革发展提供了一个可以参考的示范性经验，还对国际高等教育走出目前的困境提供了中国的经验。实际上，高等教育经费的短缺以及大学发展的新战略已经是一个世界性的话题，它蕴含的既是大学治理体制的取向问题，更是一个高等教育理论的更新问题。根据有关学者的看法，"19 世纪以来，欧美政府对大学的管理更多的是一种资助者、守护者；尊重大学的自治、大学的自主性"[①]。但自 20 世纪 60 年代以来，由于高等教育扩张对经济增长的可能性贡献等其他方面的变化，政府加强了对大学的控制和管理，以适应高等教育在经济方面的重要性。与此同时，由

---

① 乌尔里希·泰希勒：《驾驭现代高等教育系统：需要更好地平衡冲突中的需求与期望》，《北京大学教育评论》第 16 卷第 2 期。

于高等教育的普及，大学与社会之间的关系越来越受到人们的关注。但这些政策和做法也受到各种不同的批评。问题的纠结点在于：一方面大学的办学经费日益紧张，而国家财政支持的力度是有限的，甚至有所减少；另一方面，大学本身学术的独立性与教育教学的质量也不断地受到社会的诟病，同时，社会经济发展对大学的要求也在不断地提高。如何协调好大学、政府、市场三者之间的关系，已经成为当前世界高等教育发展中的一个迫切需要理论指导和实践经验的问题。传统的三者之间关系的理论模式也需要进行重新的调整。[①] 可以说，清华大学年度预算收入结构的变化与特征及其所体现的大学治理结构和办学格局，恰恰是对这个全球性问题的一种十分有效的回应，因而也是对高等教育理论的一种贡献。

这种大学年度预算收入结构的思路与战略并不是一种单纯的扩充地盘，也不是一时的权宜之计。它就是清华的定位。它并不仅仅是校园面积与办学空间的放大，也不仅仅是一种资源配置的新思路，更重要的是一种格局的拓展。它反映了一种恢宏的办学视野，以及一种对国家和人类社会的责任。

世界优秀青年向往的地方

世界一流大学究竟是什么样子，可能有很多的说法，包括各式各样的评价指标和标准，名目繁多的排行榜，等等。有时，这些越来越细致和"精确"的指标和不同类型的排行榜，真是把人们搞得头昏脑涨，不知所措，仿佛世界一流大学变成了一个计算或统计的问题。而且，这些越来越多的评价指标或排行榜，似乎越来越远离大学的实际和大学的办学规律。其实，所谓世界一流大学的评价，只有一个非常

---

① 乌尔里希·泰希勒：《驾驭现代高等教育系统：需要更好地平衡冲突中的需求与期望》，《北京大学教育评论》第 16 卷第 2 期。

简单的标准，即看它是不是或者能不能成为世界上优秀青年向往的地方。君不见，目前世界上的一流大学，无论它的办学模式如何，也不管它有什么学科特色，都有一个举世公认的共同特点：它们都是世界上各个国家优秀青年希望去学习的地方，是世界优秀青年向往的大学。

有一次，在清华大学工字厅西厅的会客室里，学校分管国际合作的领导正在与一位来自发达国家的大学校长会晤。清华大学与这所大学的合作已经有比较长的历史了，而且这所国际知名大学也非常喜欢和欢迎清华的学生，这也是对方此次清华之行的主要目的之一。然而，与以往不同的是，在交谈中，清华大学的领导也向对方提出了同等的建议，希望对方能够选派更多的优秀学生来清华大学学习。他诙谐地告诉这位外国大学的校长：现在中国的老百姓都在埋怨清华大学，批评我们的优秀学生都跑到外国去了，都被国外著名大学吸引走了。他们说，你们清华大学要成为世界一流大学，能不能也吸引国外的优秀青年来中国呀！这位清华的领导甚至不无调侃地说道，如果我不能吸引国外知名大学的优秀大学生到清华大学来，我可能就要被 fired（解雇）了！其实，这并不是一种调侃，而是清华大学国际发展战略的重要内涵之一，是清华大学对什么是世界一流大学的一种非常基本的认识，也是近年来清华大学国际交流与合作中正在变化的一种格局。

21 世纪初，清华大学曾经在政府的支持下，与欧洲的一所著名大学建立了学生交换的项目计划，即每年双方学校各自选派若干名优秀学生到对方学校学习。令人尴尬的是，在项目实施的最初几年，报名参加该项目的清华学生非常积极，常常是人满为患；而欧洲该国大学的报名人数却是屈指可数，不太有学生问津。由此形成的局面往往是清华大学每年去几十人，而欧洲该国方面来清华的只有寥寥数人。然而，随着国家的发展和清华大学国际地位的提升，近年来这种局面已经发生了非常明显的变化。如今，欧洲该国每年申请来清华的学生已经达到几十人之多，同样地，清华学生申请去欧洲这所大学的人数却在减少，以至于每次去访问这所大学时，相关领导总要给对方做一些解释。可以说，这个案例所反映的变化并不是个别现象，而是清华大学国际化的趋势和办学格局的变化。在2006—2008年间，清华大学专门筹集奖学金，组织由学校领导带队的代表团，到中国周边国家招收留学生，并且与这些国家的重点大学进行关于合作可能性的交流和探讨。同时，积极创办全英文的硕士研究生培养项目，努力吸引其他国家的优秀青年来清华学习。而清华大学与国际著名企业家史蒂夫·斯沃兹曼联合成立的苏世民书院，则是希望能够参考国际上某个知名奖学金的模式，向全世界的优秀青年提供一流的教育教学服务。在清华大学的国际化战略中，学校不仅重视若干可比性的指标，而且更加强调国际化的转型，其中包括把多年来清华大学与国外大学之间广泛友好的交流优势，转化为具有实质性的人才培养与科研的合作优势；把清华大学在国内的优势，转化为能够被国际同行认可的国际优势；把清华大学的人才优势转化为能够在世界上参与国际学术竞争的项目优势，等等。如今，据不完全统计，清华大学的留学生群体已经覆盖了全球133个国家。根据2019—2020学年度的统计，目前在学的国际学生共计4012人，其中本科生1198人，硕士研究生1624人，博士生435人，进修生755人。其中，来自发达国家的留学生占国际学生总人数的65.53%，而且，国际研究生生源质量高，其中50%以上毕业于THE排名前200或本国一流高校，吸引了包括哈佛大学、麻省理工学院、耶鲁大学、牛津大学、剑桥大学、帝国理工学院、康奈尔大学、巴黎政治学院、多伦多大学、英属哥伦比亚大学、墨尔本大学、意大利米兰理工大学、都灵理工大学、德国亚琛工业大学、柏林工业大学、荷兰马斯特里赫特大学、比利时布鲁塞尔自由大学、墨西哥国立自治大学、新加坡国立大学、东京大学、早稻田大学、东京工业大学、庆应义塾大学、泰国朱拉隆功大学、韩国成均馆大学、弘益大学、蒙古国立大学等。可以说，清华大学正在或已经成为一所世界上优秀青年向往的大学。

近年来，清华大学还有一个悄然发生的变化。过去，清华大学一直对校外办学非常谨慎。邻近的有些国家曾非常热情地邀请清华大学前去办分校，甚至愿意拿出巨额资金和土地，并提供各种优惠条件。但清华大学为了集中精力建设世界一流大学，保持清华品牌与质量的一致性，总是非常礼貌地婉言谢绝对方的邀请，同时表示可以通过其他方式支持和参与这些国家高等学校的建设发展。然而，近年来这种格局发生了某些变化。美国当地时间 2015 年 6 月 18 日，由清华大学、美国华盛顿大学和微软公司合作创立的全球创新学院（Global Innovation Exchange，简称 GIX 学院）在美国华盛顿州西雅图正式启动。GIX 学院倡导全新的国际化教学模式，通过营造一个全方位的、与科研项目研究相结合的教学环境，在学生和教师、高科技企业和大学之间建立直接联系，共同解决一系列包括可持续发展、移动医疗在内的各类全球性挑战问题。时隔三年，在意大利当地时间 2018 年 4 月 17 日下午，由清华大学和米兰理工大学合作创建的"中意设计创新基地"暨清华大学米兰艺术设计学院挂牌仪式在米兰举行。这是清华大学在欧洲设立的首个教育科研基地，标志着清华大学全球战略在欧洲迈出重要一步。该学院将充分发挥两校的学科优势，有效连接两国的设计创新资源，打造具有全球影响力的设计创新中心，走出一条新的艺术设计领域成果转化与企业孵化之路。清华大学米兰艺术设计学院将整合两国的优质教育资源，促进两校交流合作，成为清华教师在欧洲的工作室和创作基地、清华学生的海外实习实践基地，培养设计艺术领域中具备全球胜任力的拔尖创新人才。同年 10 月 9 日下午，清华大学东南亚中心（Tsinghua Southeast Asia Center，Tsinghua SEA）奠基仪式在印尼巴厘酷乐岛（Kura Kura Island）举行。这是清华大学以非学历教育和人文交流为主要职能的单位，由印尼四海一家公益基金（United in Diversity，简称 UID）协助建设相关设施并进行运营。东南亚中心将立足印度尼西亚，辐射整个东南亚地区，积极开展人才培训，促进人文与学术交流。中心还将有针对性地组织清华学生到"一带一路"沿线国家相应的大学、企业和各类机构开展学习和实习。两个月之后，位于南美智利首都圣地亚哥中央商业区的一幢现代化大楼内，清华大学拉美中心正式揭牌成立。这是清华大学全球战略的重要举措之一，它将成为清华大学在拉丁美洲的联络和交流基地，服务清华大学人才培养的中心任务，发展与拉丁美洲国家的学术研究和人文交流。作为清华大学海外布局点之一，拉美中心将为培养清华大学学生的全球胜任力、开展全球研究、建立全球合作和提升全球声誉做出贡献。当然，各个院系和学科在全球范围内的交流与合作中，也都正在形成新的国际对标和格局。2019 年 3 月，清华大学深圳研究生院正式改名为清华大学深圳国际研究生院，进一步加强与国际著名大学的合作，包括研究生的联合培养与学科建设、科学研究等领域，进而形成了一种新的办学格局。

也许有人会说，这是清华大学国际化的新举措；也有人会认为，这是为了响应国家"一带一路"的号召；可能还会有人觉得，这是清华扩大国际影响力的努力……这些说法都有道理。然而，从高等教育发展趋势看，清华大学的这些举措客观上反映了学校办学格局的新变化，这就是不断"放大"的清华园。它体现了清华大学建设世界一流大学的定位，也是清华大学对国家和人类社会的一种责任。

清华大学的办学格式反映了清华大学和清华人的做事方式和思维逻辑，体现了学校的治理理念。这种办学格式说明了清华人能干事，解释了清华人能够干成事的个中缘由。它是一种行为方式，是一种为人做事的执着精神，更是一种思维方式和价值观念。清华没有好干的事，也没有干不好的事。这既反映了清华大学办学的挑战性，也意味着清华做事有严格程序和规则的约束，更是十分准确地说明了清华人的实干精神和理论联系实际的文化，有办法解决问题。这种做事和思考问题方式的形成，不是某些人的个性使然，也非群体的短期行为，而是清华大学长期以来形成的治校办学传统、一种立身处世的大学文化。这种格式作为清华风格的重要内涵，早已根深蒂固地融入师生的内心，潜移默化地规范着师生的言行举止。

大学治理，就要治好"理"

大学的治理是一门十分讲究也比较难的学问。它与一般治理是有所不同的。如果说，政府机关和行政部门的治理强调的是把"权力"管好治好，通过权力的配置，提高治理的效率，实现治理的目标；企业和经济部门所重视的是把"利益"或"利润"管好和治好，由此调动员工的积极性，推动企业的发展和进步；那么大学治理的特点更加突出的是把"道理"管好和治好，由此协调各个方面的关系，提高人才培养的质量和办学水平。[①] 这种"理"，按照中国传统文化的解释，也就是"礼"，所谓"礼者，理也"，它就是一种规则、一种格式。大学治理所面对的都是有文化有学识的知识分子，都是绝顶聪明的人，所以，大学的治理不能仅仅是一种要求或命令，它必须更加"合理"，而且更应该是"以理服人"，进而实现知识的发展和精神的提升，并由此形成依法治校的重要基础。所以，这个"理"往往就显得格外重要。

格式是一种规矩

所谓格式，不同的词典和工具书有不同的定义，历代的文献中也有很多的注释：如官吏处事的规则法度，某些特定的规格样式，以及约定俗成的某种程序和规范，相对固定的一种体式与风格，等等。无论如何，"无规矩不成方圆"这句中国的老话，则是非常本土化地体现了中国人对格式的认识和理解。《孟子·离娄章句上》："离娄之明，公输子之巧，不以规矩，不能成方圆。""规"乃画圆之器，"矩"为成方之具，孟子这句话是说，虽然离娄眼神好，公输班技巧高，但如果不使用圆规曲尺，也不能画出方、圆，强调了规矩的重要性。"没有规矩

---

① 参看谢维和：《大学管理要管好"道理"而不是管人》，《人民日报》2010年3月18日。

不成方圆"，人类社会若无规矩，或有令不行、有章不循，也必将陷入无秩序的混乱之中。"木受绳则直，金就砺则利"。这种规矩不仅仅是规章制度，更重要的是人们对社会或组织的某种精神和文化的认同。古今中外，这样的格式都是人类社会得以有序运行的基本保障，也是大学稳定有序发展的必要基础。

清华是一所特别讲规矩的大学。1910 年清华大学的前身留美预备学校的庚款留美学生考试中，第一场中文考试的作文题目就是"不以规矩不能成方圆说"①。这个作文题的评卷标准究竟怎么样不得而知，但可以肯定的是，规矩本身肯定是一种为人做事必要的基本格式。而且，这种规矩意识是当年清华选拔学生的重要标准之一。早期的清华之所以选择这样的考题，是因为它自身就特别讲究格式和规矩，也特别注重培养人的规矩意识。在清华的不同历史发展时期，学校在教学管理、学生管理、游学管理等方面制订了系统的规则制度。如 1919 年《清华一览》所载各项规则多达 90 个，包括考试规制、管理规则、教职员会议与教职工管理规则、课外活动规则、游学规章等一系列章程，可谓严密而完备。朱自清在《我所见的清华精神》一文中就曾说道："有些人谈清华精神，强调在学时期的爱清洁守秩序等。乍看这些似乎是小事，可是实在是跟毕业后服务时期的按部就班的实干精神密切的联系着的。"② 英国哲学家罗素在《中国问题》一书中也回忆了他对清华的印象。他说："一进校门就可以发现中国惯常缺少的所有美德都呈现在眼前，比如清洁、守时和高效。我在清华的时间不长，对它的教学无从评价。但所见到的任何一件东西，都让我感到完美。"③

清华不仅讲规矩，而且严格遵守规矩。以考试为例，口试、笔试、月考、期考接连不断。甚至连季羡林先生这样儒雅的学者，当年

---

① 清华大学校史编写组编著：《清华大学校史稿》，中华书局，1981，第 8 页。
② 朱自清：《我所见的清华精神》，《清华周刊》1947 年 4 月 27 日。
③ 孟凡茂：《罗素与清华——何时来访，有无演讲？》，清华校友网 2014 年 6 月 4 日。

也忍不住"吐槽"，他在 1934 年清华读书期间的日记中曾有一段对考试"骂娘"的话："这些浑蛋教授，不但不知道自己泄气，还整天考，不是你考，就是我考，考他娘的什么东西？"① 当然，对于老清华的严格要求，蒋南翔校长是非常肯定的，他强调"过去老清华对功课严格要求"，这一条就是好的，"实际上我们学校党委这些年来有意识地保存这一条"，"我们应该很好保存和发扬这个传统"②。华罗庚教授也曾以自己的切身经历说明了"严"的重要性："我对严还有一个教训，在 1964 年……有一位工程师，出于珍惜国家财产的心情，就对我说：雷管现在成品率很低，你能不能降低一些标准，使多一些的雷管验收下来。我当时认为这个事情好办。我只要略略降低一些标准，验收率就上去了。但后来在梅花山受到了十分深刻的教训，使我认识到，降低标准 1%，实际就等于要牺牲我们四位可爱的战士的生命……老实说，以往我对学生的要求是习题上数据错一点没有管，但是那次血的教训，使我得到深刻的教育。我们在办公室里错一个 1%，好像不要紧，可是拿到生产、建设的实践中去，就会造成极大的损失。"③ 这种严格至今仍然如此。

有人曾经不无调侃地说，清华的优点是管理，缺点是"太管理"，即清华的规矩甚至有点太死板，近乎不近人情了。如果说，在国外有些名校的招生中，某些特殊人物还可以"走走后门"，在清华大学是绝对免谈的。无论早年，还是现在，也不管是官费留学的名额，或者是学生的录取，甚至是来清华旁听，此类要求在清华可谓是"屡战屡败"。早年任清华大学教务长的潘光旦先生就曾经在 20 世纪 30 年代回绝某省主席的此类要求时说道："承刘主席看得起。但清华之被人瞧得上眼，全是因为它按规章制度办事，如果把这点给破了，清华还有什

---

① 《清华历史上的严格要求与严谨学风》，《新清华》第 2063 期，2017 年 4 月 7 日。
② 同上。
③ 华罗庚：《学习和研究数学的一些体会》，《数学通报》1979 年第 1 期。

么，不是也不值钱了么？"①梅贻琦校长自己的亲属和子女，也由于考试成绩未能达到清华的标准而未被录取。蒋南翔校长的孩子也因成绩不够，主动转学到其他学校读书。即使在今天，有些省市的领导出于"为民造福"的目的，努力争取扩大清华在本地的招生名额，也常常被礼貌地谢绝。按照清华原党委书记陈希的话说，严格招生制度是0和1的关系，决不能有"0.5"的现象。

需要说明的是，这种规则意识已经成为清华人的一种非常自觉的行为方式和习惯。1999年前后，正值高等学校房改的时期，教育部规划司和人事司委托清华大学在甲所会议室召开北京市高等学校教师座谈会，就相关房改政策征求各个高校教师的意见。清华大学的部分教师也应邀参加。会上，大家对这个政策议论纷纷，发表了各自的意见。有的高校教师认为，应该逐步扩大教师的住房面积；有的大学教师建议应该给予青年教师一定的补助；也有的大学教师则认为这个政策文本缺乏合理的理论依据，对政策制定中不同职称教师住房面积标准的规定缺少依据，甚至不无调侃地说，家里老婆孩子的意见是不是也算一种标准。而清华大学的教师代表则十分认真地逐字逐句地琢磨政策文本的表述，甚至对涉及住房面积、房款标准及各个相关变量的权重的计算公式提出了非常具体的意见，形成了建设性的建议。会后，大家对清华大学教师注重操作性和讲规矩的做法留下了非常深刻的印象。②在清华，即使是学校和院系本身出台的政策，都往往要经得起教师们一番"吹毛求疵"的"折磨"，才能够真正过关。当然，这样通过的政策和措施在实施时，就比较容易了，也更能够取得很好的效果。学校教师队伍人事制度改革的过程，就是这样一个非常典型的例子。

---

① 金富军：《"破格"与"守格"——从潘光旦对清华招生传统的坚持说起》，《中华读书报》2019年09月25日。
② 根据当时承办此次会议的清华大学原副校长郑燕康教授的回忆整理。

清华不仅有非常明确和正式的格式或规矩，还有那些已经融入人们血液中的不成文或非正式的格式或规矩。而且，它们与正式的制度相得益彰。清华大学有一条这样的规矩，即由于年龄和任职年限的原因从领导岗位退下来的学校领导，在退休之前，通常要担任学校校务委员会的名誉主任或副主任，参与和服务学校的工作。这是非常合理的。它既表达了一种对老领导的尊重，还能够充分发挥这些老领导的作用，包括他们的经验、精力与对学校工作的热情，特别是可以代表学校出席各种各样的社会活动和会议，以便第一线的在职领导有更加充沛的时间和精力投入学校的工作，等等。其他很多大学都非常赞赏清华的这种做法，也希望能够学习这样的模式。但其他大学的领导不了解的是，清华在这种制度安排的背后，有一种不成文的规矩。按照原党委书记陈希的话，清华大学从第一线退下来的老领导，都应该是"保皇派"，意思是退下来的老领导在参与学校工作时，都应该全力支持和配合学校的决策和现任领导的工作，不要进行干预。这就是一种非正式的规矩。从现实看，大学的老领导的确有非常丰富的经验，对本单位也有感情，有时可能还有那么一点权力的惯性，总是习惯性地喜欢对学校的工作发表自己的意见。这种出发点当然是好的，但效果却往往事与愿违。如果退下来的老领导对现任学校领导的工作和决策"指手画脚"，后果是不可想象的。而清华的老领导在这个方面真可谓是"步调一致"，因而这种制度安排才是有效和成功的。

　　清华的格式其实也是很有人情味的，并没有那么苛刻。其中，让老师们最有感觉的可能是校长、书记的"宴请"，即学校领导不定期地邀请部分院系领导和教授一起以吃饭的形式进行沟通，听取意见和分享感情。而这些宴请都是很有格式或规矩的。第一，这种宴请都是有由头的，并在庆祝和祝贺的过程中给大家一种无声的倡导和鼓励。或者是因重要教授的引进而吃饭，大凡有重要教师引进，学校领导，特别是主要领导，常常会请他们吃饭，听取他们的要求与意见，给他们介绍清华的传统与文化；或者是为某一位老师的成就而"宴请"，如中文系格非教授获得鲁迅文学奖等。第二，学校领导与院系领导和学术骨干不定期的工作餐。这也成为学校主要领导的一个规定动作，并得到了不同形式的延续。据说这种规矩也是老清华的一个传统。梅贻琦长校时，就经常在他的校长官邸里邀请有关教授聊天，讨论学校的某些重大事项，而校长夫人则有时与教授夫人们一起打麻将。第三，这种聚餐在吃饭前通常有一个非常重要的环节，就是餐前的聊天。或者是在领导的办公室里，或者是在某个比较轻松的环境中，如丙所的大堂等。大家围坐在一起，喝一杯热茶，话匣子很自然就打开了，在聚餐吃饭时也就少了局促与尴尬。大家常常亲如一家，十分融洽。可以想象，这样的活动产生的激励作用是非常大的。第四，这样的聚餐是有标准的，即使在中央有关规定出台之前，它也不会超过国家和学校的规定。为了活跃气氛，调动教授们的热情，喝酒常常是其中的自选动作，而且往往是白酒。老师们在碰杯的气氛中，特别是与学校主要领导干杯，能感到自己得到了充分的尊重——像是一种与学校主要领导的兄弟情感，甚至可能都有某种"士为知己者死"的豪迈。第五，聚餐吃饭的费用通常由在座的级别最高的人付，即谁"官"大，谁做东；而且这种聚餐的酒水，都是学校领导自备的，不是公款消费。这也是清华这种聚餐的规矩，是符合国家规定的。第六，这样的聚餐都是在学校自己的餐厅里，不能在外面安排。聚餐地点通常在甲所、招待餐厅或近春园。实事求是地说，清华这几家餐厅的饭菜做得还是很不错的。

中国传统文化中所谓"礼之用，和为贵"讲的就应该是这种格式吧！

格式决定效率

格式并非一种形式，而是实现高效率的重要基础。众所周知，清华大学的文科建设近年来取得了非常突出的成绩和进步。它不仅在各种学科评估和可比性指标方面名列前茅，在学术界和社会上，包括在国际上的口碑也很好。在 2015 年国家人文社会科学研究最高奖的评审中，清华大学文科拿到的一等奖，竟然是全国第一，甚至教育部的个别领导都感到吃惊。用其他学校领导的评价，在过去传统工科院校中恢复办文科的大学里，清华大学是最成功的。当然，清华文科的建设发展与成绩离不开清华大学本身悠久的历史传统和深厚的文化底蕴，也是清华大学文科教师们努力工作的结晶，更应该感谢社会各界的支持与政府的指导与支持。不可否认的是，清华文科建设的成绩也不能不归功于清华办文科的格式，即清华人办事的作风与清华大学的组织优势。

清华文科的建设真有不少的格式或规矩。例如，学校从"高层次干部培训、高水平创新人才培养、思想理论与文化建设、国际声誉与影响力拓展、政策咨询与政府智库"五个大平台重新定义大学文科；清华文科发展战略应该形成与国家战略、高等教育及一流大学建设的"三个交集"；成立"文科振兴基金"，则是支持清华基础文科建设，鼓励自由探索，培育重大项目的一项制度；文科经费的有关办法则是保证清华文科持续、稳定发展的重要基础；文科学术评价中的"三个优先与政策引导"则实事求是地适应了文科发展的规律，^① 而清华文科智库建设的做法也得到了《人民日报》的专题报道^②……这些都是清华格式的反映。这里特别想说一下王大中校长与贺美英书记"十下文科学院"的故事。1994 年，学校做出"完善人文、社科、艺术学科布局"的决定。1997 年，分管文科的学校领导向王大中校长建议，希望学校能像抓理科一样抓文科建设。那年暑假以后，王大中和党委书记贺美英一道，开始了对文科的系列调研。^③ 这年 8 月 27 日，新学期伊始，王大中、贺美英率学校领导班子成员和人文学院的领导班子座谈。二人在调研中强调，清华建设综合性大学，人文社会科学一定要有大的发展；要重点布局、做好规划，加大资金投入；要下决心聘请一些大师级的学科领军人物。^④ 此后，王大中、贺美英等学校领导先后和中文、公共管理、哲学与社会科学等学科的干部和教师座谈，深入了解文科发展过程中出现的具体问题和特殊矛盾，与大家共同商量，在人才引进、学科建设、专业设置、经费使用、招生等方面进行了非常详细的讨论，而且制订和形成了一系列非常有针对性的政策和措施，让文科的干部和教师精神振奋，也极大地推动了文科的发展。有心人曾经为此做了一个统计，两位主要领导在一个学期就"十下人文学院"，可见清华领导班子谋划文科布局的用心。^⑤ 新百年来，学校领导多次深入院系座谈，召开专题讨论会，根据学校的实际情况，制订发布"双一流"方案，深入实施文科"双高"计划。这就是清华人做事的风格，体现了清华人办事的格式。

如前文所说，即便是清华"吃饭"的格式，也并不是单纯感情的

---

① 参看《三个优先与政策引导》，《光明日报》2011 年 11 月 25 日。
② 参看《一流智库是一流大学的重要内涵》，《人民日报》2013 年 11 月 1 日。
③ 吴敏生等：《跨越世纪清华梦——王大中校长十年启示录》，清华大学出版社，2015，第 60—61 页。
④ 同上。
⑤ 同上。

交流，它能够极大地调动老师们的积极性和对学校的认同，强化自身的责任和对清华的归属感。更有意义的是，它还能够非常有效地促进清华的学科建设。其中，"清华简"就是一个非常典型的故事。那是在学校聘请清华大学中文系校友、原中华书局总编辑、著名古代文献学家傅璇琮来学校工作之时，按照学校的规矩，由学校陈希书记请傅璇琮先生夫妇一起吃饭，并且邀请傅璇琮先生的老同学李学勤夫妇一起出席。在陈希的主持下，整个晚餐的气氛非常融洽，大家回忆20世纪50年代初清华大学文科的故事与人物，不时地提起当时的某些人物与逸事，也比较当今中国各所大学文科建设发展的情况。大家的兴致都非常高。席间，李学勤先生提到了一件事。他说他最近从香港的一个朋友那里得到一个信息，有一批最近在中国内地出土的战国时期楚国的竹简，不知道如何流落到香港的文物市场上，近期有可能会出售，他还听说日本、中国台湾等地的有关机构和学者对这批竹简也是觊觎已久。彼时，关于这批竹简的少数照片也已经流出，而这批竹简之所以一直未能"名花有主"，首先因为目前文物市场上的赝品太多，再就是这批竹简是一种历史文化类的学术性文物，是关于中国古代经典的竹简，价格不菲，懂行的人少之又少。即使是李学勤先生自己，也不敢仅根据几张照片做出判断。但他表示，如果这批战国时期楚国的竹简是真实的，将是非常珍贵和难得的学术文献。陈希听到这个信息后，非常敏锐地询问了目前这批竹简的一些具体情况，包括提供信息的人，目前在什么地方，以及李学勤先生的意见，等等。当时，李先生非常谨慎地表示，从他看见的为数很少的几张照片看，有可能是真的。但由于没有直接见到实物，也没有看到所有竹简，所以他也不敢轻易下判断，只是向学校报告，听取领导的意见，再考虑是否可以进一步接触和收购。听了李先生的意见以后，陈希当即做出决定，请李先生尽快与香港方面的联系人联系，争取能够与竹简的持有者直接接触，最好能够看到实物，了解全部竹简的情况，而不是少数的几根。他还要求分管领导直接负责这件事，配合李先生做好工作，如果有什么新的信息和问题，直接向他汇报。可以说，"清华简"的故事，就是从这个饭桌上开始的。当然，在经过充分了解情况后，学校校务会议和常委会又做出了正式的决定。但可以说，如果没有这次聚餐，李先生可能就没有机会及时向学校主要领导直接反映这个重要的信息，也就没有陈希的当机立断，可能也就没有后续关于"清华简"的一系列精彩故事了。

工字厅不空转

2018 年冬日的一天，清华大学主楼接待厅里专家、学者和领导云集，一场关于大学内部治理结构的高层研讨会正在进行。教育部的相关领导介绍了政府的政策要求，国内知名的专家们发表了理论论述，各个大学领导介绍了自己的经验。而清华大学的会议代表则做了一个《大学治理的制度自信——清华大学内部治理结构的分析》的发言。这个报告在描述了大学治理中的主要矛盾和某些基本关系以后，突出介绍了清华大学在面对这些矛盾和处理这些关系时的主要办法和招数，即清华格式中关系到内部治理结构的若干主要方式。简单地说，就是工字厅不空转。由此把听上去高大上，甚至有些抽象的大学治理问题，以一种非常通俗易懂且具有操作性的语言表达出来了，得到了与会者的一致好评。一位北大的专家还在微信中向报告人表示了赞赏。

不翻烧饼

老子在《道德经》中有一句名言，"治大国若烹小鲜"。其实，治大学同样是"若烹小鲜"，不能轻易地翻来覆去地折腾，尤其不能是一个领导一个模式。办大学有时需要像烧饼铺的师傅那样，把握好火候，不轻易翻动。用现在的话讲，则是不折腾——这恰恰是清华治理结构和能力的重要格式之一。这个说法最初出自清华大学原常务副校长何建坤教授在清华学科建设领导小组的一次会议前与一位新任副校长的聊天，即保持学校办学政策与思路的一致性和延续性，体现了治理结构的稳定性与连续性。[①] 这是很有道理的，也是清华大学百年来发展变化中的一个基调。在学校的发展中，虽然学校和院系的不少领导由于工作需要，被调到其他大学或政府部门工作，学校内的领导也经常发生变化，但学校和院系的办学定位与方向始终是非常稳定的，某些具体的政策和思路也是一以贯之的。这种稳定性并非不要创新，而是在继承基础上进行的改革创新。在清华大学，目前就有一个已经实施42年，在此基础上还将继续推进30年，总共长达72年的项目计划，即世界一流大学的建设。

改革开放后，清华大学主动适应世界教育、科技发展的变化和国家现代化建设的时代需要，明确提出建设世界一流大学的办学目标和发展战略。1978年，大学党委在学校工作会议上提出：整顿队伍，落实政策，调动各方面积极性，三年达到历史最好水平，八年达到国际先进水平，教师、政工、后勤三支队伍分工合作，协调一致，有领导、有组织地向"四个现代化"进军。1980年，清华大学召开第五次党代

---

① 这是原常务副校长何建坤与作者谢维和的谈话。

会，会议报告提出："要集中力量抓好提高，力争90年代使清华大学成为具有世界先进水平的社会主义大学。"1985年，按照学校"着重提高，在提高中发展"的方针，校党委书记李传信在第七次党代会工作报告中，明确提出建设世界一流大学的奋斗目标："从现在起的十年，是把清华大学逐步建设成为世界第一流的、具有中国特色的社会主义大学的重要发展阶段。"这是第一次在学校正式的重要文件中明确建设"世界一流大学"是学校的长远战略目标。1993年初，国务院批准"211工程"计划。同年，清华大学结合学习贯彻党的十四大精神，在学校暑期党政干部会上提出了有时间期限的建设世界一流大学的奋斗目标："到2011年，清华大学建校100周年，争取把清华大学建成世界第一流的、具有中国特色的社会主义大学。"

随着建设世界一流大学进程的持续开展，学校不断明晰办学定位，并于20世纪90年代中期提出了建设"综合性、研究型、开放式"大学的指导性办学思路。2002年11月，党的十六大确立了2020年全面建设小康社会的奋斗目标。在学习十六大精神的过程中，时任校长王大中、党委书记陈希带领班子成员，重新审视在21世纪初期改革和发展的阶段目标，并根据清华跻身世界一流大学的总目标，制订出相应的中长期阶段目标，并且把各个阶段目标和国家的发展战略更加紧密地联系在一起。2003年10月31日，王大中校长在向清华大学第五届教代会、第十七届工代会第六次会议所作的《总结经验，坚定信心，努力实现跻身世界一流大学的目标》报告中，正式提出了"三个九年，分三步走"的部署。王大中校长认为，首先，清华建设世界一流大学的探索和实践，经过前面多届领导班子和全校的努力，已经打下了良好基础。但清华真正进入国家行为支持的建设世界一流大学阶段，应该以国家启动"211 工程"和"985 工程"为标志；其次，2011 年是清华建校一百周年，是个重要的时间标志，代表清华第二个百年的开启；再次，要把党的"十六大"确定的 2020 年国家发展战略目标作为下一个重要的时标。由此，形成了清华从世纪交替到本世纪初叶的"三个阶段"：第一个九年，1994—2002 年，调整结构，奠定基础，初步实现向综合性的研究型大学的过渡；第二个九年，2003—2011 年，重点突破，跨越发展，力争跻身于世界一流大学行列；第三个九年，2012—2020 年，全面提高，协调发展，努力在总体上达到世界一流大学水平。此外，按照国家"三步走"的战略，到本世纪中叶，我国将基本实现现代化。在 2020 年以后，我校还要继续努力发展，争取到 2050 年前后将清华大学办成具有先进水平的世界一流大学。①

进入新百年，清华大学深入研究总结百年办学理念和经验，继续推进"三个九年，分三步走"总体发展战略，提出"将世界一流、中国特色、清华风格统一在办学实践中"。2017 年，在中共清华大学第十四次党员代表大会上，学校党委书记陈旭教授作了题为《扎根中国大地 聚力改革创新 为迈入世界一流大学前列而奋斗》的工作报告，按照党和国家的要求，紧密结合自身的发展使命，进一步提出了与"三个九年，分三步走"战略紧密衔接的中长期发展目标，即到 2020 年达到世界一流大学水平，到 2030 年迈入世界一流大学前列，到 2050 年前后成为世界顶尖大学。而且，学校在近年来启动和实施的综合改革，也为这个项目的建设制订了非常具体的阶段性方案。

实事求是地说，在快速发展的现时代，在社会方方面面都纷纷追求短期效益与所谓"政绩"时，在市场经济的驱动机制中，要

———————————
① 吴敏生等：《跨越世纪清华梦——王大中校长十年启示录》，清华大学出版社，2015，第 43—44 页。

在越来越浮躁和急功近利的大背景中保持一种战略的定力，这实在是一种修炼。清华大学之所以能够做到这一点，也是有格式和办法的。这种格式首先是老领导的言传身教。1988年，清华大学时任党委书记李传信61岁，本届书记的任期将于当年9月届满，并未达到中央规定的最高年龄限制（65岁），完全可以再干满一届（当时为三年）后退到二线，但他主动给他所在的党支部书记陈秉中同志写了一份报告，要她阅后转校党委。报告的主要内容是：我要求不再作为下届党委委员的候选人；当年9月第八次党代会后办理离休手续，如确因工作需要，可在二线工作2—3年，但在65岁前要离休。这样做的目的是立足于学校总体工作的发展，使干部不断年轻化。[①]1988年李传信从领导岗位上退居二线，担任清华校务委员会副主任、校史编委会主任、清华校友总会副会长等职，仍然以一种强烈的使命感和责任心，继续关心学校发展的大局，并积极地发挥着顾问和参谋的重要作用。1994年8月12日，李传信离休前致信方惠坚、王大中，总结了自己在清华50年的三点感受及清华发展建设中六个方面的宝贵经验。后来方惠坚也谈道："我在80年代中期开始参加学校的领导工作，我的工作岗位正好是步传信同志的后尘，做过教务长、副校长、党委书记。每个岗位的工作都得到他的精心指导和帮助。他在离开党委书记岗位以后，仍然十分关心学校的全局工作，经常提醒我们注意工作中值得关注的问题。在我担任党委书记工作期间，我也经常去向他讨教，每次都得到很多的启示。"[②]王大中也说道："1994年，当时我刚调到学校工作，传信的这封信，既给了我深刻的启示，又使我深受鼓舞，增强了我做好工

① 徐心坦、陈秉中：《在回忆中纪念》，载《李传信纪念文集》，清华大学出版社，2008，第94—95页。

② 方惠坚：《李传信同志对清华做出了突出贡献》，载《李传信纪念文集》，清华大学出版社，2008，第15页。

作的信心。"①

干部培养的连续性和长期性是清华稳定发展的队伍基础。清华十分重视干部的长期培养，尤其是对将来要担任主要领导的学校干部，往往很早就开始关注和培养。其方式包括有目的地送到国外著名大学学习或进修、分阶段地担任党政群团与部处不同岗位的领导和管理工作，甚至是先后到学校、院系不同层次进行锻炼，以及在学校领导班子中分管不同的工作，等等。很多干部的提拔和使用，常常都是"蓄谋已久"的。这恰恰就是"知止而后有定"，而办学目标确定之后，干部就是决定的因素。显然，这种干部队伍的建设与培养方式自然而然地保证了学校建设发展的稳定性与延续性，进而不断提高学校建设的质量水平和边际效应。

2004年3月，学校为了进一步加强综合性大学学科建设的需要，从校外引进了一位干部担任学校副校长。考虑到这位领导对清华大学的文化与传统不太熟悉，特别是对学校的办学规矩不了解，学校领导包括学校的老领导，甚至是已经调往教育部任职的老领导，以各种不同的形式与这位新任副校长谈话交流，并且非常热情地邀请他到家中聊天，介绍清华大学的历史、文化和办学传统，特别是办学的某些非常重要的格式和规矩，在一些非常重要的工作中，给予十分及时和细致的指导，使这位副校长很快适应了新岗位的工作。尽管有人劝说他到校以后一定要出台几个新文件，做几个大项目，甚至应该"烧几把火"，但他仍然秉持了学校的传统和文科建设的连续性，并在继承前人工作的基础上有所拓展和创新，保持了清华文科的稳定持续发展。

---

① 王大中：《怀念传信同志》，载《李传信纪念文集》，清华大学出版社，2008，第17—18页。

不怕踩脚

所谓踩脚，并不是指跳交谊舞时舞伴之间的不协调，也并非指人们彼此之间的冲突或相互干预。这里的"不怕踩脚"指的是大学治理的一种格式，意味着在大学治理体系中的分工、分权与各尽其职的基础上，不同方面之间的相互配合、协调与彼此参与的一种格式。① 这是清华大学在多年治校过程中的一个重要经验，也是实现大学治理体系和治理能力现代化的一种非常有效的实现途径。例如，在坚持党委领导下的校长负责制中，学校的"三重一大"（即重大事项决策、重要干部任免、重要项目安排、大额度资金的使用）无疑是党委的主要责任，而校长作为党委副书记也需要承担思想政治教育的工作。学校及院系各位党政领导，包括各位分管领导之间也需要相互支持、帮助等。这种"不怕踩脚"体现了大学治理结构的横向的协调关系，反映了治理结构中党政配合，以及分工不分家的整体性优势。这也是清华大学的组织优势之一及其特点和内部治理的格式。

在清华大学的治理体系中，有一个非常关键的决策环节，即"核心会"。它是在党委常委扩大会和校务会议讨论研究以及决策某些重要事项之前的一个非常关键的程序。这种核心会通常由学校党委书记、校长、常务副书记、常务副校长，以及与议题相关的党政副职领导和有关人员参加，就这些重要事项进行讨论，形成基本的共识，以便在正式决策过程中不出现颠覆性的意见。这个程序对于实现党委领导下的校长负责制是非常重要的，也从制度和机制上保障了党政的团结与步调一致。在高景德先生担任校长期间，学校实行党委领导下的校长负责制。1985 年公布的《中共中央关于教育体制改革的决定》，要求

---

① 在作者的印象中，"不怕踩脚"的提法是由清华大学原党委书记陈希教授提出的。

逐步实行校长负责制。在讨论这个问题的时候，高景德用他的陕北口音说："如果学校党政不配合，什么制，也没'治'。"这是一个简明正确而风趣的回答。他在工作中是这么说的，更是这么做的。他十分尊重党委的领导，学校重要事项和决策他都要主动和党委领导同志商量。党委领导也十分尊重高校长的意见，遇到大事要事也要先征求他的意见。在这样的良性机制下，学校形成了党政密切配合的优良传统和行之有效的工作制度。几十年来，学校党政班子到期换届，学校党政配合的好传统、好作风不断传承发展。[①]

这种"不怕踩脚"的格式及其效率，有一个未经证明的规律，即大学治理的效果与领导们在一起交流的时间成正比。清华大学每周一次雷打不动的党政领导"碰头会"，就是这样一种交流与沟通的形式。在这个会上，各位学校领导都要向大家报告近期自己分管领域中发生的事情和即将要做的事情，包括有什么问题等，也可以对其他领导分管领域中自己了解的某些信息进行告知。而各位学校领导都可以对其发表自己的意见，补充新的建议，提出不同的看法。这种信息的交流和彼此的通气对大学治理是非常重要的。很多的问题，包括工作中的矛盾和误解都常常出自信息的闭塞；更重要的是，它促进了大家的团结与合作，会议主持者常常可以根据需要，安排相关的领导参与和配合分管领导完成某项具体的工作，并要求大家给予关心和支持。按照中国武术界的说法，这就如同打通了人身体的任督二脉，由此功力大增。而根据医学界的理论，所谓的感冒，其实很大程度就是身体内呼吸道的不通畅。大学作为一个社会组织，也是这个道理。当然，在学校层面上，还有一些根据不同工作和任务组成的领导小组或委员会，它们都包括了党政和不同领域的分管领导参加，由此形成一种相互配

---

① 丁青青、方惠坚：《回忆老校长高景德：治校方略意义深远》，清华新闻网，http://news.tsinghua.edu.cn/info/1023/71189.htm。

合与协调的治理结构。非常可贵的是，这种"不怕踩脚"不仅体现在清华的行政治理中，而且也是学校里学术治理的一种格式。

改革开放后，清华大学建立了一系列制度保障教授学术权力的充分发挥。1988 年 11 月，校务会议通过《清华大学管理体制条例》，明确了学校党政关系以及校务委员会、教职工代表大会的作用。此外，学校还成立了各种专门委员会，吸收教授等代表参与学校管理，将如何充分发挥"教授治学"作为推动学校战略转型、提高办学质量及建立现代大学内部治理结构的一项重要议题，并加强了系列性的制度建设。如：强化学术委员会作用；增加教授在教代会中的代表比例；建立人才引进的教授评审体制；规范专业技术职务评审制度；实行机构改革，加强机关的服务职能等。[1] 正如王大中校长所说："促进学术权力和行政权力的融合，就是要尊重它们各自的规律，按规律办事，这样教授治学才能得到充分保证，办学效益才能有效提升。"[2] 原副校长谢维和也谈道："我在清华大学分管文科和外事工作，每当国外大学与研究机构向我提出有关学术合作项目的建议时，我总是对他们说，我需要征求相关院系和教授的意见，并笑着告诉他们，我是给教授'打工'的。……并非大学的所有事情都要由教授说了算，但听取教授的意见，充分尊重学术委员会的权力，是大学办学中最根本的管理原则和基本规律之一。"[3]

在清华大学主楼的接待厅里，曾经发生过这样一幕：为了适应科技与社会发展的需要，以及建设世界一流大学的要求，学校的一位分管副校长向学校学术委员会报告学校准备将某个系所更名为学院的事项，并接受学校学术委员会的质询。在质询的过程中，学术委员会的

---

① 吴敏生等：《跨越世纪清华梦——王大中校长十年启示录》，清华大学出版社，2015，第 255 页。

② 同上。

③ 谢维和：《校长要习惯给教授打工》，《人民日报》2009 年 2 月 24 日。

委员们提出了很多的建设性意见，分管副校长则——进行了解释和答辩。其中，有一位学术委员非常睿智地提出了一个直接关系到大学治理的理论与实践问题：为什么要进行更名？在大学里"系""研究所"和"学院或研究院"究竟有什么不同吗？坦率地说，这还真的是一个高等教育理论没有说清楚的问题，也确实难为了在场的分管副校长。最后，由于某些原因，在学术委员会的投票中，这个更名的事项没有通过。当然，按照学校治理体系的规定，学校常委会具有最终的决策权，但学校领导还是非常尊重学术委员会的意见，并根据大家的建议对这个系改院的工作进行了完善和改进，并且在后续的学术委员会上得到了大家的认可。显然，这种行政与学术的分工及相互关系，尤其是处理类似矛盾的问题时，确实需要"不怕踩脚"。

这种"不怕踩脚"的格式与大学结构性特点是一致的，也符合大学内在的治理规律。所谓大学的"三全育人"，即"全员育人、全程育人、全方位育人"，即是表明了大学人才培养工作的整体性和交互性。从实践上说，大学治理还的确需要"不怕踩脚"。从高等教育的理论而言，大学内部管理与分工的边界往往是比较模糊的，并不能完全做到泾渭分明，常常会有交叉重叠，需要彼此的配合与补台，以及相互的参与。在大学的结构中，虽然也可以有彼此之间的分工，但人才培养是一个综合性的活动，教育教学、科研与社会服务等常常是相互结合在一起的，甚至是分不开的。所以，"不怕踩脚"的确是大学治理体系与治理能力现代化中不同方面、不同要素之间相互协调、相互参与的一个非常形象的表述。

在推进大学治理体系与治理能力现代化的过程中，现在仿佛存在一种这样的趋势：十分强调大学管理中分工的泾渭分明。在大学治理的"行政/学术"二元结构里，也好像一定要在"教授治学"和"教授治校"之间讨个明白。似乎只有这样，才能够实现大学治理体系和治理能力的现代化。诚然，大学治理作为一种社会治理，的确有一种共治的形态和特点，需要有一定的分权和各尽其职。然而，大学治理体系中共治结构的重点，并不是分权和各尽其职，分权和各尽其职往往是比较容易的，真正的难点恰恰是二者的协调与整合。否则，要么治理体系中的权力原子化和碎片化，要么一事无成，要么极大地提高治理的成本，由此也就违背了推进大学治理体系和治理能力现代化的初衷。这也是大学治理体系和治理能力现代化的关键。

其实，这种现象又岂止是大学，对整个社会治理而言，都存在同样的现象和问题，而且是整个国家社会治理体系和治理能力现代化的关键。清华大学治理体系中的"不怕踩脚"，从某种意义上，也为整个国家社会治理现代化提供了一个可以参考的经验。

不空转

所谓的不空转，指的是清华内部治理体系和治理能力的有效性，特别是清华大学的组织化优势在办学效率方面的体现，即学校各级领导班子的决策和学校的规划能够在全校上下得到落实。它体现了学校与院系之间的协调性，以及学校办学的上下联动和效率。

在一次北京高等学校的工作会议上，一位其他大学的领导在跟清华大学与会领导聊天时不经意地表示说：你们清华的领导真是有职有权，说话算数啊！听了这样的话，清华的这位领导莞尔一笑，未予置评。确实，在清华大学，无论是学校还是院系所，集体的决策是管用的，是能够得到执行和落实的，学校的规划也是可以实现的。这并非是清华领导有什么特别的个人魅力，也并非因为清华有某种神奇的激励办法和严苛的压力机制。有人说，这种现象反映了学校领导班子的团结和执行力；也有人认为，这与过去清华大学的学科特征有关。因为，工科的建设发展在资源设备等方面，对学校的依赖性比较大，但随着清华大学恢复综合性大学的建设，这个原因也在变化。实际上，这种权威性或者"不空转"的现象，非常生动形象地说明了清华大学治理体系与治理能力中学校与院系之间的密切关系，其中的"奥秘"就是学校治理文化中"基层出政策"的决策机制与文化传统。

"基层出经验，基层出政策，基层出典型"，是清华历来的优良传统，是 1952 年起任清华大学校长的蒋南翔先生的名言，也是大家耳熟能详的清华格言。他所谓的政策，"实际是基层单位创造的经验，经过总结，上升提高，用政策的形式贯彻下去"[1]。蒋南翔在清华工作期间，经常注意面向基层，发现基层单位的工作经验，及时加以总结、推广，包括学生参加"两个集体"（即班集体和社团集体）的政策，以及团支部工作"五十条"的政策，等等。他工作的基本指导思想就是注重基层调研，根据清华的具体实际情况制定政策，决定工作方针。[2] 原教育部副部长、原清华大学校长张孝文就曾说道："他所知道的素材都是到学生当中、教师当中、干部当中去亲自了解的。"[3] 而"真刀真枪做毕业设计""给干粮，更要给猎枪"等至今在清华仍然行之有效的经验和方法也是在总结基层实践经验的基础上提出来的。[4] 1960 年初和 1965 年初，蒋南翔相继被任命为教育部副部长和高等教育部部长，他还继

① 参看方惠坚等编著：《蒋南翔传》，清华大学出版社，2013，第 250 页。
② 参看《刘冰口述访谈：清华工作的经验教训》，清华大学档案信息网，2017 年 8 月 3 日。
③ 周襄楠、刘冬梅、顾淑霞：《光辉无比的人格魅力 穿透时空的精神旗帜——清华人心目中的蒋南翔校长》，清华新闻网，2003 年 12 月 18 日。
④ 胡和平：《创先争优在建设世界一流大学征程上》，《光明日报》2012 年 1 月 3 日。

续兼任清华大学的校长和党委书记。同时，他还坚持把他的组织关系和人事关系留在清华。当有人问他为什么要这样做时，他说："任何重要的政策都是从基层出来的，领导不过是加工，我要做教育部长，就要兼清华的校长，希望有具体的基层工作经验。"他把清华作为"试验田"。蒋南翔的主要精力虽然在全国的教育工作，但每周末的晚上，他总是回清华和学校的领导核心开会，听取学校工作情况，部署学校工作，并且始终保持和学生的密切联系，随时了解学生的情况。[①] 由此不空转也成了清华的办学格式。

在 2011 年之前，有一件事让学校的领导十分揪心，即如何迎接清华大学建校 100 周年。因为，这绝不是一次普通的校庆，这是百年大庆。更重要的是，按照学校"三个九年，分三步走"的规划，2011 年是清华大学跻身世界一流大学过程中一个非常关键的时间节点。如何证明学校已经"跻身"世界一流大学了呢？按照"跻身"的含义，至少应该有部分"身子"，即若干学科能够进入世界一流的行列。按照清华的文化和格式，这是不能自说自话的，它需要充分有力的事实证明学校的确已经"跻身"世界一流大学。怎么去证明呢？这的确是一个难题。也许是功到自然成吧！就在这个时期，学校中两个院系的做法给学校领导班子提供了很好的经验和启示。其一是经济管理学院的国际认证。清华大学经济管理学院的建设和发展一直得到老院长朱镕基总理的指导和关心，建设世界一流的工商管理学科也是他的愿望和要求。有一次在人民大会堂召开的经管学院国际顾问委员会上，他就非常细致地询问学院全英文课程开设的比例有多少。当他得知整个比例还不太高时，当时便进行批评，并且表示要拿出自己的钱来支持英文课程的建设。

---

① 参看方惠坚等编著：《蒋南翔传》，清华大学出版社，2013 年。

为了适应改革开放和国际化的要求，清华大学经管学院 2002 年开始研讨和规划国际管理教育认证，于 2004 年启动了北美工商管理 AACSB 管理教育认证（简称 AACSB 认证）进程，并于 2007 年在国内率先获得了 AACSB 认证，2007 年 4 月，国际商学院联合会（AACSB - Association to Advance Collegiate Schools of Business）在美国佛罗里达的年会上宣布清华大学获得 AACSB 认证，使得清华大学成为当时中国大陆第一家获得此国际顶尖管理教育认证的学校。在这个基础上，经管学院又启动和开展了欧洲 MBA 管理领域 EQUIS 认证，并于 2008 年 3 月认证成功，成为当时国内唯一获得北美和欧洲两个认证的经济管理学院。这种国际认证以无可辩驳的事实和证据说明清华大学经济管理学院已经"跻身"世界一流的管理学院。正如 AACSB 高级副总裁、首席认证官 Jerry Trapnell 在 2007 年 4 月 AACSB 公布新获认证院校时所说的那样："获得 AACSB 认证需要大量的投入和决心。这些学院已经达到了卓越性的严格标准，同时做出了持续改进的努力，以保证给学生们提供高质量的教育。"对于获得 AACSB 认证，钱颖一院长这样评价："AACSB 是公认的全球顶级的商学院认证机构，它的认证是最具权威性的认证。学院通过严格和全面的评估后取得认证资格意味着 AACSB 对我们学院的教学科研质量和发展前景的肯定。取得 AACSB 认证是优秀的管理教育的重要标志，它使得我们学院从此以后同国际上其他通过该认证的优秀商学院站在了同一平台上。"[1] 更重要的是，这样的国际认证极大地推动了经管学院的学科建设，提升了人才培养的质量，也进一步扩大了它的国际影响。无独有偶，清华大学工业工程系在学校国际处和研究生院的支持和时任系主任萨文迪的领导下，也开展了国际评估。萨文迪先生邀请了美国工业工程领域顶尖

---

① 谢维和、刘超等：《文脉：21 世纪初的清华文科》，商务印书馆，2019，第 210—214 页。

的四位美国工程院院士到学校，按照国际标准，对工业工程系的人才培养、科学研究等进行了全面系统的评估。在评估的反馈会上，他们对工业工程系的办学给予了高度评价，并认为清华大学工业工程系的办学水平已经达到国际 20—25 名。同时，他们也非常直率地提出了工业工程系存在的问题，希望进一步加强方法论等基础理论的建设，由此也成为清华大学工业工程专业迈向世界一流学科的重要契机。

经管学院和工业工程系的实践为学校提供了非常可贵的经验和启发：何不以学科的国际评估来检验学校世界一流大学建设的成就，进而验证清华大学是否已经"跻身"世界一流大学了呢？正是在这样的基础上，学校领导班子决定让有条件的院系和学科进行国际评估。实践证明，所有参加和进行不同类型国际评估的院系和学科都得到了国际专家们的认可与建设性建议。由此也使清华大学能够理直气壮地宣告自己实现了世界一流大学建设第二个九年的任务目标，成为中国率先跻身世界一流大学的大学，并且在这个基础上开始了建成世界一流大学和向世界一流大学前列迈进的步伐。

这种"基层出政策"的故事并不是一种偶然，它是清华的一个传统格式。早在梅贻琦长校之前，多位校长都由于各种原因，未能在清华站稳脚跟。而梅贻琦之所以能够获得当时师生员工的信任，而且在清华长校达 17 年之久，则与他的治校格式有关。他曾经有一句"吾从众"的名言，这并不是一种所谓的"无为而治"，而是一种对院系和教授意见的尊重和接受，由此也使他成为广受尊重的校长，并使清华大学的发展稳定进步，并且成为名校，也使西南联大成为中国高等教育历史中的一段佳话。

"基层出政策"的格式是社会治理理论中一个非常基本的范式，

具有一种普遍性的理论价值。简单地说，这里所说的基层经验，其实就是人民群众自己在社会生活或组织中创造出来，并且在解决现实问题的过程中行之有效的某些习俗和习惯。它们构成了英国著名经济学家和社会思想家哈耶克所说的"自发秩序"，由于它们本身就是来自基层群众的实践，所以是比较有效的，人们在执行中常常是自愿和认同的，没有什么强制性，由此成了一个社会组织中非常稳定和有效的策略，并且是国家法律或社会组织制度的重要基础和来源。正如哈耶克在谈到《查士丁尼法典》时所说的那样，"实际上，查士丁尼最终完成的法律汇纂所赖以为基础的古罗马私法，几乎完全是法律人发现法律的产物，而且也只在一个很小的程度上才是立法的产物"①。实际上，国家和社会的治理体系也应该充分吸收和依据地方等基层的经验和办法，它们在某种程度上就是作为国家和社会治理体系基础之一的经验性"自发秩序"。当然，社会治理体系的建构并不能简单地接受或者照搬这些基层的经验或"自发秩序"，而需要敏锐的发现、合理的加工和理性的提升，进而使之成为人们可以广泛自觉认可与遵守的普遍性规则。所以，"对于已经理性思考过的经验性自发秩序，人们不能鄙弃，而应尊重甚至是敬畏，如同敬畏自然神"②。这正是清华办学格式中"基层出政策"的理论意义与实践价值。显然，以基层经验为基础而制定的政策与制度，当然能够很顺利地得到基层的实施和执行。这也是清华领导"说话算数"的奥秘之一。

当然，清华大学治理体系和治理能力的格式有非常丰富具体的内涵，"不翻烧饼""不怕踩脚"和"不空转"只是其中比较典型生动的几个做法。

---

① ［英］哈耶克：《法律、立法与自由》，邓正来等译，中国大百科全书出版社，2000，第128页。
② 盛洪：《自发秩序与元胞自动机》，《读书》2018年第8期，第118—122页。

卓越是这样追求的

2001 年 6 月 5 日，清华大学综合体育馆里人头攒动，座无虚席。人们激动的表情里又有几分惜别之意。因为，即将在这里召开的是朱镕基总理辞去清华大学经管学院院长职务的告别活动。整个会场的气氛特别不一般。据在现场的钱锡康先生回忆，平时寡言少语的王大中校长在讲话时，都激动得流下了热泪。就在这个告别演讲中，朱镕基学长深情地表示自己永远是一个清华人，并且根据自己的体会，把清华精神概括为"追求完美"。他说，要追求完美，就是一定要做到最好，做"公认的第一"。正是在这种"追求完美""做到最好"的基础上，后来学校进一步将清华精神总结为"爱国奉献、追求卓越"。这种对卓越的追求正是清华格式的重要内涵，也是清华百年来办学精神的不断积淀与拓展。它在历史上表现为三个阶段，以及既有不同时代特点，又彼此承续相接的"厚基础、强实践、重创新"的具体内涵。

及格的"标准"

什么是"及格"，恐怕是地球人都知道的常识，但清华大学在西南联大时期某些基础课考试的及格标准却可能是鲜为人知的。这也是清华大学追求卓越中"厚基础"的一个非常生动的故事。

根据清华大学 1939 届机械系学生、清华大学原学术委员会主任潘际銮院士在学校李兆基大楼的一次学术报告中回忆，在西南联大时期，学校对学生基础课特别重视，要求特别严格。按照当时的规定，如果学生一年级的基础课不及格，则没有资格选修新的课程，也不能升至二年级学习专业课，可没有现在有些大学中"挂科"和期末"清考"一说。更有甚者，西南联大的基础课还特别难。由于当时国家科学技术发展水平比较弱，大学教材非常不健全，跟不上大学的要求，也没有统一的规定，所以，很多老师常常直接采用国外第一手的教材。同时，许多教师都是从国外著名大学毕业后回国教书，所以基础课的教学内容往往是当时学术界非常前沿的理论与知识，由此也增加了一年级基础课的难度。许多学生对此常常叫苦不迭。正因如此，在当时学校一年级的期末考试中，往往有许多学生不及格。这种现象可让学校管理者为难了。一方面，学校对基础课有非常严格的规定，不及格就没有资格升至二年级，眼前这样的情形既给学生带来了各种困难，也增添了学校管理的困难；另一方面，学校也不能让老师降低教学与考试的难度，这是教师的学术权力。无奈之下，学校管理者只能实事求是地制订了一个专门针对基础课的及格标准，即基础课的及格标准仍然是 60 分，但计算方式则是基础课考试的卷面成绩做一个开方，然后乘以 10。这样，学生的基础课考试的卷面成绩必须至少达到 36 分才能及格。按照潘际銮先生的说法，当时能够拿到 36 分已经很不错了。[1] 这个故事充分说明了清华大学在人才培养中十分重视基础知识、基础理论与基本技能的培养，因而清华大学的毕业生常常能够表现出非常扎实的学术底蕴和功底，而且具有非常强的适应能力。按照顾秉林校长的说法，清华大学人才培养的第一阶段是建校之初到解放前，在老校长梅贻琦的倡导下，当时的清华大学广延名师，开展通才教育，注重为学生打下雄厚的科学与人文基础，再送到国外深造，形成了"厚基础"的人才培养特色，对后来诸多毕业生成长为学术大师助益良多。杨振宁先生回忆说，大学和研究生的六年对他的一生产生了决定性的影响。[2]

---

[1] 根据潘际銮先生在清华大学的一次讲座的记录整理，未经本人审阅。

[2] 顾秉林、王大中等：《创新性实践教育 ———基于高水平学科建设的创新人才培养之路》，《清华大学教育研究》2010 年第 1 期。

这种"厚基础"一直是清华大学人才培养的传统。据材料 92 级的学生回忆，数学系咸鸣皋老师在讲授微积分课程时，数学符号和公式在黑板上如长江之流水般涌出，滔滔不绝。而且，全班的第一次考试竟然没有考过 90 分的，这对于高中时期次次近乎满分的学生而言，不啻迎头一击。咸鸣皋有一个习惯，每次讲评完试卷，他总是习惯性地把剩下的粉笔头精准地投向纸篓，以一个完美的抛物线告诉我们：大学不同于中学，这是清华。[①] 2018 年 5 月，清华大学校长邱勇院士在"清华名师教学讲坛"上表示，2018 级新生中开设"写作与沟通"必修课，由中文系教授、著名作家刘勇和分管本科教学的副校长、历史系教授彭刚共同担任该课程负责人。计划到 2020 年，这门必修课覆盖所有本科生，并力争面向研究生提供课程和指导。按照副校长彭刚教授的说法，"写作与沟通"是一门面向所有本科生的基础课，课程定位为非文学写作，偏向于逻辑性写作或说理写作，以期通过高挑战度的小班训练，显著提升学生的写作表达能力、提高沟通交流能力、培养逻辑思维和批判性思维的能力。而这门课的开设也得到了学生们的积极响应。

这种"厚基础"的格式对清华大学学生的事业发展与个人成就都非常有价值。这种价值主要表现在两个方面：其一，是学术和工作的基础知识具有一种很强的迁移能力，有助于提高学生对变化的适应性。按照教育学的基本理论，基础理论与知识是从事科学研究的基础，而且是进行学术工作的必要条件，甚至可以说是科学探索的根本。做学术研究的人，在学术生涯的探索中，最终常常要回到某些基本问题上来，而且能否出真正有价值的成果，归根到底取决于当事人学术功底的深度。清华大学许多教师和毕业生之所以能够获得非常突出的成果，

---

① 杨军：《印象吾师》，《清华人》（1989 级毕业 20 周年纪念专刊）2014 年 4 月，总第 39 期。

大都得益于这种扎实的基础。同时，基础知识、理论与技能都非常扎实的人，常常具有比较强的适应性，做什么都能够比较快地上手。清华大学毕业生之所以能够根据国家的需要从事各种新的工作，包括承担国家不同部门的管理工作，且都能够胜任，其中一个很重要的原因就是学校在人才培养中重视基础，他们拥有厚实的知识基础。其二，这种"厚基础"的格式也为清华人为人厚道朴实的作风奠定了科学基础。大凡在科学研究和人文素养方面具有宽厚、扎实的基础知识与理论的人，通常都比较谨慎，甚至是"胆小"，因为，他们越是有宽厚的基础知识，往往也越清楚自己知识的有限性，由此也让他们深深地知道，天外有天，山外有山。所谓半瓶水哗哗响，而满瓶水则不容易出声，也就是这个道理。所以，一般来说，在大多数情况下，清华人总是比较谦逊平和的，并不会趾高气扬，不可一世。说话总是有充分的理由和根据，至少也必须是自洽的。正因如此，清华人常常能够得到大家的好评，也能够获得更多的支持和机会。

真刀真枪做毕业设计

"真刀真枪做毕业设计"是清华大学的格言之一，也是清华大学在多科性工业大学阶段对传统办学格式的一种丰富与发展，它反映了清华大学在人才培养中"强实践"的特点。清华人能干活，动手能力强，而且能够把事情干成，这是多年来社会和各行各业对清华人的一个非常普遍的评价。这种"强实践"并不是对"重基础"的否定，而是在过去"重基础"上的一个新的发展和丰富。按照顾秉林校长的话，这种"强实践"，是新中国成立后至改革开放前清华大学在人才培养方面的重要特点之一。在 50 年代初期，国家急需大批科技人才，高水平的人才主要靠我国自己来培养。在蒋南翔校长的带领下，学校在继承"重基础"的基础上，十分重视实践教育，提出正确处理"猎枪和干粮"的关系，引导和鼓励学生把知识学习与实践结合起来，大大强化了学生解决生产生活实际问题的能力。[1] 当然，这种格式与特色的形成也与当时国家高等教育体制改革有关。出于某些原因，国家在20世纪50年代初根据社会经济方面不同领域的特点和要求，对过去的高等教育体系进行了非常大的调整，形成了一大批专门性的高等学校，即使是所谓综合大学，也仅是文理的综合，并不是真正的综合性大学。正是在这个过程中，清华大学可谓遭受重大损失，许多专门性的学科，如航空、石油、农业等，纷纷被调整到其他学校，原来已经在国内居于前列，并且在国际上具有广泛影响的人文社会学科和数理化生等理科，则被并入了隔壁的北京大学。清华大学曾经的综合性学科结构被肢解了，剩下的只是一些传统的工科，并且在吸收部分其他大学工科后，成为一所多科性的工科大学。显然，这种学科的特点要求学校在人才培养方面更加重视实践动手能力，由此进一步强化了清华人这种"强实践"的特色。

1965届工程化学系刘云清校友以自己在清华学习的切身体会，对这种"真刀真枪做毕业设计"的办学格式做了一个非常生动的注解。在他的回忆中，当时根据系里的安排，工化系的七八名教师和近40名同学，包括吴官正等5名热工仪表专业的同学，一起参加了在上海组织的聚四氟乙烯的会战工程。聚四氟乙烯是一种耐高温、耐强腐蚀、电绝缘性能好、号称"塑料王"的高分子合成材料，在"两弹一星"的开发中是必不可少的特种材料，而在当时的国际环境下是不可能从国外进口的。为了保证国防尖端技术的需要，从50年代末到60年代

---

[1] 参看方惠坚等编著：《蒋南翔传》，清华大学出版社，2013年，第252页。

初，国家科委和化工部组织化工系统的有关研究、设计院所，中国科学院有关研究所及部分高等学校，对聚四氟乙烯进行科研开发攻关会战。能够参加这样重要的工作，当然是一件非常难得而且十分让人兴奋的事情，但对于清华大学这些还未走出校门的学生来说，最困难的是没有经验。所以，刘云清等同学非常虚心地向老师、技术人员和工人师傅学习，根据实践中遇到的问题，不知疲倦地在图书馆、资料室寻找资料，在实验室做实验。由于他们基本功比较扎实，获取新知识的能力比较强，因此很快就适应了工作的需要，也得到了工程师、技术人员和工人师傅的好评。而且，通过边设计，边实验，边总结，很快解决了一系列技术难题。经过近一年夜以继日的工作，完成了年产 100 吨聚四氟乙烯装置的设计工作，提供了全部图纸。这是当时国内唯一一套生产聚四氟乙烯的装置，而且直到 70 年代以前，一直是最大的一套。而学生们的敬业精神和忘我的工作态度也给有关单位的领导和职工留下了深刻印象。他们毕业时，化学工业部特意向清华要了 14 名毕业生参加我国某种合成材料的重点科研和生产基地的建设，同时还"挖"走了一位指导教师。难怪当时学校里有人开玩笑说，清华真是"赔了夫人又折兵"。后来这 14 名同学无一例外地成为企业的业务骨干，成长为各方面的专家，为我国的有机氟、有机硅、航空玻璃的开发和生产做出了突出的贡献。① 其实，类似的故事还有很多，而能干活也逐渐成为清华人的一个非常鲜明的格式。

这种"强实践"的办学格式，也是清华大学校风学风的重要内涵，作为当时人才培养的典型特色，独立培养了大批有真才实学、能解决实际问题的国家栋梁，清华大学也获得了良好的社会口碑。清华大学的声誉与地位都与清华的这种格式有关。有人常常感到好奇，为

---

① 参看清华新闻网，2006 年 9 月 26 日。

什么清华大学这么多毕业生能够当大官，包括国家领导人和各级的领导干部，成为各行各业的管理者？其中一个十分重要的原因就是清华人想干事，能干事，而且能够干成事。他们有非常强的实践意识和动手能力，他们不仅能够提出和发现问题，而且能够自己主动去想办法解决问题，这样的人当然能够得到人们的喜欢。

需要进一步指出的是，这种"强实践"的格式还有两个十分重要的意义。第一，由于强调从实际和现实中去发现和提出问题，并且从现实问题出发学习、做研究和设计。所以，由此所产生的成果和技术专利就具有非常良好的"基因"，能够很快地转化为实际的工艺和形成生产能力。因为，这种设计和成果本身就来自现实和实际的生产实践本身，本身与社会实际具有内在的联系，当然就比较容易转化。现在，许多的学术成果和专利很难进行转化，其中一个很重要的原因就是脱离了实际，单纯从他人的论文尾巴里找题目和问题。这类成果本身的"基因"就很难转化为实际。

第二，这种"强实践"的格式有助于清华的学生更好地认识中国的国情与现实状况，由此增强对国家和行业的了解，进而更加明确自己学习的目标和努力的方向。正如上述刘云清校友所说的那样，经过那样的实战训练，他们亲身体验了中国人民在"一穷二白"的困境中坚忍不拔的精神，对国家前途充满了信心。由此也产生了把国民经济作为自己主要服务领域，把解决国民经济中的问题，提高国家的产业竞争力作为自己的天职的认识与决心。这难道不就是最好、最有效的爱国主义教育嘛！我们的国家不正需要这样对国家有情怀、有责任、能够干事情而且能够干成事的人嘛！

个性化的发展

如果说，在 20 世纪的数十年里，清华在追求卓越的过程中给人们留下的印象是厚基础与强实践，那么，清华文化中注重创新的文化特质在 21 世纪以来对卓越的追求中，则表现得越来越鲜明和充分。这种创新意识是清华人的内在基因和集体无意识，是清华人骨子里的一种遗传。众所周知，在清华大学的大礼堂后墙上，一直悬挂着一块略显陈旧的牌匾："人文日新"。这并非仅仅对文科而言，它表达的是一种清华的文化。据《清华周刊》总 383 期介绍，这是清华大学丙寅级（1926 级）毕业生赠予母校的一个纪念品。从考证中可以得知，匾中"人文"二字源自《易经》，"刚柔交错，天文也；文明以止，人文也。观乎天文以察时变，观乎人文以化成天下"，指的是人类的一切文化创造。"日新"一词典出《大学》，"汤之盘铭曰：苟日新，日日新，又日新"。对于此匾的含义，清华大学中文系老主任徐葆耕教授曾说："清华重视'人文'，而且追求'日新'。而且，北大教授裘锡圭先生对我说：'清华的传统是求新，国学院的先生们搞的学问在当时都是很新的。'此语属实。"[1]

有一次，在北京西城区的一个教育会议上，清华的一位教授与另一所大学的教授就创新人才的培养问题分别发表了自己的意见。清华的教授认为，学校应该重视创新，积极引导和培养学生的创新意识与能力；而另一所大学的教授则认为，创新人才根本不是学校刻意培养出来的，而是他/她自己"冒"出来的。实事求是地说，这两种观点都有一定的道理。创新人才的培养既需要教育的引导和支持，也必须依靠学生个人的努力。如何将两者结合起来，探索一种具有可操作性

---

[1]　徐葆耕：《紫色清华》，民族出版社，2001 年，第 228 页。

的创新人才培养的格式，成为清华大学在追求卓越中不断思考、探索总结和创新的一个问题。

20世纪50年代前后，时任清华大学校长的蒋南翔先生提出了一个十分有前瞻性的理念：不能把学生都培养成"像从一个模子里出来的一样"。为比，他提出了辅导员队伍、文体代表队和业务代表队的"三支代表队"的口号，对不同类型和特点的学生给予不同的培养。而且，针对当时一部分基层干部对教师和学生在思想、工作和学习上提出过高过急的不适当要求，以至于一度出现的教师和学生负担过重的现象，蒋南翔校长还提出，要根据学生发展的不同水平，"各按步伐，共同前进"的政策，即对不同的人，应该有不同的要求，"无论在身体健康方面、业务方面、政治方面，都有一个各按步伐的问题。有各按步伐，才有心情舒畅，有团结"[1]。20世纪90年代中期，在武汉华中科技大学召开的教育部及高等学校文化素质教育的研讨会上，时任清华大学副校长的余寿文先生在发言中介绍了清华在实施大学文化素质教育中的一个基本指导思想——各具特色与差异的学生走进清华，不能变成一个样子走出去。而顾秉林校长、王大中校长，汪劲松、陈皓明、姚期智等教授，则专门申请和主持了"创新性实践教育——基于高水平学科建设的创新人才培养之路"的国家教育科学重大项目的研究，进一步明确提出"改革开放后，清华大学进入第三个发展阶段。此时，创新人才成为国际竞争的战略制高点，而传统教育难以满足培养创新人才的需求。时代呼唤创新教育，培养拔尖创新人才成为高等教育面临的重大理论和实践课题"[2]。而且，该项目还获得了国家级教学成果特等奖。2020年5月8日，正当新冠肺炎猖獗蔓延时，在清华的第一栋教学楼——具有象征性的古朴典雅的清华学堂的门前，举

---

① 参看方惠坚等编著：《蒋南翔传》，清华大学出版社，2013，第240—241页。
② 顾秉林、王大中等：《创新性实践教育——基于高水平学科建设的创新人才培养之路》，《清华大学教育研究》2010年第1期。

办了一个非常特别的活动：清华大学致理书院、未央书院、探微书院、行健书院的成立仪式。古老的清华学堂在午后的阳光下焕发出一种青春的光彩，全体与会人员齐唱国歌，共同见证这一具有历史意义的时刻。这也是清华大学为创新人才的成长和培养所进行的一个新的探索。如果说这些不同阶段的说法和做法都反映了清华大学在求创新方面的一种追求，那么，其中一个符合创新人才培养和成长规律，并且具有明显成效和参照性的经验则是：为学生提供更大的个性化发展的制度空间。

在一次学校的教育教学研讨会上，一位教师向学校教务处的领导提了一个问题，清华大学每年能够给本科生开设多少门课？千万不要以为这只是一个简单、普通的问题，它可是一个非常关键的数据和办学水平的指标。因为，一所大学能够为本科生开设和提供的课程数量，实际上反映了这所大学学生个性化发展制度空间的大小。一位曾经在美国哈佛大学学习的清华教师介绍过这样一个信息，哈佛大学会给所有学生一本厚厚的选课参考书，其中每年可以有数千门跨学科的选修课供学生们选择。而且世界上某些著名大学的普遍性特点之一，就是为学生开设的课程数量非常大。据不完全统计，哈佛大学2016学年为6699名本科生开设的课程总数是3656门；耶鲁大学2019年为5453名本科生提供的课程有2000多门；麻省理工学院2016年本科生的数量是4524人，而学校为他们开设的课程总数达到了4900门；[①] 另外，据了解，美国加州大学伯克利分校2017年秋季学期开课数6319个，暑期开课1056个，春季学期开课7328个；东京大学的总开课数超过4500个；新加坡国立大学每个学期的开课数超过2000个，2016—2017学年度第二学期开课2138个，等等。[②] 在英国的某些世界一流大学中，本科生的同一门基础课还可以由不同的教授讲授，形成不同的

---

① 这些数据由学校教务处根据相关大学的网站收集，仅供参考。
② 这些数据由学校国际处根据相关大学的材料整理，仅供参考。

特点和内容，由此为学生的选择提供非常大的自主空间。而目前中国高等学校教学改革与建设中存在的一个普遍性问题，则是大学给本科生开出的课程的总量不够大，由此学生在四年的学习中，可以选择的课程数量比较少，范围也比较小，束缚和制约了学生的个性发展。当时，教务处的领导告诉这位老师，清华大学 2018—2019 学年度给本科生开设的课程门类已经达到 3713 门，其中仅仅正式的选修课数量就达到 749 门。相对于规模不大的清华本科生来说，这当然是一个很漂亮的数据，也是一个可以继续努力的基础。值得指出的是，这里体现了高等教育学的基本理论和一个重要概念——"课生比"，即一所大学每年给本科生开设的课程门类与学生数量的比例。从大学生个性发展的角度看，这个比例越大，意味着学生在学习中可选择的空间越大，越有更大的个性化发展的空间。反之，则学生个性化发展的空间就比较小。从这个概念本身来说，它比过去"师生比"的概念进一步反映了学校的教学建设水平和办学条件，并且直接反映了创新人才成长和培养的环境。当然，"课生比"只是清华大学促进学生个性化发展制度空间的一个变量，如何安排这些课程，则是一个更加讲究的事情。例如，虽然目前还达不到为一个学生开设一门课的条件，但在清华大学，开设一门课程对学生数量要求门槛比较低，一般来说，有 10 个学生选课就可以了，个别课程对学生数量的要求还可以更低。前些年，在清华大学的招生政策和人才培养模式中，出现了两个新概念，即"大类招生"和"大类培养"。前者指的是改变过去按照比较狭隘的专业招生的传统，而按照更大的学科门类或学科口径进行招生，由此可以为学生后期的专业选择和调整提供制度化的途径和机制；后者则是指加强和拓展基础课的建设，为学生后期的发展和确定自己的方向奠定一个更加宽广、厚实的基础。这些都是学生个性化发展的新途径和新平台。换句话说，这种"大类招生"的途径和"大类培养"的模式，能够为学生根据自己的兴趣和特长，寻求自己的发展方向和目标提供更大的选择空间。

如果说清华校友、著名科学家钱学森先生提出的"钱学森之问"对中国大学是一个振聋发聩的当头棒喝，那么，清华大学创新人才培养实验班之一的"钱学森班"的实践及其成果则是对这一问题的积极回应。而个性化发展和培养正是"钱学森班"最主要的思路和特色之一。根据钱学森班首席教授郑泉水院士的介绍，钱班把帮助每一位学生，找到他/她自己最喜欢、最热爱、最痴迷、最擅长的目标或方向，放到了第一位，简称"学生激情"。激发学生激情，是钱班创立伊始就确定的核心理念，是钱班十年紧抓不放的"牛鼻子"。而这种"学生激情"的实质就是从学生出发，帮助和引导他们找到心灵的"痒处"，由此才能真正从心底迸发出这种激情。对此，郑泉水院士十分睿智地表示："我对外专业（数学、物理、化学、生物、机械制图等）的专任老师说，我短期评价各位专任课上得好不好的重要标准，是你们有没有可能把学生深深地吸引住，甚至把学生吸引到你们的专业、转到你们的专业。凡是出现这样的学生，我都大力支持他转过去。"[①]换句话说，即支持学生的个性化发展。他是这样说的，也是这样做的。有一个钱学森班的学生对数学非常有兴趣和天赋，他向郑泉水院士表达了自己转专业的想法，以及担心转过去是不是会有困难。郑泉水院士积极鼓励和支持这位学生追求自己的兴趣，并且与他的数学老师一起推荐，帮助他顺利地完成了转专业。据说这位学生转到数学系以后，如鱼得水，很快地取得了骄人的成绩。2015届钱学

---

① 这是郑泉水教授给作者提供的信息中提到的。

森班的一个学生曾经获得了物理国际竞赛的金牌，郑泉水院士发现他在物理方面的潜质后，在大三结束时，决定推荐这个学生转到物理系进行高温超导领域的学习与研究。在郑泉水院士看来，目前我们本科教育的最大问题之一，就是每位老师由于种种原因，总是要求所有的学生一定要朝自己的方向学习尽可能多的知识，没有真正充分尊重学生的个性需求。这是违背因材施教规律的。所谓因材施教，首先是帮助和指导学生认清自己是什么才，不是单纯由老师来决定。而且，不能把因材施教简单定义为"不同成绩，给的难度不同"，这仅仅是一个维度，并且不是最重要的维度。真正的"因材施教"应该是从学生本身出发，是建立在学生的个性发展基础上的。这正是创新人才成长和培养的关键。

当然，在清华大学，学生个性发展的这种制度化空间中还有由图灵奖获得者、著名计算机科学专家姚期智先生领衔的"姚期智班"，有由著名物理学家朱邦芬先生挂帅的"物理学堂班"，以及数学、化学和生物的学堂班，"数学英才班"，"人工智能班"，"世界文学与文化实验班"，"烽火班"（能动系），"能源互联网班"，"文科实验班"，等等；更重要的是，清华大学每个学期还能够适应学生的需要，为本科生提供不同类型的课程，包括新生研讨课、荣誉课程、挑战性课程和各种各样的选修课，为学生的个性化发展提供非常大的制度化空间。同时，学校也专门为本科生创立了一个"SRT计划"，即学生研究训练。这种"SRT计划"，可以是教师提出各种不同的项目，由学生进行申请；也可以是学生自己提出申报项目。由学生自主申请和主持的，学校会给予一定的经费支持，鼓励年轻的学子进行"异想天开"的学术探索和研究。

除了这些制度化的个性发展途径与平台外，清华大学还有很多非制度化的人生和学业发展的选择机会与空间。如果你想发展和增强自己的社会责任感和服务精神，那么，你可以选择和争取获得"思源计划"的支持，在其中得到专门的指导与帮助；如果你是一个学生干部，希望在管理领域有所发展，提高自身的政治素养，则可以申请参加专门针对学生骨干、培养时代接班人的"思源骨干计划"；如果你有志于赴公共部门就业，不断提高参与公共事业的能力，你可以选择专门为坚定服务公众、提升公共领导力的学生发展的"唐仲英计划"；如果你立志于马克思主义的专业研究和传播，学校的一位老校友林枫先生创立，后来人持续不断"浇水"的"林枫计划"，则可以为你提供非常专业的指导；假如你非常羡慕那些在舞台上口若悬河的主持人，这里还有专门培养校园优秀主持人的"白杨计划"；当然，作为大学，培养具有学术志趣和人文情怀的未来学者的"英华计划"则覆盖了很宽泛的领域，包括理工科、人文社会学科与艺术领域等；在21世纪的网络时代，清华园里还有专门培养创新型新媒体骨干人才的"启明计划"；如果你有一些奇思妙想，则可以参加基于课外学术科技创新实践，汇聚校内外资源，培养拔尖创新人才的"星火计划"；而对于那些怀抱慈善与恻隐之心的同学，可以选择专门培养学术公益情怀和志愿热情，全方位锻炼能力的"薪火计划"；当然，对于兴趣广泛的学生，也有机会参加与国内外知名企业共建的跨学科学生学术科技类团队，以兴趣为导向，支持学生自主创新的"兴趣团队"；对于那些有志于创办企业，在商海中一展身手的学生而言，还有面向未来，培养具有颠覆性创新思维和优秀商业意识的创新创业人才的"启创计划"；考虑到清华大学那些牺牲自己时间与精力，投身于社会工作的学生，学校则提供了面向社团协会领导和骨干，完善社团建设人才的"星空计划"；

至于家境贫寒的学生，则有专门为他们提供发展所需要的各种资源与培训的"鸿雁计划"；而那些志在全球的学生可以选择针对高素质复合型全球治理人才培养的"国际组织人才训练营"；等等，不一而足。而且，除了学校提供的这些不同选项之外，各个院系还有自己更加专业性的支持和个性化发展的项目。例如，水利系建立了自己的"水滴计划"，电子系有自己的"扬帆计划"和"启航计划"，自动化系有"HAGE 计划"和"ATOM 计划"，计算机系有"视窗计划"，工程物理的特色项目是"核心计划"，能动系的专项节目则是"学术优才计划"，工业工程系有专门针对物流人才培养的"IE 计划"。当然，文科院系也不甘落后，其中，新闻传播学院的品牌项目是"清田学术俱乐部"，学生举办的《清新时报》早已是学生创新的重要平台；法学院推出的"法治思维与能力提升证书项目"也得到了学生很大的青睐；等等。这些五花八门的计划与项目，为学生的自主创新提供了巨大的可能性。

近年来，清华园里还有一个学生们青睐有加的项目，即"清华大学大学生学术研究推进计划"，学生们都习惯地称之为"学推"项目。它是学校团委和科研院于 2014 年联合发起和推进的，目的是激发学生学术志趣，鼓励学生开展自主立项研究，并突出重点领域，推动学科交叉，鼓励原始创新。如果说，大力度的经费支持是这个项目计划的主要特色之一，那么学生们更喜欢的还是它能够给予大学生完全的自主性。因为，它是可以由大学生自己独立，或者组织学生团队自主申请和实施的学术研究项目。而其中"未来学者"专项计划，则是支持具备较强科研创新能力，项目创新性强，有志于长期从事学术研究事业的同学个人或团队项目。事实证明，这个"学推"及"未来学者"

的项目计划已经取得并且超越了预期的目标，包括高水平学术论文的发表、重要国际会议的发言、各种含金量很高的奖励，以及几十项专利，等等，极大地促进了创新人才的成长。2018年10月29日8时43分，浩渺太空之中，开始有了一颗属于清华学生的卫星。这就是"学推"计划支持的"天格计划"学生兴趣团队的首颗实验卫星。它从酒泉卫星发射中心发射入轨，经过紧张的测试，载荷探测器的各项功能正常，符合设计指标。接下来学生团队将逐步开展各项定标测试和科学目标观测。十分可贵的是，这个项目团队在4位老师的指导下，包括2013级至2018级、7个院系不同学科的50余名本科生，充分体现了理工结合、多学科知识技能的交叉、学生自我科研管理的特点，体现了未来大科学工程领军人才的成长机制。

清华园就是这样一个可以让学生们放飞想象的空间，是可以让他们的创造力和思想纵横驰骋的园子，是可以让他们经历兴奋、挫折、爬起、失败、成功、分享的精神殿堂。这里，你可以看到一群朝气蓬勃的年轻人和"敢于吃螃蟹"的人，也可以发现崭露头角的青年才俊，还可以憧憬和猜测未来的大师与业界领袖等。

如今已经在文学界崭露头角，并且在2016年以小说《北京折叠》一举荣获第74届雨果奖的郝景芳，当年可是清华大学物理系的本科生，并且在清华大学天体物理中心和经济管理学院读研究生。阅读她写的成长自述，理解她内心的想法，你一定会感受到她对创新的追求——她也是"思源计划"二期的学员。

如果你在日常生活中需要测一下新买的电脑显示器的蓝光辐射量有没有超标，或者需要测一下卫生巾里的荧光剂有没有超标，或者你在买水果的时候也想知道面前的两个西瓜哪个更甜一些——满足这些现实生活的需求，你也许需要一台小型的廉价光谱仪。如果手机摄像头有这种功能，那对于人们的生活该是多么方便呀！清华大学化学系的本科毕业生，如今已是电子系年轻教授、量子点谱仪的开拓者鲍捷，就已经解决了这个需求。就是这样一个年轻学者，并不是那种所谓不食人间烟火的人。他在读书期间特别活跃，不但担任班长，还在学生会工作，并且是清华大学军乐队的长号手，还非常积极地参加学校的体育锻炼和一些全国性的大学生艺术比赛。

当然，在这个长长的行列中，你还能够看到那些在商海中敢于拼搏的弄潮儿。其中，善淘网的合伙人之一蒋抒洁就是一个普普通通的例子。当年的蒋抒洁并不是经管学院的学生，而是新闻与传播 2005 级本科生，现为善淘网 Buy42 合伙人。在校期间，她曾获得高盛全球领导者、清华特等奖学金等荣誉，以全年级学分成绩第一毕业。她现在还是中国第一家 OMO 慈善商店的合伙人，在上海开设了十余家慈善商店，40% 的员工为残障人士，利用闲置的物资和人力资源打造一个自我可持续的公益模式。该项目曾获得团中央青年影响社会百强公益项目、上海慈善之星、WeWork 创造者大赛中国区前三名等荣誉。当然，这其中也少不了在政府工作的毕业生，以及放弃在大城市的机会，主动去农村、边远贫困地区，甚至是传染病地区工作的毕业生，等等。

这样的故事并不仅仅是个人，甚至已经成为一种团队现象，如汽车系"未来汽车兴趣团队"的新型轮毂电机车、未来智能机器人的团队、未来深度学习与人工智能的团队等。虽然这种创新的格式并不能用数据去说明，但这些年反映清华师生创新的数据也的确非常漂亮，包括在国内外的科学与人文大奖，展示大学生创新成果的挑战杯竞赛、各种各样的获奖、著名学术刊物的高水平论文发表、各类科研项目的立项，以及高水平学术会议中的发言等。据不完全统计，近年来，70% 以上的博士生在读期间参研两项以上 863、973、自然科学基金等重大课题。以学生为第一作者发表的 SCI 论文占全校 SCI 论文的 60%（约 1700 篇 / 年）。一些博士生已经开始在国际顶尖期刊发表高水平论文，包括在 *Science*、*Nature*、*Cell* 等国际顶尖期刊上发表高水平论文。同时，每年 400 余名博士生出席国际学术会议，多名博士生获大会最佳论文奖。另外，在学校和老师的支持下，学生踊跃参加国际竞赛，佳绩频传。在以往的 10 届全国优秀博士学位论文评选中，清华大学获奖 78 篇，每 50 名博士毕业生获奖 1 篇，获奖总数和产出比例均居全国高校首位。仅数理基科班的学生就在物理学和天文学领域发表 SCI 论文 60 余篇，20 多人次在国际会议上做学术报告，其中有的毕业生还获得了第四届世界华人数学家大会"新世界数学奖"，等等。

清华培养创新人才的这个方向是正确的，是以正确的方式做了一件正确的事情，而且产生了广泛积极的国际影响。2019 年 7 月 8 日至 11 日，在比利时哈瑟尔特大学里召开了全球学业咨询协会的年度会议（The Global Community for Academic Advising）。这是全球高校学业指导领域最权威的专业协会。本次会议的主题是学业咨询师如何通过积极有效的方法，提高学生的自主性和个性化发展。来自 21 个国家的 270 名学术咨询领域代表参加了此次国际会议。许多著名大学的领导和专家都从不同角度介绍在引导学生学业发展中的经验与思考。清华大学学生学习与发展指导中心主任耿睿老师和副主任詹逸思博士等，则立足清华的实践和经验，做了题为《中国学生专业选择新咨询体系构建》（*New Advising System for Students' Selection of Majors in China*）的报告。报告以清华大学学生学习发展中心的教育实践为例，总结了中国学生在专业选择上遇到的常见困惑，介绍了清华学生学习发展中心构建的教育支持体系，以及对学生个性化发展中专业认知、自主决策等能力促进的显著成效。由于清华的报告抓住了当前国际高等教育领域创新人才培养中的一个具有普遍性的问题，并且提出了行之有效的办法，因而获得了国际与会同行的一致认可与高度评价，在整个大会99场学术演讲中脱颖而出，荣获大会唯一的"最佳演讲者"荣誉。也许国际同行们感到"不解渴"吧。该报告又被全球学业咨询协会邀请赴美国肯塔基州路易斯维尔，在2019年向美国及全球超过3300名学业指导同行再次进行报告并获奖。报告后加拿大维多利亚大学的国际学生服务中心主任苏珊（Susan）还邀请演讲者为加拿大学生做指导报告。

应该说，创新人才的成长和培养至今仍然是一个世界性的问题，其中的规律也尚未完全为人们所认识和把握。因为，创新本身就是打破常规的活动。这种创新人才的培养是21世纪的大学面临的非常严峻的挑战。在创新发展的环境中，如何学好难度越来越大的基础课程，如何习得大学的自学方法与可迁移的学习能力，如何提升时间管理与自我管理的能力，以及在通识教育的基础上，学生如何选择自己的方向，等等，都需要理论的支持与实践的回答。[①] 清华的经验是：创新人才的培养必须以学生的自主性和个性化发展为基础；缺乏自主性和个性化的人，不可能成为创新人才。它不能仅仅是一种坐而论道的头脑风暴，必须有切实可行的路线图。不难发现，清华大学中所有这些正式或非正式的学生个性化发展的制度空间，以及其中的各种项目计划等，都有一个非常鲜明的特点，即具有非常清晰具体的可操作性，包括设计的思路、合作的模式、理论的逻辑、实践的办法，以及检验的

---

① 这些问题是清华大学学生学业发展指导中心副主任詹逸思博士给作者提供的。

证明，等等。同时，凭借合理与适当的方式，引导和帮助学生认识自己，自主地选择发展方向，进而极大地调动自身的学习热情与积极性，则是更重要的。这恰恰是清华大学创新人才培养的基本格式之一。

清华大学在百年来的办学历史中，就是这样不断地追求卓越。

"象牙塔"的开放

人们常常把大学比喻为"象牙塔"，这种比喻确有不恰当的方面，但也有一定的道理。因为，大学在追求高深知识和人类的终极关怀方面，应该承受"面壁十年图破壁"的孤寂，保持一种不食人间烟火的"清高"，以及"众人皆醉我独醒"的笃定，进而成为世俗社会的精神殿堂。但是，这种"象牙塔"并不是封闭的，它必须是开放的、通透的。清华大学就是这样一座开放的"象牙塔"。

"向外发力"

这是21世纪初清华大学实施国家"985工程"二期时提出的一个战略口号，背后也有一个非常有意思的故事。它体现了大学这个"象牙塔"的开放方式，反映了一种办学思路和改革取向，而且也是进一步推进新时期高等教育发展的一个新的尝试和探索。

在大学的建设发展里，资源配置是一个非常关键的问题，但也是一个非常纠结的难题。学校的各种资源毕竟是有限的，如何在各个不同的学科领域和院系中进行合理的分配，既是一个理论问题，也有着巨大的现实约束。常言道，"会哭的孩子有奶吃"。多年来，大学里各个院系或学科带头人的主要任务之一，就是不断地在各位学校领导和有关部门中进行游说，不厌其烦地强调自己院系或学科的重要性，力争获得更多的经费、编制、房子、生源等各种资源。大凡有了某个项目，这样的博弈就是对不同院系或学科带头人游说本事的一次大考。可以说，这种态势甚至有愈演愈烈的势头。而且，这也常常是造成不同院系或学科之间矛盾的重要原因之一。由于通常的资源配置常常以院系的规模为依据，由此也强化了各个院系不断追求"大而全"的倾向。更重要的是，这种现象进一步加固了大学与社会隔离的"高墙"，强化了"象牙塔"的孤寂。所以，大学的资源配置原则体现了一个大学的办学格式。无疑，这是高等学校改革的主要任务之一。而"向外发力"的思路正是在这种背景中提出来的。

21世纪初，随着"985二期"建设经费的下拨，能否改变这种现象，真正使建设世界一流大学的"985工程"成为一个改革的工程，成为清华大学领导不能不考虑的一个问题。对此，时任校长顾秉林和分管"985工程"的康克军副校长等领导经过调查研究和反复思考，提出了"向外发力"的新思路，推动了学校资源配置模式的改革。这种"向外发力"的基本指导思想是，在保证学校公共基础设施建设和基础学科发展的正常需要之外，鼓励那些应用性非常强的学科更多地走向社会、企业和国家建设的实际，进一步与政府部门、企业与社会组织等合作，从社会中获取资源，由此不仅可以改善学校资源不足的困难，更重要的是可以改革学校人才培养和科学研究的机制，拓展办学空间，使学校中应用性学科的办学更加贴近国家发展的实际需求。这种"向外发力"政策的具体办法是，"985工程"的经费分配不再是"撒芝麻盐"式地分配给不同的院系或学科，而是根据各个相关院系在与校外地方政府部门、企业行业、社会组织等开展合作获得的经费或资源，进行配套分配。换句话说，你从校外合作获得的经费越多，学校"985工程"分配给你的经费也越多，反之亦然。需要说明的是，为了鼓励这些相关院系和老师争取大项目，同时与地方大学形成错位发展，不挤占地方大学的发展空间，学校规定500万元以下的项目经费不算配套的基数。实际上，这种"向外发力"的思路和办法也是反映各个相关院系工作水平与学科价值的一个试金石。因为，如果某个应用性的学科或院系拿不到校外的合作科研与人才培养项目的经费，它至少可以反映两个问题：其一，这个院系或学科发展方向或建设水平得不到社会和行业企业的认可；其二，或许这个院系或学科方向与水平不错，但院系的领导缺乏改革和开放的意识，工作不够努力。在这种情况下，给它资源或经费也是不合适的。更重要的是，这种"向外发力"的政策进一步促进了相关学科与社会的紧密合作，优化了学校人才培养与科学研究的机制，拓展了学校的办学空间。实事求是地说，这个政策出台伊始，也遇到了一定的阻力和批评，这是非常正常的，它毕竟是对传统资源配置模式的一个改革。但学校在有所完善以后仍然坚持了这个政策，并且取得了很好的效果，促进了应用性学科与企业的合作。在2019年学校的科研经费中，横向项目就高达2364项，项目经费数额达到25.14亿元；其中，单纯海外的项目经费超过人民币4个亿，超过亿元的项目就有两个。即使在学校的纵向经费中，也有不少是学校有关院系与企业共同向国家政府和科技部申请的。2019年学校根据重大捐赠建设的科研机构就有5个，经费达16亿元。而与企业等联合共建的科研机构的协议总额超过人民币15亿元。

"向外发力"的政策虽然只是反映了清华大学科研体制和经费分

配方式的一种改革，它的具体内涵与实施方式也随着清华的发展而不断变化，但它的价值和意义却是深远的。首先，这种"向外发力"的实质其实是在"向内发力"，是在对多年来大学内部已经固化的资源配置模式的改革，因而也是大学内部治理体系和治理能力现代化的一种改革。尽管大学本身都是世界上非常聪明的人聚集的地方，但这种聪明与改革意识往往并不是一致的。有时由于利益的作祟，甚至演变为一种思想的僵化和保守。按照理性人的假设，人的脑袋总是被屁股决定的。这种现象在大学的资源分配过程中往往表现得淋漓尽致，由此甚至导致大学内部院系和学科结构的老化成为大学改革中的"顽瘴痼疾"，而资源配置作为改革的杠杆也逐渐失去了它应有的功能。所以，"向外发力"实际上有一种"项庄舞剑，意在沛公"的价值和意义，由此推动大学内部的结构优化。其次，这种"向外发力"也进一步表明了大学的定位与责任：能够为社会做出自己的贡献，包括人才贡献、知识贡献、文化贡献与政策贡献。这是世界一流大学的重要标识。世界上所有的优秀大学，都是对国家、社会和人类做出过独特贡献的大学，都是能够承担民族复兴责任和使命的大学。而世界一流大学则是应该而且能够为世界和人类做出重大知识、思想与技术贡献的大学，是能够在解决全球性问题中有所作为的大学。这就是清华大学建设世界一流大学的格式。

从 PI、平台到生态

某年，清华大学一个代表团访问日本某著名大公司，总结前期合作的成绩与经验，探讨进一步合作的课题与项目等。学校分管国际合作的领导与热能系的项目负责人介绍了清华方面的工作和考虑，而日本公司的领导和技术主管也表达了进一步合作的意愿和建议，双方进行了非常务实的讨论，并且形成了初步的协议。就在相互交流的过程中，清华方面的教授们都对日本该公司技术开发的条件羡慕不已。就在彼此推杯换盏的晚宴席间，清华大学的分管领导向日本公司的技术主管提出了一个问题：贵公司拥有如此良好的研发条件，包括人员、设备和经费等，为什么还要与清华大学合作呢？这位日本公司的技术主管回答道，公司本身技术研发的基本定位和主要目标是瞄准和服务企业 5—10 年之内的需求，而与清华大学的合作则是指向 10 年，乃至于更长远的发展需求和目标。① 这番对话虽然只是就清华大学与日本该公司之间的合作机制而言，却提出了一个非常关键的问题：大学的科研，包括高水平研究型大学在科学研究方面与企业、市场之间的合作，应该具有一种什么样的机制和形态才是比较合理的？

也许有人认为，大学科研的机制及其与企业的合作应该是以 PI 为基础，形成不同的团队，开展有创造性的探索与研究工作。这是有一定道理的，也是大学组织特征的体现之一。所谓 PI，全称为 Principle Investigator，指的是由一所大学管理的独立研究基金的持有者，也是资助项目的首席研究员，也可以称为首席教授、研究员或学术带头人。PI 制是现代科学技术活动的一种组织形式，它以某一个学术带头人为核心，适度配备人力、装备、资金等资源。在这个组织单元中，学术带头人处于决定性的地位，负责该领域的学术发展方向与重大事项等。当然，它也是大学学术建设的组织形式之一。在清华的科研体系中，PI 发挥的作用是不可小觑的。也有人认为，大学科研的价值及其与企业的合作应该以不同的平台为主，形成一种综合性的力量，有助于集中攻克某些科学问题与技术瓶颈。这也是合理的，而且是近年来大学

---

① 这是作者谢维和与日本公司的这位技术主管的对话。

科研体制中一个十分重要的改革和变化。这里所谓的平台，即学术平台，指的是大学中供学者和学生们施展才能的各种机构和组织。它通常指向一个长远和共同的人才培养或科学研究的目标，由各种具有互补性的 PI 所组成，能够承担比较大的任务。在清华大学，改革开放初期，并根据深圳建设的需求，建立了深圳研究院，后来又陆续地建设了长三角研究院、河北研究院和北京研究院。随着学校科研的发展和需要，为了进一步促进产学研结合，清华大学又根据一定的标准和条件，加强了这种与地方合作的科研平台的建设。至今，清华大学共有7 个地方研究院，9 个派出研究院，为拓展清华大学的科技辐射和服务国家发挥了重要的作用。所以，这种科研平台作为大学科学研究及其与企业合作的机制，也是必要的。

然而，值得注意的是，近年来清华大学的科研体制及其与企业的合作机制悄然出现了一种新的变化。这里，有核能与新能源技术研究院的发展，有集装箱检测设备的研发与推广，也有超长碳纳米管的可控制备方法的研究与开发，有循环流化床的研究，等等。在这种变化中，研究的取向具有了更大的综合性和前瞻性，涉及更多的学科领域；在这种变化中，项目的实施中有了更多的变量和利益相关者，他们都以不同的方式参与到项目中，发挥着不同的作用，并且分享着探索的成功；在这种变化中，课题的时空有了更广的纵深，它不仅有当下的针对性和应用性的功能，还有长远的战略意图和基础性的价值，等等，由此形成了更具前瞻性和整体性的特点。

清华大学科研体制及其与企业的合作机制的这种新变化，则是在以往 PI 和平台基础上生成的一种新的科研生态系统。这种所谓的科研生态系统，指的是大学科研在一定的社会环境和空间内，科研活动本身与外部自然社会中各种环境因素构成的统一整体，在这个统一整体中，大学与社会环境之间相互影响、相互制约，并在一定时期内处于相对稳定的动态平衡状态，进而能够获得更大、更有效的科研产出，形成更加综合性的效益。这些社会环境的因素和变量，既包括与其他大学的联系，若干企业等利益相关者的参与，又包括其他非教育的各种自然和社会因素等，共同构成了一种更加符合规律，并且能够形成综合合力的科研系统。

这种科研的生态系统不仅注重研究活动中不同要素的独特作用，而且更强调彼此之间的整体协同。它是科研活动中知识驱动和产业需求牵引之间的相互结合、相互促进，是大学与企业彼此之间的合作，也是基础研究与应用研究的结合，还是基础研究与应用基础研究的协调。更重要的是，这种大学科研的生态系统能够将新环境中不同的影响因素和变量整合起来，成为一个有机的整体。可以认为，清华大学的科研体制及其与企业的合作机制正在逐步形成一个校内校外相结合、国内国外相衔接、大学企业相合作、不同文化相融合的生态系统。21世纪的知识创新，依靠传统的科研和产学研模式是不够的，甚至可以认为，它们已经不能非常好地实现大学深度参与国家创新驱动战略实施的功能。而且，完全依靠大学本身的科研力量，或者单纯沿袭传统的大学／企业合作模式也是不够的，它需要有更多的变量和参与者。这种大学科研的生态系统包含不同大学之间的合作，企业与社会组织的参与，以及政府部门的支持，等等。它表现为不同类型的资源组合，以及不同要素的整合，等等。它需要依靠已有的 PI 制和研究平台，但在一定程度上也必须超越单纯 PI 制和各种学术平台的边界，形成更加开阔的空间和更大的资源集成，以及更加系统化的协同。这恰恰是新的科研体制及其与企业合作机制的新形态，也是清华大学科研改革发展的新的取向。

应该看到，这种生态系统的建设已经是 21 世纪社会经济发展的一种带有普遍性和前瞻性的发展趋势。特别是信息化与数字化时代的科技进步，进一步促进了社会经济和高等教育之间合作发展模式的变革。根据有关学者的观点，"智能经济新时代，企业间的竞争从平台竞争过渡到生态系统的竞争。平台战略新概念没提出多久，就升级为生态系统的竞争，感觉短短两三年间，企业界、商业界的战争迅速从二维提升到了三维"；"过去企业在战略上强调竞争优势，通过不断强化核心竞争力，扩大规模效应，以提供低成本产品、差异化的服务。但是在智能经济时代，企业还需要发展自身的生态优势，利用生态网络的放大效应和协同效应，提供一体化的产品和服务"[①]。根据美国高德纳咨询公司（Cartner）调研数据显示，"中国已有 61% 的企业参与别人的生态系统或自建生态系统。比如阿里和腾讯之间的竞争，就是围绕电商交易与围绕社交形成的两个生态系统之间，在零售、娱乐、出行、旅游、金融、物流、社交、电商、云计算等多领域，展开全方位的生态竞争。……我们需要认识到未来不再是产品之间、企业之间或者产业链之间的竞争，而是企业连接形成的生态系统之间的竞争"[②]。

这种社会经济发展的生态系统对大学科学研究提出了新的要求，它不仅迫使大学进一步地走出传统的"象牙塔"，迫使大学超越学者们已经十分熟悉且习以为常的 PI 制和各类平台，而根据大学的特点和高等教育的规律，在 PI 制与学术平台的基础上，打造新的科学研究的生态系统，进一步协调和整合各种差异化的影响因素和变量，形成新的全球化科研价值链。

[①] 邱恒明：《拥抱智能新经济，企业价值观与增长之道皆须升级》，《中华读书报》2019 年 9 月 18 日。

[②] 同上。

这是一场新的大学变革，对整个高等教育都是一个新的挑战，也是清华大学在新百年中的一个新尝试。目前，清华大学的科研体系正在逐渐从传统的 PI、各类平台走向这种具有更大包容性与可能性的生态系统，而清华大学的办学格式也将在这些新的建设和探索中获得新的时代意义与内涵。

清华的格局反映了清华大学的办学定位与战略规划，体现了一所世界一流大学的境界与使命。清华的格式体现了清华大学的做事方式与处理问题的思路，反映了清华大学内部治理结构的格式和特点，而清华风格的格调则刻画和描述了清华人的风貌与特质，反映了清华人的品位——这种格调是清华大学悠久文化传统与优秀革命传统的凝练，反映了清华人的风采与精神面貌，也是清华大学建设世界一流大学过程中最重要的精神与文化资源。

格调是一种品位

前些年，有一本《格调：社会等级与生活品味》①的译著在中国出版，其中讨论了社会不同层次和不同类型的人的风格或格调，且不

---

① ［美］保罗·福塞尔：《格调：社会等级与生活品味》，梁丽真等译，世界图书出版公司，2011。

说它的观点是否恰当，但着实提醒了人们去关注人的修养和精神的品位。清华风格中的格调则是从整体上探究和描述清华人的形象特征与精神品位。

校庆的插曲

那是清华大学百年校庆中一个小小的插曲。2011 年清华大学百年校庆时，整个校园就像过年一样，人头攒动，热闹非凡。除了学校例行的马约翰田径运动会等大型活动与学生自主创新成果展外，各个院系，不同的届别，尤其是恰逢秩年的校友们，纷纷举办各种各样的庆祝活动。就在那天下午的 4 点，在清华大学经济管理学院舜德楼三层的大教室里，举办了一个关于清华文化的对话会。令人惊讶的是，一个不算太小的大教室被挤得水泄不通。原来，主持对话的是清华大学经济管理学院著名学者李稻葵先生，而另一位"明星"则是近年来坊间的一位大咖。这位大咖是一个颇有个性的人，甚至有一种"语不惊人死不休"的特点。学校分管经管学院的一位副校长作为学校的代表也非常荣幸地受李稻葵先生的邀请，参加了这个对话会。

活动搞得确实很好，尤其是李稻葵先生妙语连珠的主持与不失诙谐的调侃，以及穿针引线的衔接，让整个会场不时地笑声迭起，高潮不断。然而，就在这个过程中，这位大咖突然给分管副校长提出了一个看似简单，却实在不好回答的问题。他问道：清华大学的人究竟有什么与其他大学不同的地方？清华人有什么自己的特点吗？坦率地说，由于这位副校长是"半路出家"的清华人，前些年才从外校调入清华，对清华的历史文化及其有关的人物故事还了解不多，因而在情急之下，他只是根据自己的认识告诉他，清华人的特点之一就是非常地勤奋。

如果你在机场、高铁上看到那些捧着计算机干活的人，多半是清华的师生；而在深夜或假期中，校园的大楼与实验室里仍然是灯火通明，挑灯夜战的人不是少数……

实事求是地说，这个回答并不理想。而且，这也确实是一个很难回答的问题。因为，如果说清华人具有某种统一的特点，就很容易让人们误解为清华的人才培养就是一个统一的模子，缺乏多样化，没有包容性；而如果说清华人有各种不同的格调，则有可能让社会认为清华缺乏自己独特的品位。实事求是地说，这又是一个非常好的问题，它能够促进清华人的反思，形成一种对清华文化的自觉。为此，这个"遭遇"也一直让这位副校长耿耿于怀：究竟清华人的特点和所谓集体无意识的文化遗传是什么呢？我们能不能对清华大学百年来的文化遗传在清华人身上的体现准确和简明扼要地总结和表达出来呢？清华人的格调究竟是什么？非常幸运的是，著名建筑学家吴良镛先生给了这位副校长一个非常给力的启示。他在赠予这位副校长的一幅墨宝中，以十分遒劲挺秀的笔力写了八个大字："春风大雅，秋水文章"，出自中国文化名句"春风大雅能容物，秋水文章不染尘"，其中的意蕴恰恰提醒和启发了这位副校长。诚然，清华大学的格调应该是既有丰富多彩、千姿百态、个性十足的一面，也有凝心聚力、令行禁止与步调整齐的一面。更重要的是，这也是清华人应该自觉的一个问题，因为它关系到培养什么人、怎样培养人的问题。

格调彰显特质

格调究竟是什么，不同的文献和词典有着不同的解释，包括人的品格与风范，表示艺术作品或者文章的艺术特点与大自然的风貌和景

象，等等。格调不仅有类型的差异，而且能够反映层次的高低。按照
《格调：社会等级与生活品味》一书的说法，尽管很难准确地给格调下
一个科学的定义，但它可以表现在容貌、衣着、职业、住房、餐桌举
止、休闲方式、谈吐等方面。正是这些细微的品质确立了一个人在这
个世界上的位置。在日常生活中，用这种格调去评价人，可谓是非常
得力的，也是人们最在意的。如果说某人的格调比较高，则无疑是一
种非常高的褒奖；反之，则是一种极大的贬损。一所大学也有她自己
的格调。多年来，北京的几所重点大学，就经常被人们在格调上进行
调侃。某校怎么了，某校怎么样，另一学校又是什么，包括不同大学
的人有什么特征，等等。清华大学校友、北京大学原党委书记任彦申教
授对北京大学和清华大学的格调就有一个他自己个人的比较，他认为：
"北大思想解放、思路活跃、务虚能力较强，喜欢坐而论道，往往想法
多，办法少，醒得早，起得晚。清华则严谨求实，虽然想法不如北大
多，但办法比北大多，想得到也能办得成。"① 且不说这些比较和评价准
确与否，但可以肯定的是，格调确实可以反映一所大学及其师生员工的
品位、风貌和特点，并且从一个方面体现或彰显一所大学的文化特质。

　　一所好的大学必须具有它自身的文化品位与特质，这是一流大学
的基本标识。一所大学可以有明亮宽敞的教学大厦，可以有小桥流水
的优雅，或者是绿树掩映的环境，等等，但一所大学及其师生员工一
定要有一种高尚的精神品位、儒雅的言行举止以及追求卓越的学术志
趣等。大学的这种文化特质是溢于言表的，也充分体现在大学的校风
和学风中。清华大学国学院四大导师之一陈寅恪先生在完成自己的著
名论著《柳如是别传》之后，以一首诗表达了自己的感慨，并且在其
中引用了清代文人项鸿祚《忆云词丙稿·自序》中的一句话，"不为无

---

① 任彦申：《从清华园到未名湖》，江苏人民出版社，2007，第 8 页。

益之事，何以遣有涯之生"，并且自认为这句话恰恰也表达了他的心声。唐代文人张彦远的相关名言"不为无益之事，则安能悦有涯之生"[1]与项诗的形式几乎一样，可恰恰就是其中的一字之差，使得两句话有了品位的差异。陈寅恪何以没有引用张彦远的名言，却选择了项鸿祚的词句呢？其中的缘由正是两句话中虽然都是"无益之事"，但它们对人生的意义却非常不同。因为，"遣"与"悦"是两种完全不同的人生态度。在张彦远看来，其中的"无益之事"即是日常生活中的各种乐趣或雅致，如看花、品茗、赏月、听雨、闻香等；而在陈寅恪先生的引述中，这种"无益之事"则是一种虽然没有直接功用，或者说没有直接利益，不能给自己带来具体好处的事情，但它们是一种关系到人性的事情，是关于世界和人类社会共同命运的事情。正如陈寅恪先生在给王国维先生的挽联中表示的那样，"吾侪所学关天意，并世相知妒道真"。所以，前者可以给人带来一种感官愉悦的快乐，后者则反映了一种对民族文化和人性的责任与思考。这显然是两种非常不同的品位，体现了两位学者不同的文化特质。而这种责任和思考也从一个方面反映了清华大学在承担社会和文化发展中的品位。

格调是一种品位，同时也是一种思维与行为方式的特质。有一位刚刚从其他大学调入清华的教授在逐渐熟悉和参与学校的各项工作以后，曾经不无感慨地说道，难怪清华大学能够成为世界一流大学！而他所表达和评价的正是清华格调中的思维和行为方式。2013 年，为了落实全面深化改革的要求，清华大学和北京大学一起向国家主动请缨承担改革试点任务，争取在国家深化教育领域综合改革中先行探索，积累可推广的经验。这个报告很快得到了中央的批准。为了踏踏实实地完成综合改革的任务，进一步推进世界一流大学的建设目标，学校

---

[1] 曾光：《张彦远与〈历代名画记〉》，《中山大学学报论丛》2006 年 04 期。

将整个综合改革计划根据清华的实际，分解为7大方面，包括加快完善中国特色现代大学制度，深入推进人事制度改革，创新人才培养模式，健全学科发展机制和科技创新体系，改革社会服务体制机制，推进资源管理模式改革，进一步深化行政管理改革。同时，又进一步将7个方面分解为45项十分具体的任务，并且将这些任务逐个落实到每一个分管领导和相关部处，并且规定了任务完成的时间节点与可以检验的质量要求。这个方案很快获得了国务院的批准，并且已经在2020年得到了基本完成。这就是清华的文化特质。在清华大学，你可以向学校提出各种改革的建议和想法，也可以有很多新的理念与理论，但你最好也能够拿出落实这些建议和想法的"路线图"，如果两者兼而有之，你在清华就一定能够得到充分的认可、更多的机会与更大的发展空间。

"取乎上"和"知先后"，这是清华大学教师发展中心给新入校教师的一次培训课程中提出的希望。这也是清华的格调，是清华大学的文化特质。"取乎上"，引自唐太宗《帝范》卷四"取法于上，仅得为中，取法于中，故为其下"中的说法，是对新教师提高教育教学质量标准的建议，即一定要严格要求，形成高标准的教育教学工作；而对于如何实现"取乎上"，培训课程则提出了"拔尖率"的实施办法，即对于清华这么优秀的学生，不要轻易提"淘汰率"，也不宜简单地讲"成功率"，学生们可以有不同的成功；而"拔尖率"则是强调拔尖创新人才的培养，强调清华大学原校长蒋南翔说的"万字号"的人才。"知先后"，出自《大学》中的名句"物有本末，事有终始，知所先后，则近道矣"。换句话说，作为一名清华的教师，首先应该明确自己最重要的责任是教书育人，而在教书育人中，最首要的是立德树人。这就是"知先后"的含义和实现途径，也就是大学之道。

清华人的格调是整个清华风格中非常重要的组成部分和题中应有之义，也是清华风格的微观基础。著名作家宗璞先生认为："风格的形成就是自己的文化、自己的生活，跟人是一体的。"[①] 当然，它是一个历史的范畴，也是一个不断与时俱进的文化精神。其中既有恒久不变的内核，也有发扬光大的方面。正如清华大学大礼堂后墙上的"人文日新"匾额所表示的那样，清华人的格调是清华文化的体现，也反映了时代的要求与清华的进步。

清华园里众生相

在清华这个园子里，会聚了许多精英、翘楚。其中，有追求宏图大业的人，有怀抱经世济民理想的人，有立志成为道德世范的人，有试图光宗耀祖的人，有渴求"稻粱钱途"的人，也有梦想风流倜傥的人，还有希望成名成家的人。当然，清华园里更有许多令人刮目相看的名师和学子。他们都以不同的方式创新和追求着自己的梦想。他们的形象、风貌、言行举止，以及不同的追求和特色，形成了清华园里色彩纷呈的格调与文化气象。

清华教授面面观

2006 年 6 月 25 日，由中国纺织杂志社和清华大学共同举办的"中纺圆桌·文化艺术论坛"在清华大学美术学院举办。论坛的主题是"品牌·文化·时代"，来自政府、产业界、时尚界、文化界、企业界代表，清华大学师生及其他高校代表等近 300 人出席了论坛。出

---

① 宗璞：《是大家的生活让我酿出蜜来》，《中华读书报》2019 年 8 月 7 日，第 7 版。

席论坛的还有国家纺织工业部、文化部与清华大学的领导。论坛上，清华大学的领导做了一个题为《着装的品位：大学的品位与人才》的发言，以清华大学历史上著名史学家陈寅恪、逻辑学家金岳霖、哲学家冯友兰、文学家朱自清等人的衣着风格，揭示了服饰与个人性格、身份的关系，说明服装和衣着风格是文化品位的重要特征的一个方面。例如，金岳霖先生作为一个逻辑学家，具有长期的留学经历，他经常穿一件非常光亮的黄皮夹克，整洁笔挺，显得非常得体；陈寅恪先生常常穿一件蓝色的长布衫，手里拎一个裹书的包袱，是典型的传统学问家的风范；朱自清先生的穿着又别有风格，也许是他的文学修养所致，也可能是他独特的某种格调，他中年时期经常穿一件类似于斗篷的大衣，也显得颇有派头。这个发言得到了在座各位听众的好评。这种着装和服饰方面的特点实际上也从一个侧面反映了清华格调中多样化的一面。

其实，这种对教授及其服饰与言行举止的关注，早在清华大学的历史文献中，便已有非常生动的介绍。实事求是地说，清华的学生们对于能够有这样一批国内一流、国际知名的教授给自己授课，能够与这些大师们在课堂上对话，在校园里邂逅，自然是兴奋不已。出于一种探秘和好奇的心理，他们对这些大教授为什么会有如此的才华和学养，总是希望找出一个原因，给自己一个说法。于是，这些大师的外表，包括他们的相貌、着装和言行举止等便成了学生们关注和归因的对象。而且，往往越是神奇和有故事的教授，越是他们琢磨的对象，他们甚至一定要找出一些与众不同的地方来解释这种神奇。由此，也就在清华历史的各种文献中留下了关于这些大师们的种种描述。由清华大学暑期留校同学会办的《清华暑期周刊》中刊载的《教授印象记》，就非常集中地描述了清华园里部分教授的形象和特征。这些对清华教授的描述和评价，十分生动地刻画了他们的个性与形象，展示了清华园里多姿多彩的文化图景和亲密无间的师生关系。[①] 这里不妨摘录其中的几段。

散文家、红学家、新文学运动初期的诗人、中国白话诗创作的先驱者之一俞平伯的形象是，"一个写起文章来活泼生动，作起诗来情致缠绵的人，谁说他的相貌不应该和风流才子一样？然而在清道上，常有那么一位五寸身材的人，秃光着脑袋，穿着宽大的衣服，走起来蹒蹒跚跚的，远远看去，确似护国寺里的一个呆小和尚……走近去对他鞠一躬，叫一声俞先生，那么那位呆和尚似的人就会伸着三个指头，挨近光头的旁边和你演一回军礼了……俞先生那一口官话化的浙江音，平时已经够北方的老哥儿们着急，嗨！再加上'吃！'的毛病，有时三分钟还迸不出一个字来，那你干瞧着吧……上俞先生的课么，你还得注意一点：俞先生讲授终了时，是向不通知学生的，时常我们记完笔记把头抬起，并台上已不见了俞先生，用目光周围寻觅时，只有从教室门的缝子里，还可以看见俞先生的围巾在他的背上摆动"。

"清华园内有趣的人物真多，但是其中最有趣的要算陈寅恪先生了。"在学生们眼中，这位"教授之教授"则是这样的："里边穿着皮袍，外面套以蓝布大衫青布马褂，头上戴着一顶两旁有遮耳的皮帽，腿上盖着棉裤，足下蹬着棉鞋，右手抱着一个蓝布大包袱，走路一高一下，相貌稀奇古怪的纯粹国货式的老先生……进清华后，和同乡们闲谈，偶尔提出了一个'谁是清华最好的教授'的不大聪明的问题来。他们都异口同声地答应了'陈寅恪先生'……不但同学们对陈先

---

① 参看《清华暑期周刊》1934 年第 8 期、1935 年第 10 卷第 7—8 期的部分文章，见清华大学图书馆藏《晚清、民国期刊全文数据库》；《教授印象记》中没有注明每篇文章的作者，但从文笔上可以看出，它们应该是学生们的作品。以下的描述皆出自这两期，本书略有调整。

生这样地推崇，就是教授们也一致的推崇陈先生。每回我上中国哲学史课的时候，辄看见冯芝生很恭敬的——好像徒弟对着师父那样的恭敬——跟着陈先生从教员休息室里出来，一边走路，一边听话，直至教室门口，才相对的打一个大躬，然后分开。这个现象固然很使我们感觉到冯先生的谦虚有礼，但同时也令我们感觉到陈先生的实在伟大。因此，我便产生了这样的一个疑问：像陈先生那样的人，在现在一班自命站在时代前线的人的眼光中，大概是再落伍也不过的了；但是为什么他又是那样的伟大呢？我想也许就是因为他肯落伍，肯不跟着一班只会呐喊不会做事的人去抓住他们的所谓时代精神，所以才这样的。"关于陈先生的伟大，至今仍然是值得我们思考的。

著名哲学家冯友兰（冯芝生）先生的图像是："如果世界上真有所谓'学者态度'的话，冯芝生先生的态度可说是十足的学者的了……他，冯先生——四十上下年纪——穿的是褪了色的自由布大褂，蓝布绔，破而且旧的青布鞋——毫无笑容地登上讲台——一坐下——一对架着玳瑁边眼镜的眼睛无表情地呆望着我们约有一二分钟——开始说话了……芝生先生口吃得厉害。有几次，他因为想说的话说不出来，把脸急得通红。那种'狼狈'的情形，很使我们这般无涵养无顾虑的青年人想哄笑出来……芝生先生值得我们赞颂的地方……在于他的审慎公正的态度。我跟芝生先生上了一年的课，敢十二分负责的说一句，从来没有听他说过一句不大合理的话，也从没有听他说过一句很随便地说出来的话。他说话时，老是那样的审慎，那样的平心静气。他，我可以说，才算完全地理性的动物……他的批评胡适之先生和时下一班人的批评完全不一样……他是站在学术的立场来批评的。他说：'适之先生的病痛，只是过于好奇和自信。他常以为古人所看不出的，他可以看得出；古人所不注意的，他可以注意。所以，他常抬出古人所公认为不重要的人品来大吹大擂，而于古人所公认为重要的，则反对之漠然。这是不对的，因为人的眼光不能相去那样的远啊。'"

常有一些学生把著名的散文家、诗人和学者朱自清认作日本人。"身量不高倒还是次焉者，那副银丝眼镜同他那稍稍严肃的眼神的确是日本人常有的特点。你若再看《创造十年》就更好，那书告诉你朱先生的发鬓上有一极小的疤痕；我觉得似乎那也是像日本人之一点。可是他一脱西装，日本气立刻失去，那么银丝眼镜也是次焉者了。第一次看见他，总有点怕似的；因为他脸上有严肃气。可是，一谈话，严肃气又没有了……家虽住在扬州，他却说得满口北京话。'您'字说得最好。你听见他称你为'您'，也自然会称他为'您'。客客气气，怎么还会严肃……虽则面上有时严肃一点，而心肠是最软不过的。"

学生们借用英文刊物 *CHINA CRITIC* 中的话描述文学评论家、诗人和国学大师吴宓先生："雨僧的脸倒是一种天生禀赋，恢奇的像一幅讽刺画。脑袋像一颗炸弹，而一样的有爆发性，面是瘦黄，胡须几有随时蔓延全局之势，但是每晨刮的整整齐齐，面容险峻，颧骨高起，两颊瘦削，一对眼睛亮晶晶的像两粒炙光的煤灰——这些都装在一个大长的脖子上及一副像铜棍那样结实的身材上"；尽管吴宓先生在主持《学衡》杂志时受到了一些人的非难，但在学生们看来，"我们在这里所得的教训不是事实本身的是非，而是吴先生的那种始终不屈的精神。你说这是傻劲？诚然，但在今日，就是傻劲也已是那样难能而可贵的美德了……有时你看到吴先生独自呆呆地立着，嘴角浮漾着轻微的笑影，那笑，无形中由苦笑而至痴笑而有时竟至非哈哈大笑不可的神情，但刹那间，像在荷叶上飘过的轻风，一切终归沉寂，他毕竟意识到自己是个学者，笑影与轻微俱散，剩下的是那俨然不可侵犯的矜持的面相"。

著名经济学家陈岱孙先生的样子是："个儿高高的，洋服顶挺，走起路来常带着一根司的克（stick，手杖），有着一副英国绅士的仪态……无论谁，只要上过他的课，便不能不赞叹陈先生的口才。虽然是福建人，可是国语讲得够漂亮，一个字一个字吐得很清楚，而不显得吃力。在上课的时候，学生是没有一个敢作声的，只静心凝听，因为他的声音是有节奏的，有韵律的，能使人如同听音乐一样，起着一种内心的快感。当然，陈先生的讲解是最有系统，最清楚不过的了，无论哪样艰深的理论，总是有条不紊的，分析得很仔细，灌输在听讲人的脑中……不过看起来陈先生似乎为人是颇严肃的，在课堂上除正课外，从不渗入其他闲话，其实，有时也有许多隽妙的言辞。"

有时候，学生们会觉得闻一多先生这位著名文学家和现代诗人几年来一首诗也不写，还以为他闲着玩不成？其实，闻先生"并不忙于'在漆黑的屋子里幻想'，或是含着笔尖儿斟酌字眼儿；闻先生现在忙，对了，忙在翻故纸堆儿呢……闻先生上课时，随身带有一对儿法宝——那就是一个二尺长一尺多宽的大簿子，那里面装满了闻先生几年来的心血——《诗经》与《楚辞》的 notes。说到这儿你该明白了，啊哟，原来闻先生近年来治《诗经》《楚辞》呢。丢下 20 世纪的新诗，一下来就翻回去弄那二千五百年前的捞什子，你说这个向后转来得利落不利落？……闻先生讲《诗经》《楚辞》是决不和那些腐儒一样的。《诗经》虽老，一经闻先生讲说，就会肥白粉嫩地跳舞了；《楚辞》虽旧，一经闻先生解过，就会五色斑斓地鲜明了。哈哈！用新眼光去看旧东西结果真是'倍儿棒'哪。二千多年前的东西不是？且别听了就脑袋疼，闻先生会告诉你那里是 metaphor（隐喻），那里是 similar（直喻）。那么新鲜的名词，一用就用上了吗，你说妙不妙？不至于再奇怪了吧。还有一句更要紧的话得切实告诉你：闻先生的新见解都是由最可靠的训诂学推求得来的，证据极端充足，并不是和现在新曲解派一样的一味的胡猜……（闻先生）中等身材，削瘦的面儿，两道浓黑的剑眉，一双在眼镜里闪烁的炯炯有光的眼睛——唉，不要忘了，还有一头整年不梳的长发——那个么，就是表示胸襟沉深的闻先生的尊容了"。

在很多学生看来，著名哲学家和逻辑学家金岳霖先生，"一望而知他是哲学大师。真怪，无论他身上哪一点，都有点哲学味儿似的。眼镜厚厚的，帽子的远沿务求其低下，好遮他眼前的光。有时候西装外面套一件大褂，有时候大褂外面又套一件棉袍……走起路来总是慢慢地，手中常常提着那个'教授皮包'，口中常含着一支纸烟……吸烟确实可以帮助人思考，所说他自己坐在屋子里时，拼命运用思想，想不出就吸烟。谁都知道，金先生的头脑清晰极了，那都是他自己训练出来的。因为是怀疑派哲学家之故，遇事则以怀疑的态度对付：'靠不住吧？'讲书时把学生也看作学者，以学者对学者的态度研究；所以听讲者有时感觉太深奥。其实，今天讲的功课，经过自己的思考，过一天或两天必非常清楚了。即使听讲时有不懂，可是兴趣总是浓厚的。金先生由课堂外面带了兴趣，逼迫你高兴听他讲话。有时候他把你讲笑了，他都以怀疑的态度问'笑什么？'"。

著名政治学家浦薛凤先生"是最神气不过的，天生一副令人见而起敬的面孔，再配上一副双丸黑腿的眼镜，益显得精神奕奕，器宇岸然，大有师严道尊的气概，春秋两季，常着藏青色洋服，特别地整洁严肃，每于课余饭后，常见他很闲适地在园内散步，鼻孔呼出缕缕的青烟，手里提着文明的扶老，他那走一步望一步的精神儿，真个把西洋式尖头鳗的气味表现个十足！先生又很善于适应自然，每届寒秋，便马上丢掉洋服，换上中国式的长袍。说不上为什么起见，复外罩以蓝布大褂，十足的精神，依然旧观，这又显示出中国君子派的风度来。唯独那个尖而又亮黑而发光的碱土（Gentle）皮鞋，也常伴着长袍大褂，共同出场，这真不愧为东西文化，荟萃一身，中西其外，也实足以象征显示的洋土其中了！先生的 Lecture 是很值得一听的……站在黑板之前讲桌之后的一块狭小的地平面上，加倍儿卖劲呢，转过身去就写，调回头来又讲，真使听者神往，如坐春风！这时，更当注意的是，黑板前面粉笔面儿，一层一层的飞舞，却变成了白色的烟幕；大主讲说话的唾沫星儿，一串一串的进出，又好像过山炮弹，坐在前排听讲的同学们，怎会不大遭其殃，连声叫苦！"。

当然，这里只是部分文科教师的形象。其实，不仅文科的教授们常常表现出各种惟妙惟肖的形象和特色，理工科的教授们也同样个性十足，妙趣横生。

著名物理学家和教育家叶企孙先生，"身材并不算十分矮小，可是脑袋的容量好像比常人多些。他的服装，是很有规律的：春假以前老是着中国式的大袍；春假以后就换上颜色很庄严的西装了；头发老是很亮的……他很怕冷，冬季多是棉袄之外再一身皮袍；讲书的时候也不时地去用手摸摸汽炉子……为节省时间起见，他走进课室的瞬间并不许弟子们起立致敬。他很快的把书放在桌子上，用左手很小心的把右袄袖卷起来，再从口袋里拿出一张小小的'备忘录'，就开始讲授了……他并不叫人做太多的题目，但是每个习题都含着很深厚的意思，都必须用很周密的思考才能做的出来。他不叫学生背书，背会了再倒着背；他也不希望学生把功课弄的很熟。他常说，熟了就不想了，他所希望的是很彻底的了解。有时在班上发生了问题（因为他自己也不太熟），他就告诉学生'Wait！'。二三分钟以后，正确的解释就出来了。他给介绍的参考书也很不少，但是那多半是为'查'而不是为'念'的……还有，我忘记了告诉你，就是在讲授的时候或命题的当儿，他也常能按学生的个性及特殊的困难等，把他的方法加以改变，以使学生得到最大的益处"。

著名水力发电学家、工程教育家、土木工程系主任施嘉炀先生被学生们称为"万能的主任"，他是土木工程学硕士、机械工程学硕士、电机工程学硕士。据传说学校曾经要关闭的工程学系，正是由于他的努力，不但没有关闭，反而因之成立了工学院。有一年，"咱们主任自己开车往西山去，半路上掉了一个轮子，三个轮的车还一直走，及发现前面有一个轮子在滚，才知道自己的汽车掉了一个轮，不万能又怎么的？你信不信，当北大与咱们清华的物理教授在咱们学校的气象台后试验子弹的速度时，一切仪器都装置好了，只等那发枪的人，你猜那发枪的是谁？就是咱们主任呀！不一会工夫，咱们主任来了。拿起枪瞄准就打，bon 一声，试验完结，你瞧，咱们主任多棒！那一枪不左不右不上不下，正着合适地方，要是上下左右歪点儿，都把仪器打坏了，试验算白费。咱们主任就这么棒，正打合适地方，你瞧，不是万能怎么的！"。

土木工程系的老主任陶葆楷先生给学生的印象是，"有一笔又整齐又细小的白粉英文字，常常是由上堂一直写到下堂，所以，同学们并不是耳累或脑累，而是手累及眼累……循循善诱地每堂都写给那许多笔记，所以同学们不爱再发出什么问题，但在真是莫名其糊涂时，不禁要去一问。很怪，那时的陶先生好好的面孔上又加厚了一层红云，好像是个新娘子，羞人答答地吞吞吐吐来答复你"。

机械系的庄前鼎先生"是一个纯粹的学者，他没有渲染上一些社会的恶习，对于各方面始终是一样的诚恳，再也没有丝毫的虚伪。太阳才出来不久，你便可看到他一个人在操场跑道上跑，跑过了，还要上体育馆各处玩一会，有的时候还要打一打篮球。大约到七点多钟，他便去洗澡……八点钟便开始办公，整整的四小时，到十二时，离开办公室，下午，一点到五点，也是四小时，五点以后，在夏天他是去游泳的，一直到最近，我们才发觉他的游泳是顶呱呱的，在晚上他的办公室里的灯，向例没有灭过。机械系的机械实验室工场，一切的设备，都在他那一方丈小小的办公室内办妥了，他常常说：'我代学校省了几十块钱了，就在买机器方面，我们便可多买几架机器。'"。

张子高先生是中国物理化学界的老前辈，"他有一个天生成精密冷静的脑袋，说起话来，圆转温柔，虚字眼特多，别成一腔，若配以胡琴五音，则就是'二六调'或'散板'之类，必颇动听。张先生对于一事没有把握的时候，对人从不肯作肯定的答复……他精密的脑子，可以在他出的考试题目中看出，虽然是普通化学，但是题意常常转几个弯，一个不当心人就答差，所以新同学念大学化学的人，要特别留意，就是叫你多看参考书"。

在同学们的嘴里，著名数学家熊庆来是一个"熊老夫子"，他是东南大学和清华大学两所大学算学系（数学系）的创办人，但实际上"老夫子除了脸上几条皱纹外，就很难再找出别的老的象征来。个儿不高却很横大，背挺直！一头乌黑的头发，除了新理发的几天中是梳得光亮整齐外，平日总像没理会它似的，戴着一副光亮不很深的黑边眼镜，平时不苟言笑，脸上表情很庄严，可是一和他谈话，就知道老夫子是挺和善的，说话还是他那云南口音。老夫子的英语是带有很重的法国音，这因为老夫子十七岁就到法国留学去的缘故……老夫子专教分析，他的课程很吃重，习题是多而难。他教的高等分析，亦是算学系同学的一道难关！及格不了，就请您另谋高就！不过只要您肯加油不贪懒地做习题，那么夫子本忠恕之道，不会为难你的。高等分析的课本，是夫子自己著的，里面的一字一句，全记得清清楚楚，要不，在下课后的十分钟内怎能一口气讲完十来页呢！选他的课程，总得早几分钟去，因为夫子有个毛病，就是早来迟退，每次总得敲过下一堂的上课钟，才会意兴索然而去，于是常常使你熬着内急听第二堂，真弗是生意经！最后，我得告诉你，老夫子是很注意平日的习题的。每次的月考，总是一连考上三个钟头，于是总在晚上考，假如你的精神不济，支持不了这么久，最好事前到合作社喝杯咖啡"。

至于大名鼎鼎的周培源先生，用学生们的话说，则是一个"你一见了他，便会知道也是个大学教授，他那高高的身子穿着一副很 becoming 的西服，瘦瘦的脸上架着一副博士眼镜……头上盖着一片好像烫过的而实在是天赋的卷发。周先生的笑是很可爱的，虽然在不笑时脸上颇显得很尊严。他是江苏人，可是北平话讲得很漂亮。讲话的声音总是轻轻的，而讲话时的脸容老是笑嘻嘻的。周先生清华出身，以前是一位很'棒'的学生，在未读解析几何时就发明了解'三等分任意角'难题的新方法。你们想'棒'不'棒'？他在本系所担任的功课差不多全是理论方面的，教书教得很好。不过，也许你第一次读他的课程会感到失望，因为他对于一些较低的课程好像有点不肯卖力似的。可是，对于高级的课程，那就好极了。他会把讲授的材料分析得很有系统，很清楚，并且有条有理地、一五一十地讲给我们听……周先生是个很好玩的人物，上课如在习题上或别的什么 Topic 上遇着困难时，他会把眼睛直射在黑板上，而嘴里却 absent minded 地重复地念着 'That is very interesting! That is very interesting！'，或是 'Just minute! Just minute!' 直到困难突破了才止。他也很幽默。上课时常会说些幽默话，惹得大家都笑。我们都很高兴听他的课"。

刘仙洲先生是教机械的，而且是工程界的老前辈，在学生们看来，印象非常深的是这么几个方面。首先是答疑的方式，"他回答问题时，十分客气，这也许是因为老前辈涵养深的缘故吧。但有时如果问题是你当该知道的，你再去问他的时候，他会毫不客气地：'你还不知道这是怎么一回事呢？'向你冷笑一下"；其次是刘先生的字画功夫。他常常说，"'那么这字还差的远呢，这出去叫人家笑话'，把嘴一噘，又冷笑一下，这是他对我们工程字的批评。最使我们喝彩的，是他用粉笔在黑板上所画的 Free hand drawing（随手画），只随便那么一来，便'恰恰'的那么合适，那么'确切'"；第三是注重实际，"他在课本之外，常愿意我们注意到工厂内的实在情形，所以他往往对我们讲些各工厂过去的趣闻和他的经验。此外，他对于中国机械的历史，还有很深的研究……'总而言之，我国在秦汉以前，对于机械及任何工程是重视的，秦汉以后变为无足轻重，到唐宋以后，更变为轻视，甚至疾视了，因为历代特别聪明的人，都不肯向这方面去用心，少数特殊的工人，即偶尔有所发明，有所改造，也没有记载的，或仅师徒口授，或竟秘而不传，以致后人无由接受以继续前进。'所以我说我们要学机械工程，非要设法亲近机械不可，不过当你去亲近机械的时候，你的衣服上也许弄上油，你的手上脸上也许擦上黑，若钻到一个锅炉的焰道里去考察，你的身上更无疑的要弄上不少的灰土，而你千万不要嫌恶他，应当觉得这样是最美，比穿上最漂亮的西服，甚至擦上雪花膏还美的多……机械工程不是专讲空理的东西。'当给我们讲燃料学的时候，他不再去照书本给我们讲些欧洲或美国的煤样，他分析的是开滦、中兴、焦作等地的煤样，总之他希望我们多明了些中国的情形，按照中国的情况去加注'。

今天的清华园里，各个学科的教授风采依旧。他们中有微微驼背，像年轻人那样，背着沉重的双肩包低头疾走的老教授；有骑着只有车铃不响，浑身都响的自行车上班的院士；有年过九十仍然在讲台上乐此不疲的老先生；有敢于与年轻人在田径场上一比高下的学术大咖、在课堂上让学生感到敬畏的老夫子、被学生们亲切地称为"某爷""某哥""某头"等的教师……他们的品格与学术修养常常让学生们敬佩不已。例如，航院的黄克智先生，在审阅博士生的论文时，"前后大约花了两个月的时间，硬是一个字母、一个符号、一行公式、一句程序都没放过，把约 1000 行公式（基本上都是"上戴肩章、下穿马靴"的张量符号公式）的推演、近万行程序的编写，全部认认真真地校对审核了一遍"[1]。黄克智先生看文献是非常有特色的。针对所研究的问题，他总能很快地找到一两篇最核心的，也是旁人最难懂的文献。然后，他殚精竭虑，翻过来倒过去，务必将这篇文献之精髓仔仔细细地消化。所有的公式推导、所有的心得，都以不同颜色的笔迹记载在这沓复印文献的空白处。空白处倘若不够，就以各种箭头与连线引到复印纸的背面，倘若在多次阅读后再不够，便在复印纸的背面再贴上写满字的白纸。这时候，这卷写满心得的文献复印件，就成了黄

---

① 邓勇：《德高为师身正为范　仰循严谨受益终生》，载余寿文、薛明德主编：《黄克智教授80 寿辰纪念文集》，清华大学出版社，2007，第125—126 页。

先生最重要的财富，走到哪里都要带上。一有机会，就掏出来写写画画，使其"学术价值"不断提高。日积月累，黄先生这些写满心得的文件就成了他的卷卷文宝，收在他书柜标写着分类栏目的各个格子里。每次在讨论班做报告时，他就拿上两三卷，边翻边讲；讲至忘情，反复剖析，言震四座，同学和老师无不叹服其悟道之精深，治学之严谨，吾辈难及也。[①] 而且，"黄先生总是踩着铃声匆匆登上讲台，衣领常忘记翻好，浓密的黑发略显蓬松凌乱。老师的印象就这样在我心中定格，而且就心存偏见，认为凡是老师均不宜把头发梳得油光可鉴"[②]。

又黑又瘦的吴佑寿教授很平易近人。别人问他北京哪个学校的无线电专业比较好，他的回答则是"都好"，全没有清华"唯我独尊"的架势；如果再问他专业中哪个方向比较好，他的回答仍然是"都好"。因为在他看来，"学校也好，专业也好，都不如自己的努力重要"。面对小字辈，他没有一点架子。[③] 但吴佑寿对学生的学术要求则非常认真。他的学生宋健在论文的理论推导中用了一个大家常用的假设，受到了吴先生的提醒。他对宋健说，不可人云亦云，应该深入思考并设法弄懂其中的意义，不要仅仅为了得到一个好看的数学公式而进行假设，一定要从实际出发，这样的理论研究才有价值，也才能够对实际工作有指导意义。[④]

著名教授张光斗有非常丰富的工程经验。"有一次，他从一位同学设计的混凝土构件的'含钢率'中看出结构设计出了差错，并且风趣地对那位同学说：'你如果没有错，我让你师母烧一只老母鸡来请你

---

① 杨卫：《追逐时光》，载余寿文、薛明德主编：《黄克智教授80寿辰纪念文集》，清华大学出版社，2007，第29—30页。

② 张晓堤：《高山仰止，景行行止》，载余寿文、薛明德主编：《黄克智教授80寿辰纪念文集》，清华大学出版社，2007，第78页。

③ 龚克：《吴佑寿老师印象》，载吴佑寿主编：《吴佑寿院士文选》，清华大学出版社，2011，第275页。

④ 宋健：《吴佑寿，永远的大师》，《清华校友通讯》第71期。

吃'"；而"黄万里教授是水利系学生最喜爱的教授之一，他有时穿一套白色西装，皮鞋擦得锃亮，体形硕大，仪表堂堂，睿智幽默，讲课生动。听他讲水文学，不仅是一种学业上的传授，而且是一种精神上的享受，所以我们都愿意争坐到课堂的前面以便更清晰地一睹他的风采。他说一个水利工程师当看到一条河流时，要能估出它的流量，这是一项基本功，日后在我的职业生涯中，我一直在练这个基本功，但的确很难。他说他在年轻时，在南美看到世界第一大河——亚马孙河，当时流量在每秒 20 万立方米以上，那种浩浩荡荡的壮观场面，抑制不住他的兴奋心情，几十年后在课堂上竟举着双手用英文高呼'A-ma-zon'"①。

　　许多教师的讲课风格与个性也给学生们留下了非常深刻的印象。教物化的薛芳渝老师，讲课时开头一句一定是"唐朝有个大将叫薛仁贵"——让学生印象颇深，而且他的课讲得真是好。陈蒂乔老师教体育课，还留体育作业，神——更神的是同学还真认认真真完成她的作业，在操场上三十米、六十米跑，练习立定跳远，在床上练习仰卧起坐……② 教无机化学的王致勇老师，中等身材但非常挺拔，着西装，戴金边眼镜，举止儒雅，风度翩翩，讲起课来声音不大却充满磁性，语速不急不缓，还不时穿插一点睿智的小幽默，课堂魅力非同一般。无机化学课用的教材，作者就是王致勇老师。王老师讲课从来不带教材和讲义，讲到哪里，随口就叫同学们翻到第几页，说书上写的什么内容，分毫不差。同学们或痴迷于王老师的风度，或陶醉于王老师的口才，又或折服于王老师的才学，一个个如坠云雾，直到老师宣布下课，同学们才如梦方醒，痛恨时间怎么过得这么快！王老师不仅人长得帅，课讲得好，还是一位"舞林高手"，王老师跳交谊舞，优雅而绝无狎昵

---

①　徐家鑫：《清华水利三教授》，《清华校友通讯》第 82 期。
②　胡丽娟：《敬业的老师》，《清华大学 1981 级暨 1986 届毕业 30 周年纪念专刊》2016 年 4 月。

之感，透出一股高贵之气。教高等数学的李秀淳老师"儒雅平和"，中等身材，常着便装夹克，脸很白净，头发有些斑白。他不苟言笑，但却不是严肃，更不是拒人千里之外，而是由内而外透出一种淡定与平和；不喜不怒，宠辱不惊，但又不是无所谓，那是骨子里的一种温润儒雅。李老师讲课声音很轻，却很有吸引力。教普通物理的邓新元老师幽默风趣。邓老师很会调动课堂气氛，最擅长将流行歌曲的歌词，看似漫不经心地无缝插入正在讲的课程内容中，什么"同桌的你"，什么"问我借半块橡皮"，那些小清新的歌词跟胖胖的白发先生形成的强烈对比，更增加了喜剧效果，课堂上常常发出阵阵笑声。"老顽童"这个称呼很贴切。教工程制图的女老师是阮杰，一位头发斑白的"女先生"，"她说话和动作都比较慢，脸色也略显苍白，因而显出一些老态。阮老师写得一手好板书，仿宋体像印刷体一样标准。印象中阮老师总是淡淡的微笑，夸奖某个同学仿宋字写得好，或者某同学画图广泛标准"。教中国革命史的彭兴惠老师，"个子不高，最大的特点是非常瘦，用'瘦骨嶙峋'来形容都不为过。因为太瘦的缘故，身体有一点前屈，看起来有点弱不禁风，但是彭老师讲起课来却完全不是弱不禁风的风格，他语调高亢，慷慨激昂，容不得半点儿马虎。老先生的认真劲儿让人相信这必然是一个富有责任感的人，一个值得尊敬的人"[1]。

数学界是有武林之称的。许以超先生曾经说过，数学界从华罗庚老先生以下，没有不爱看武侠小说的。据同学回忆，林家翘先生叮嘱当时的系主任肖树铁先生注意应用数学，算是剑宗一派；而陈省身先生则强调加强纯数学，则属于气宗一派。肖树铁先生请来的陈天权先生板书非常漂亮，从左上写起，有图有字，一直到右下角，一黑板满满当当的；讲课时中气十足，其"段子"有"希尔伯特的三大弟子、

---

① 张丽萍：《那些白发的先生们》，《水木清华》2018 年第 6 期。

庞加莱和爱因斯坦的相对论、指数函数跑得非常快、思维空间的女人"等。而且，陈先生在与学生座谈时，讲述他年轻时看《居里夫人》的电影，甚至还能够大段地背诵电影中的外文对话，真是天才的记忆力。他家里客厅的墙上一整个书架的书，最底下的居然是《马克思恩格斯选集》。许以超先生非常好玩，不上课时就没精打采，像个小老头一样。一上课，就像打了兴奋剂一样，精神头可好了。他烟瘾极大，进得教室就要"喷云吐雾"，他那会儿喜欢用一个手枪打火机，时不时掏出来炫耀一番。①

值得说道的是，清华教师对学生的爱与责任感。教机械制图的胡竟仙老师，是一个瘦小的老太太，第一个星期在清华学堂，学堂全是木地板，讲到兴奋时，她就会踮起脚，木地板随之嘎吱嘎吱响。1990年亚运会前夕，在新水上课，赶上地震。胡老太太一边叫大家不要慌，一边组织大家有秩序地走出教室，而她自己则镇定地在教室里。后来发现是虚惊一场，大家又回到教室，她又泰然自若地讲起课来，彼时她瘦小的身躯看起来是那样的高大。②

学生们笔下所描绘的教授，可不止上面这些，限于篇幅，只能由此窥斑见豹了。这里还有两位非常特别的教授是非介绍不可的。首先是至今仍然为清华人所熟知的马约翰教授。学生们是这样描绘他的："要知道马约翰先生是什么人儿么？若是基督教徒的话，最好想想那耶稣下蛋那天给你送东西来的北极老人。这位老人不知那时凡心一动，下界投胎来清华园当起体育教授来了。说话举动，从那一题看来，都不像五十开外的人。论精神，我们青年人站在他的面前，要十二分惭愧的。上他的体育课是最有趣的。上课前跑圈完毕，有几分钟演讲，他三句话不离本行，劝你要这样那样讲卫生——半中半西，老年人是

---

① 曹阳：《非主流清华岁月之老师篇》，《清华人》（1989级毕业20周年纪念专刊）2014年4月。

② 杨军：《印象吾师》，《清华人》（1989级毕业20周年纪念专刊）2014年4月。

兴奋到极点；他说假使你身体不好，再娶一位弱不禁风的太太的话，则 'It …and born a baby like this …'，说着拿手比一比，比'三寸丁'还小呢！"[①] 如果说对马约翰先生是一种喜爱的调侃，那么，在这些十分生动、逼真和惟妙惟肖的描述与刻画中，著名国学大师、曾任清华大学国文系主任的刘文典先生可能是最"惨"的一位。这或许出于刘文典先生诸多的神奇故事，也可能与学生对他的仰慕有关，因为大家都"满心想亲近这位渴慕多年的学术界名流的风采"；或者是学生们要为自己心目中的偶像寻求一个形象的解释，来满足自己的好奇心。于是他们发现，"这是一位憔悴得可怕的人物。看啊！四角式的平头罩上寸把长的黑发，消瘦的脸孔安着一对没有精神的眼睛；两颧高耸，双颊深入；长头高举兮如望空之孤鹤，肌肤瘦黄兮如似辟谷之老衲；中等的身材赢瘠得虽尚不至于骨子在身里边打架，但背上两块高耸的肩骨大有接触的可能。状貌如此，声音呢？天啊！不听时犹可，一听时真叫我连打几个冷噤。既尖锐兮又无力，初如饥鼠兮终类寒猿……"[②]。然而，就在这个形象描述前，文章的作者便提醒我们，"常言说：'以貌取人，失之子羽。'这句话好像特别是为我们刘叔雅先生而设的"。随后，这位学生则发自内心地表达了对刘文典先生的敬意，"且说刘先生外观虽不怎样动人，然而学问的广博精深，性情的热烈恳挚却是予小子到于今仍觉得'十二万分'（刘先生常用言语）地佩服的"[③]。而且，这位学生还讲述了刘先生为他批改作业的故事，以及爱国的热情和博览群书而又能够驾驭自如的学问功夫，等等。这种先抑后扬的笔法进一步凸显了学生对刘文典先生的敬佩。千万不要以为这是清华学生的"刻薄"，以及对先生的不敬。他们只是为拥有常人只能在刊物中看到名字，或者只能在传说中耳闻其故事的老师们而感到无比的骄傲和得

① 《教授印象记》，《清华暑期周刊》1935 年第 7、8 期。
② 《教授印象记》，《清华暑期周刊》1934 年第 8 期。
③ 同上。

意。而且，通过这种细节的刻画和描摹，才能够显示出清华学生的得意和幸运。这也恰恰反映了他们对先生们的爱慕、敬佩和了解，说明了这些先生在学生心目中极其深刻的印象。可以想象的是，那些根本不在乎教师的学生又岂能如此地熟悉和刻画他们老师的形象呢？这些描述反映了一种十分亲密的师生关系，以及学生对先生那种非凡秉性和独特人格的尊重。更重要的是，这些描述反映了清华教授们的丰富个性和格调，呈现给人们一群栩栩如生的大师形象。这些人都是非常了不起的人物，在中国学术史上有着不可替代的地位和独特贡献，他们如此多姿多彩、别具一格的形象，构成了清华园里一道道独一无二的风景。

学生的自画像[①]

清华园里教授们是秉性各异的，学生的生活也是丰富多彩的，而且形成了不同的风格和特色。据记载，早期清华学生的生活大致可以分成 12 种不同的"派别"，其中包括学者的生活、文人的生活、编辑的生活、领袖的生活、小政客的生活、办事人的生活、书虫子的生活、运动员的生活、美术家的生活、服务者的生活、自了派的生活、饕餮派的生活，分门别类地介绍和描述了清华学生的生活方式[②]，凸显了学生的个性化发展。今天，在这个园子里，同样可以发现和找到怀揣各种梦想和追求的眼花缭乱的形象。他们可能是穿着格子衫、踩着拖鞋，看似不修边幅，实则是玩得转超算、造得了导弹的学术大神；也可能是西装革履、谈吐大方，刚刚从五道口结束一天的实习返回学校的实习大佬；还可能是穿着清华纪念衫，手里拿着笔记本，正在奔赴学生组织召开例会的社工达人。他们中有那些专注于学术研

---

① 这部分内容是作者委托清华大学团委青研中心提供的素材，使用时略有删改和拓展，特此说明和感谢。

② 顾毓琇：《清华学生生活的派别》，《清华周刊·清华十二周年纪念号》1923 年 4 月 28 日。

究、在专业领域埋头钻研的人；有投身于社会工作、各种各样文化体育活动的积极分子；也有那些遵从自己内心的兴趣爱好而不懈追求与探索的人；还有一些你可能说不清楚他们在做什么，但常常一鸣惊人的蛰伏者。这些不同的学生都可以在清华园里找到自己的位置，也都可以自得其乐。

这里是几种比较典型和有代表性的学生形象：

学神：这是一批把学习和研究本身当作目标甚至乐趣，喜欢读书、思考，在学问上刨根问底，通常笃定未来从事学术科研工作的学生。一般来说，他们并不会在学问以外的事情上计较得失，不会因为别人都在做所以自己也要去尝试，对社工等其他课外活动方面的投入不多。他们可能为人随和，有自己的社交圈和志同道合的朋友，但也不会大范围地进行社交，更喜欢独立地思考问题。他们穿着普通甚至不修边幅，有的时候甚至看起来有些木讷。但聊起自己感兴趣的学术研究方向，则侃侃而谈，充满好奇。

学咖：这是一批学习非常刻苦，因而在学习成绩和学分绩上名列前茅的学生。他们往往是老师的宠儿，是身边同学所膜拜的对象。这些学生对课程与科研非常投入，热衷于参加各种各样的赛事和学术活动，经常是各类学术会议上的活跃分子，也荣获了许多学习方面的奖学金和荣誉。他们也可能与他人存在很多交流，有不错的社交体验，有其他的兴趣爱好。这种学生有一个非常鲜明的特点，他们对自己的要求特别严格，甚至是苛刻，事事追求卓越，习惯于优秀的结果和表现。但是，这些学生中也有一些人有时对于未来何去何从感到迷茫。对于学术研究，他们不排斥，但是也并不感到入迷，追求优异的成绩和高分数，以及各种奖励，常常是他们中某些人的直接目标。

学侠：这是学生中一批才华横溢，又十分仗义的人。他们不仅自己学习成绩名列前茅，而且是同学中的"大哥大""大姐大"，大家有什么困难和问题总是喜欢找他们，请他们帮助。而他们也总是能够毫不犹豫、不计个人得失地挺身而出。更重要的是，他们在学生中往往有很高的威信。虽然其中有的人并不是学生干部，却能够得到同学们的追捧，甚至成为班级或者院系与学校中某些学生群体或学生社团的"领袖"。这样的学侠常常有能力组织跨学科的同学一起开展各种探索性的实验和研究工作，促进学生的创新意识与能力的提升。

社工达人：这是学生群体中最活跃的一批人，也是在学生中知名度非常高的一批人。在校内的主流社工集体，如班团、学生会、团委中积极参与各项社会工作，为校园活动和集体建设添砖加瓦。他们善于表达，开朗健谈，有较强的领导力和执行力，也有较强的号召力。他们通常衣着干净得体，随着年级的增高，男同学往往会备上几件 Polo 衫。他们有广泛的社交圈，在各个年级和院系都有志同道合的朋友，常常一起谈天说地，交流工作，也畅谈理想。这些学生的一个最大的特点是，他们往往具有比较高的情商，能够与不同的学生交往。更重要的是，这批学生往往具有非常广泛的兴趣和志向，喜欢尝试不同的新事物，能够解决参与学校和院系的各类活动。需要肯定的是，他们的学业成绩也都不错，因而能够"学而优则'社工'"，得到多方面的锻炼。

实习大佬/创业者：他们对自己未来的职业规划和发展目标有清晰的认识，专注于发展对未来职场有用的能力和经历，通常会放弃其他不相关方面的表现。他们通常比一般的学生表现得更为成熟，更有目标和条理，在校园内的主流活动中可能不甚活跃，但掌握更多校园外或社会上的信息。他们往往从低年级的寒暑假就开始在各种企业或社会机构中实习，而到了高年级则很少在校，更多的时间在实习公司度过。他们往往衣着靓丽，必备正装。他们的社交圈广泛，通常不只局限在清华园内，而是和在相同行业里实习的其他高校同侪们都有密切的联系。和他们在一起聊天，往往会不时听到几个英文单词，或者最新的科技词汇。

大 V/ 网红 /KOL：他们往往是校园里小有名气的"笔杆子"和"文人墨客"，因而在学生中也常常拥有不少"粉丝"。他们常常具有强大的视频制作与新闻传播能力，运营自己的社交媒体和公众号。他们往往在某一方面有广博的知识储备，并具有很强的独立思考和分辨能力，勇于在社交平台发声，在身边或网络上都有一定影响力。他们在生活中可能并不高调起眼，但是提起他们的网络 ID 或者公众号名称，清华同学或多或少都听说或关注过。这些学生并非都是新闻传播学院的学生，但他们好像天生就具有与众不同的口才和"笔才"。

宅男 / 宅女：这里的"宅男 / 宅女"可不是那些成天待在家里，无所事事的人。他们虽然喜欢待在自己的小世界中，却常常有自己固定的兴趣爱好。他们不太喜欢运动和外出，闲暇时更喜欢自己在宿舍做自己喜欢的事情。他们有相对固定的小社交圈，虽然不一定排斥与外界的交流，但一般不会主动去开拓。他们有时不修边幅，睡衣睡裤穿一整天，是外卖平台的重度用户。对自己兴趣以外的信息不感兴趣，甚至对学习成绩和分数也并不十分介意，但在同学们提到相关兴趣领域的时候一定会想到他们，包括他们的某些独特之处。

大牛 / 大佬：这些"大佬"，是在同学们看来已走向"人生巅峰"的一群人。这些学生通常在学习、社工、课外活动等方面表现非常突出，且社交圈广泛，为院系里甚至全校同学所熟知，能够获得各类奖项荣誉。他们中很多人都是学校、院系学生会或团委，以及各种学生社团的头目或领导者，已拥有自己的追随者。他们通常心志坚定，执行力强，善于沟通组织，非常追求上进、追求卓越，在同学中也有较好的声誉和口碑，是做什么都能做得很优异的全能型人才。

小透明：他们是园子里普通的一个群体，各方面看上去好像都没有非常突出的表现，也不容易被同学们想起。他们通常较为内敛，不愿意表现自己，对各种新的挑战和新鲜事物并不非常积极，常常随波逐流。他们按部就班地学习、工作和生活，会参加集体活动，有自己的兴趣爱好，学习努力。他们有时会焦虑迷茫，又较为知足常乐。

蛰伏者：这类学生在清华园里不在少数，他们不显山不露水，仿佛与人无争，与世无争，似乎对那些时尚的事情都没有兴趣，而且，谁也不知道他们在想什么，要干什么。他们在日常学习和生活中常常被人们所忽视，自己本身也并不愿意表现。而且，他们在学习和生活中也常常是天马行空、独往独来。虽然他们的学习成绩并不是名列前茅，但也绝不会名落孙山。这些学生在某些时候和场合，也往往能够一鸣惊人，令人咋舌。①

这里只是清华园中部分学生形象的描述和写照，但在一定程度上反映了清华学生不同的个性特征和校园多元化的文化氛围，也体现了清华园的包容性。学生的这些个性化表现尽管在清华园里已经是一种常态，但也有高潮迭起的时候。那就是"女生节"和"男生节"时"酒神的狂欢"。让我们欣赏一下这些"节日"里学生们的部分精彩表达吧！②

---

① 上述几种学生形象表述，参考了清华大学校团委提供的材料。
② 下面介绍的部分"男生节""女生节"的条幅是清华大学学生会整理的，在此表示感谢。

姮娥之羽皎月上，可文可武绽芬芳。

梁上文人望明月，耿耿忠心似丹阳。

浣水浣溪织纱女，征战武人思故乡。

今日对君一诺许，凡界真情心中漾。

——某 91 的小仙女永远是小仙女

前角指向未来，后角指向回忆，随着主轴飞转，加工我们的心意。

——某某 71 班

当我老了，回顾我的一生，

我的单样本检验是人生百转千回，却始终不比看你的第一眼
惊艳，只叹时间苟延残喘；

我的方差分析是曾经沧海难为水，人海茫茫只有你甜；

我的主成分分析是无限记忆，最终降维成你的模样。

——感谢一起学习科研的某某 8 女神们，

祝绩点高升发际不降！

化工的世界对错黑白，而你们是抹亮丽色彩。

——某 81

Lu（努）Lv（力）Bk（陪）Nh（你）Ce（是）Os（我）Md（们）
Yb（一）As（生）Tc（的）Bi（必）Br（修）Kr（课）

——某 93

你们治愈了我们的四年大学时光，又要匆匆治愈这个世界的
体魄和心灵。

——致某 6 全体女生

春水初生，春林初盛，春风十里，还有穿着红马甲的你。

——某某系团委志愿组

入明斋，论经心，要眇宜修，当世无与伦比；

出田野，谋社际，阅微知著，在下自叹不如。

——某某 92B 男生献

你知道狄拉克当初为什么要研究彩虹的成因吗？

因为彩虹很美？

不，我想是因为有个女生问他。

——祝某某 91 仙女们节日快乐

多年后，听说你来了，我丢下画笔，开心得像个孩子跑出去迎你。女生节快乐！

——某某学院学生会全体男生

对你的响应无须激励，给你的信号唯一处理。

——某 76

面向对象面向君，不负代码不负卿。

——某 82 小仙女们节日快乐

我是铃儿，你是叮当，无论叮当在哪里，铃儿永远想叮当。

——致某 52 女神们

愿你呵护的环境一尘不染，如我呵护的你清雅自然。

——某 91

扛住了频域时域的变换，扛住了模拟数字的纠缠，却扛不住，对你的喜欢。傅里叶展开想你的心绪，每一刻都是心动的频率。

——祝某某系女孩子们节日快乐！

如果说，"女生节"是男生们展现爱慕的机会，那"男生节"则是女生们倾诉衷情的日子。过去清华大学作为多科性的工业大学，女生比较少。如今清华的女生则多了起来，还真的就像高晓松《冬季校园》中唱的"那漂亮的女生"。如果将过去清华人自嘲的顺口溜改一下，则是"清华自古有娇娘，爱了红装爱文章""清华女生一回首，羞花闭月上镜头"。她们在文采情调方面丝毫不逊于男生，甚至有巾帼不让须眉的胆色。

今天，你们的 bug 我们来调！By 某院 5 字班

晴时有风，阴时有雨，在最美的时光里邂逅你！By 某 53

挂横幅很傻，但是为了你们，我们就是这么天真！By 某硕 15

地儿我们占了，没啥想说的，你们脑补吧。By 某 52

你是我们的暖气片，一暖暖四年。By 某某 2

物权给我债归你，今天我要嫁给你。By 某硕 53

你在实验室里看论文，我在论文里看你。By 15 某某某

我们的爱，真材实料。九三男生，你们最妙。By 某 93 的仙女们

我的心路永远不对你限速。祝某 81 的男神们节日快乐

噪声抑制、低通滤波，也不及你的温柔让小信号安心。By 某 83

我要认缴你的全部幸福，缴付期限一辈子。By 某学院七字班

你保护环境，我保护你。By 某 63

想做你的恒流源。No matter how U change，I will not change.By 某某 81

把你藏进机图里，换点换面不换你。By 某某 901 班全体女生

给你独一无二的浪漫，无须参照群体。By 某某学院 92C

生化物化，正如你巧同造化；分子遗传，不及你气宇非凡。

By 某 86 全体女生

这是一种独特的交流，一种专业化的情感倾诉，一种清华园里青年学子们的个性展现，这也是清华格调中多样化的内涵与形象。

园子里还有些这样的人

清华园里有一个非常重要的"节日"。它既不是热闹的"男生节"，也不是集万千宠爱于一身的"女生节"，而是一年一度的本科生特等奖答辩。其中的金榜题名反映了清华学风的导向。就在 2016 年的答辩中，交叉信息研究院一位陈姓的本科生成为大家的偶像。在急功近利的风潮中，他想的是做基础理论，希望为人类智慧添砖加瓦；当有人追求高薪与热门时，他依然固守初心，没有跟风，而是沉下心来去面对最难、最基础的问题；当有人自以为是时，他却是一个"喜欢卖弱的大神"。用同学的话说，"全世界没有人比他更会装弱"；当别人还在追求学分绩时，他却在想"我是谁？我要做什么？""人类存在的意义是什么，要达到什么样的程度才能满足？"；等等。他热爱哲学，热衷于选哲学系开设的课程：《后现代西方科学哲学》《西方哲学精神探源》，并取得了不错的成绩。还有人文学院的侯姓学生，他是另一类这样的人。他把文化传承作为自己的使命，如果说，当年的钱锺书希望看完清华图书馆的书，而他则恨不得能够读尽牛津图书馆的藏书，他学了五种外语，在牛津大学短暂的学习期间，每天阅读英文原著；他的汉译英比较文学著述有 10 余万字，英译稿 8 万余字；他先后参加 6 个 SRT 项目，领域横跨文学、语言学、历史学、心理学等。他虽然钦佩钱锺书先生"大抵学问是荒江野老屋中二三素心人商量培养之事情"的论述，但同时相信，即便形而上的文学和理论研究，也需要从对社会现实的直接关切和对自然、社会科学的参照中汲取养分，为此，他曾参与清华学生代表团赴巴黎参加气候变化谈判，也作为背包客探索中外文化的差异和共性，睡过加尔各答的机场和赫尔辛基的火车站，在恒河畔与素未谋面的异国旅人探讨诗歌，还曾在科索沃和萨拉热窝的街巷里寻访战争的旧迹……其年轻的足迹遍及 41 个国家和地区。他感慨于德国哲学家伽达默尔对文学之"神性"的礼赞，也相信在理想主义的召唤之外，文学研究还意味着每日脚踏实地的劳作，因而不断地追求着自己的学术理想，等等。这些学生的表现并不是一种"精致的个人主义"，而是体现了清华人的一种价值观。

在清华园里，就是有这样一些人：他们把学习和研究本身当成目的，甚至是乐趣，而并非是为了某种直接的现实目标或具体的外部追求；他们喜欢读书、爱好思考，在学问上较真，刨根问底，拷问那些常人都想当然的道理——类似宇宙究竟有多大，人为什么会有感情，如果中国没有孔夫子会怎么样，等等。他们不断地挑战书本上的金科玉律，怀疑权威的九鼎之言，批判早已被世人奉为圭臬的至理名言，这样的挑战、怀疑和批判，可谓是不到黄河心不死——即使到了黄河也仍然不死心，还要继续地问一个为什么。这样的一些人便是"学痴"。

这样一些"学痴"，表面上看似乎有点"迂腐"。他们在现代市场经济的大潮中仍然拘泥于某些"陈旧"和"传统"的学术规矩，不知道去变通，也不合时宜，甚至不食人间烟火。这样的人并不是外人所说的"苦行僧"，而往往是自得其乐；这样的人并不是常人所认为的

"无趣"，而常常是一种对自己真正的尊重。在他们的心目中，"真"是最高的荣誉，是最终的目标，也是最靠谱的实在。也正是在这种"求真"中，他们感受到了任何奖赏都无法比拟的快乐。

在聪明人看来，这些"学痴"常常显得有点"癫狂"，因为他们非要去寻找那些"子虚乌有"的存在，要去做那些所谓的"无益之事"；在众多精明的市侩中，这些"学痴"往往显得有点"呆傻"，因为他们硬要往没有路的地方走。老子在《道德经》第20章中谈到得道之人的形态时，则是这样描述的，"众人皆有余，而我独若遗。我愚人之心也哉，纯纯兮。俗人昭昭，我独昏昏；俗人察察，我独闷闷"。而庄子则以"呆若木鸡"形容这样一些人。这样的一些人之所以与众不同，恰恰在于他们并不为那些口感十分甜爽的"奶制品"所动，而偏偏钟情于母乳。正如老子所说的那样，"我独异于人，而贵食母"。而谁都知道，母乳才是最有营养的。这样一些"学痴"，给人的感觉仿佛有点"清高"。他们的言行举止，可能有些孤僻；他们所探索的问题，往往与现实没有太大的关系；他们所研究的对象，好像也没有什么直接的用处；他们所追求的成果，常常并没有什么明显的经济效益。他们甚至对能否发表所谓高影响因子的论文也并不十分的在意——尽管他们是可以发表的。按照现在所谓科学评价的量化指标或考核标准来看，这样的人很可能是要"名落孙山"，至少也是处在"末位淘汰"的危险之中，更妄谈各种各样的"帽子"和头衔，甚至要遭到"流动"的命运，没有绩效奖励则是肯定的了。然而，老天爷似乎是公平的，你只要努力了，终究是有回报的。[①]

这种追求真理，愿为"无益之事"的学风恰恰是清华人的写照。1929 年毕业于清华大学、1934 年赴美留学归国后在清华哲学与历史两

---

① 　参看何止：《园子里要有些这样的人》，《新清华》第 2007 期。

系同时任教的张荫麟先生，就是这样一位敢于求真的人。他在清华大学读书期间，完全沉湎于读书和思考，甚至自号为"素痴"。早在入学初，他就针对史学大家梁启超先生对老子事迹的考证提出异议，发表《老子生后孔子百余年之说质疑》，在清华师生中引起震动，并深得梁启超先生的激赏。后来，他也对顾颉刚"古史辨"派的研究方法提出了自己的看法。据吴晗先生回忆，张荫麟先生就是这样一位专心一致、心无旁骛的"学痴"。他"喜欢深思，在大庭广众中，一有意念，就像和尚入定似的，和他谈话，往往所答非所问，不得要领。生性又孤僻，极怕人世应酬，旧同学老朋友碰头也会不招呼。肚子里不愿意，嘴上就说出来，有时还写出来，得罪人不管，挨骂还是不管。读书入了迷，半夜天亮全不在乎"。

这样的"学痴"，不仅文科有，理工科也有。其中，清华学校毕业，后来曾经担任国家化工部领导的曾昭抡学长即是一例。他一生勤奋好学，能熟练运用英、法、德、意、俄、日6种外国文字，在自然科学界学术大师中实属罕见。而且，曾先生的"痴"也是有名的。他常常特立独行，对学问异常专注，对生活则非常无所谓。他平日总是低着头，早在西南联大时期，曾昭抡在路上见了熟人不搭理是出了名的，因为他总是在思考科学研究中的事情。他从来不修边幅。据学生回忆，从1943年曾先生进入西南联大化学系的第一天起，穿的始终是一身斜襟的蓝布长衫，穿双布鞋，"脱下来，袜子底永远破个洞"。而在曾昭抡同时代人的回忆中，有关曾先生的怪癖传闻很多。他曾经站在沙滩红楼前，和电线杆子又说又笑地谈论化学上的新发现，让过往行人不胜骇然；一次，他带着雨伞外出，天降暴雨，他衣服全湿透了，却仍然提着伞走路；在家里吃晚饭，他心不在焉，居然拿着煤铲到锅里去添饭，直到伛夫人发现他饭碗里有煤渣；他忙于工作，很少回家，有一次回到家里，保姆甚至不知道他是主人，把他当客人招待，见他到了晚上还不走，觉得奇怪极了。费孝通曾这样评论曾昭抡的种种"怪癖"："在他的心里想不到有边幅可修。他的生活里边有个东西，比其他东西都重要，那就是'匹夫不可夺志'的'志'。知识分子心里总要有个着落，有个寄托。曾昭抡把一生的精力放在化学里边，没有这样的人在那里拼命，一个学科是不可能出来的。"[1] 这里，不得不提及那个与朱自清并称"清华双清"的浦江清先生。他作为陈寅恪的助教，又协助吴宓编《大公报》的《文学副刊》，先后掌握了法、德、希腊、拉丁、日、梵、满等多门语言，甚至还为陈寅恪编了一部梵文文法。就是这样一个才子，却多次因读书入迷而在图书馆过夜。虽然他才高八斗，经纶满腹，但在发表文章方面却是惜墨如金，甚至在长达 12 年的时间里只发表了两篇文章，却博得各路大师的盛誉。

其实，类似的人物和故事在清华园里还有不少。如吴宓、汤用彤、金岳霖、刘文典、邵循正、沈从文等，以及今天在实验室和图书馆里默默无闻的那些人。他们都是"痴气十足"地专情于学问，不问世事地沉溺于书本，"呆头呆脑"地执着于求真。非常幸运的是，在清华园里，这样的人得到人们的广泛尊重。恰恰就是这样的一些"学痴"，能够成就一些伟大的事业和作为，做出一些非凡的贡献，成为学术史上名垂青史的人。

这种学痴也是清华人的形象之一，这也是大学必不可少的一种格调。如果一个大学的园子里没有了这种"刨根问底"的追问，如果所有的道德标准和知识学问缺少了这样一种纯粹的诘难，如果清华园中

---

[1] 参看何止：《园子里要有些这样的人》，《新清华》第 2007 期。

少了一些这样"固执"和"呆板"的人，恐怕清华大学的价值也就要打一点折扣了。因为，正是这样的追问、诘难和自我批判，才使得人们的心中有了"天道"，以及一种对知识神圣与崇高的敬畏。

行胜于言

如果说，清华园里有着精彩纷呈、多姿多彩的一面，那么，它也有着某种心灵中的默契、思想上的统一和行动上的共识。这也是清华文化中格调的一个重要方面。

日晷的故事

论及清华大学的特点，自建校以来就有颇多的说法，例如，20世纪清华大学初期，有人认为清华有"三好"，即"英文好、校舍好、体育好"。从清华人的角度说，则有着外语好和注重体育锻炼的特色。这种说法的确是有道理的。也有人说，与京城的其他大学比较，清华的特点是"洋"。这种说法也事出有因。由于清华大学是用当年庚子赔款的经费建立的，长期以来一直用这笔钱维持学校的运行，包括学校的建设和教职员工的工资。清华基本上没有其他大学时常出现的经费拮据现象。而且，当时清华大学还管理着出国留学的经费，一方面聘请了大量留学回国的高水平教师，另一方面，每年还要在全国选拔一批学生到美国学习，等等。还有人说，清华人其实比较"傻"，即解放后清华大学成为一所理工科大学，学生总是埋头读书，学习，做实验，对社会上的那一套不懂，也不会"来事"，在人际交往方面显得傻乎乎的。这种看法也有点道理，好像还有不少人认同。也算是一种看法吧！① 这里不能不说的是，人们在思考或议论清华大学的格调时，特别喜欢将不同的大学进行比较，例如，北京的中国人民大学、北京大学、北京师范大学和清华大学四所大学的格调或特点，就常常成为人们茶余饭后的谈资。其中的北京大学和清华大学则更容易受到人们的"热议"。对此，社会上就有类似的各种说法，例如，"北大是一首诗，清华是一篇论文；北大是思想家的沃土，清华是工程师的摇篮；北大的哲学是在批判旧世界中发现新世界，而清华的哲学重要的是建设一个新世界；北大洒脱狂放，外向力强，而清华严谨求实，内聚力大；北大重个性发展，清华重团队精神；北大管理松散，清华纪律严明；北大人喜欢一鸣惊人，清华人处世平和；北大学生长短随意，清华学生整齐划一；北大学生奇才怪才多，清华学生成功率高"。当然，这些说法并不都客观正确，都有一定的片面性。② 这些街头巷尾的杂议，只能姑妄听之了。但不可否认的是，"行胜于言"的校风是清华大学最具共识的格调。

在清华园大礼堂草坪的南端，立着一座古代的计时器日晷，它原来是圆明园的遗物。然而，这个古代的日晷之所以能够引起人们的关注，主要是镌刻在下部底座上的四个大字"行胜于言"及其拉丁文译文"FAGTA NON VERBA"，这是著名经济学家陈岱孙等1920（庚申）届学生毕业时献给母校的礼物。这是所有来清华园旅游参观考察的人必到的"打卡"之地，更重要的是，"行胜于言"已经成为清华的校风，成为清华人的一种精神象征。当然，现在已经无法考证当初陈岱孙等1920届毕业生为什么选择这样镌刻有这四个字的日晷作为送给母校的礼物。而且，对"行胜于言"也可以有很多的诠释，它甚至还

---

① 这个观点是清华大学经济管理学院退休教授张德先生的观点。有一次，当笔者去张德先生家看望时，他跟我讲到了这个观点，本书写作过程中，笔者进一步与张德先生确认了他的这个观点。

② 参看任彦申：《从清华园到未名湖》，江苏人民出版社，2007，第2—3页。

引起了某种误解。那是在清华大学复建文科以后，部分从其他大学调入的文科老师对清华大学非常严格和刚性的管理制度感到有些不太适应，以至于有些老师甚至"归咎于"这尊日晷，认为"行胜于言"只是一种工科大学的精神与文化，不适合文科。对此，在一次与文科教师的聚餐中，学校领导专门就此事做了一个很好的说明，而且告诉大家，日晷的赠送者之一陈岱孙先生本身就是一位经济学家。由此，大家也进一步了解了清华的文化。虽然清华大学自 20 世纪 50 年代初以来，一直是一所多科性的工业大学，并在管理上形成了比较符合工科特点的规则和制度，但"行胜于言"绝不是一种单纯工科的精神和文化，它是整个清华大学办学风格的体现，是清华文化的精髓之一。

　　这种"行胜于言"强调的"行"与"言"的关系，并不是要把两者对立起来，而是表明清华的一种价值观，即多言不如实干，正如它的英文表述的那样，"action speaks louder than the words"。在清华大学，仅仅会说事是不行的，还要能干事，而且能够会干事，可以干成事。这种"行胜于言"并不是"行"与"知"的关系。它并不否定观念与认识的重要性，而是强调不仅要"醒得早"，更重要的是"起得早"。"赖床"是不好的。这种"行胜于言"实际上也就是一种实事求是的精神，它表达了一种学习的态度、研究的思路，以及管理的取向，倡导在行动中学习，在实践中探索，在工作中解决问题。所以，在大学办学模式中，这种"行胜于言"是一种教育思想，它体现了中国优秀传统文化中"学而时习之"的传统，强调理论联系实际，反对坐而论道、述而不作。它通过日晷的载体及其寓意，说明了"行"本身是清华的一种价值导向，是教育的基础与目标，是实现教育目的的根本途径。如果说，清初的思想家、教育家颜元继承和发扬了孔子的教育思想，提出了"习动""实学""习行""致用"等理论，形成了注重"行动"的教育思想，那么，"行胜于言"的清华校风则是通过"行"与"言"的关系，进一步阐明了一种新的教育观。这是清华大学办学思想的高度凝练，是对中国传统教育理论的发展。

某年，在北京的人民大会堂里，清华大学经济管理学院国际顾问委员会名誉主任、老院长朱镕基学长主持了一场国际顾问委员会的年度会议。学院领导向委员会汇报工作，回答大家的问题。其间，朱镕基老院长给正在汇报的学院领导提出了一个问题：为什么现在的各种评估、排行榜和统计数据中，清华大学经济管理学院的表现好像并不是十分理想呀？这一下把学院的领导弄得十分紧张，竟然一时语塞。就在此时，在座的另一位经济管理学院的领导以一种开玩笑的方式接住了老院长的问话：我们的成绩和各项数据指标都很好，只是我们没有说而已。清华不是讲"行胜于言"吗？没有想到的是，朱镕基老院长却十分认真地说道："行胜于言，可不是不言啊！"坦率地说，这也非常清晰地阐明了"行胜于言"的关系。而且，他的批评实际上也揭示了清华大学办学中的一个短板：缺乏必要的宣传，同时，对自己的工作和成就未能进行很好的总结，在提炼有示范性和参考性的经验方面做得不够。这件事给所有在场的清华大学领导和教师们留下了非常深刻的印象，也使得大家对"行胜于言"的内涵有了更全面的认识和理解。

"行胜于言"的校风已经融入了清华大学的血脉和骨子里，成为清华人共同的精神财富和格调。而"听话、出活"与"厚道、精明"，则是自 20 世纪 50 年代以来，清华人在社会发展不同时代，对"行胜于言"校风最有代表性的诠释和注解。

听话、出活

"听话、出活"是 20 世纪 60 年代前后对清华人的一个评价。有人说"听话、出活"是 60 年代人们对清华人的一种评价；有人说这是"文化大革命"期间清华大学某些人对蒋南翔校长干部培养和使用方式的批判，等等。有人对此表示了高度的认可，认为它反映了当时清华人的特点。清华大学确实能够积极响应党和国家的号召，积极建设国家所需要的各种学科专业与开展科学研究工作，能够服从国家的安排，到祖国最需要的地方去工作。在某一年的校庆中，50—60 年代响应国家号召去西部参加基本建设的毕业生回到学校，他们已经是耄耋老人，而且至今一家几代都献给了边疆，但他们毫无怨言。不过，也有人认为它并不能完全反映清华人的风貌。因为"听话"的说法似乎有点贬低了清华人的思想性、创造性和自主性。实际上清华人是很有创新性的。在当时非常困难的条件下，清华人能够克服各种艰难险阻，积极创办一系列新的学科，不断改革和创新教育教学模式，培养了一大批非常优秀的人才。当然，存在这些不同的看法是很正常的，从不同的角度看它们也各有道理，它们也都是对清华精神和文化的一种维护。从历史的角度看，甚至即使在现在，"听话、出活"的说法也还是很有意义的。[①] 因为，"听话"并不意味着否认清华人的思想性、创造性和自主性。而且，"出活"也的确反映了清华人的实干精神和对国家的贡献。而将"听话"与"出活"放在一起则能够更充分地说明它的意义。其实，这就是清华人对"又红又专"的形象生动的注解。也许正因如此，清华大学原党委书记李传信同志在电子系工作时，就多次强调要"听话、出活"。当年电子系一位老师的体会则是，这里所讲的

---

① 清华大学王孙禺先生曾经就这个问题发表了自己的看法，详见其《关于又红又专的杂谈："清华香肠"与"听话出活"新解》。

"听话、出活"，就是要"听党中央的话，出国家需要的成果"①。中国俗话说"时势造英雄"，清华大学的这种"听话"，其实也可以诠释为识大体，顾大局，顺应社会历史发展的趋势。这就是清华的特点。即使在 21 世纪的今天，尽管我们要尊重每个人的自主性和创造性，培养批判性思维，但这些与"听话、出活"是不矛盾的。而创造性与创新性，包括批判性思维也就是国家的要求和"话"呀！我们不仅要好好地"听"这些话，还必须努力去实践。只有这样，才能"出"更多更大的"活"，做出更大的贡献。而且，它强调要重视有才华、能干成事的人，至今仍然是合理的。哪所大学会喜欢那些自以为是，或者光练嘴皮子不干实事的人呢？

清华大学思想政治课建设发展的历史过程是一个非常生动的故事。据清华老教授林尧先生回忆，当时，为了适应人才培养的需要，也为了更好地结合学校和学生实际，学校建立了政治辅导员制度，通过干部的兼职、从部队抽调，以及从各个院系选调人员担任辅导员，加强思想政治课建设。其间，学校专门从工科院系中抽调了一批非常优秀的年轻教师和学生转行从事思想政治课的教育教学工作。当时，有些已经入党、学习非常优秀的学生甚至还没有毕业，就被抽调到学校参加这个工作。由于这些学生有三分之一的时间要从事辅导员工作，虽然当时也给了他们每个月 18 元的工资，但为了保证学业的要求，他们需要延长一年毕业。在这个过程中，据有的老师回忆，学校还是非常尊重个人意愿的。有人觉得自己不适合这份工作，也可以回到院系去。然而，他们绝大多数还是服从了学校的要求，为后来清华大学"双肩挑"的制度与政治辅导员队伍的建设奠定了很好的基础。1959 年，在这个基础上进一步加强思想政治课建设时，学校又在部分

---

① 王华俭：《怀念李传信同志》，载《李传信纪念文集》，清华大学出版社，2008，第 50—51 页。

院系抽调了一批优秀的年轻老师和学生担任思想政治课的教育教学工作。仅仅第一批就转了20多人，从建筑系抽调的林泰老师教哲学课，来自电机系的朱育和老师教中共党史，从热能系来的刘美珣老师则教政治经济学……为了更好地从事思想政治课的教育教学，蒋南翔同志亲自负责哲学课的教学，而担任党史和经济学教学的老师则专门到人民大学进修一年。为此，当年蒋南翔同志专门召开了一个会，提出工作选择人和人选择工作的关系，希望大家来参加这份工作，但大家也可以选择。需要提到的是，这些抽调来从事思想政治课教育教学的老师和学生，当时在各自的学科领域都是非常优秀的人，功课也非常好，是很有发展前途的。要从自己熟悉并且前景非常可观的学科领域转行，的确是一件需要勇气和牺牲精神的事情。用刘美珣老师的话讲，"我是1956年进入清华学习的，完全没有想到，自己一生会做一名思想政治理论课教师。我出生在一个工程师的家庭里，从小就梦想将来要做一名工程师，毕业时得知，学校要留我到马列教研室，当时我是没有思想准备的。但在那个年代，'服从党的分配'成为很自然的抉择。就这样，我踏上了思想政治理论教育之路。多少年后，我才深深地意识到，我并没有转行，我做的还是一名工程师，而且是一名付出毕生精力也很难做到的'人类灵魂的工程师'。思想政治理论课教育从此成为我终生热爱的事业"[1]。这些，在今天仍然是难以想象的。而且，这样一批非常优秀的老师还真是"出活"，他们熟悉学生的思想状况，了解学生的需要，又有学科的基础，所以，在从事思想政治课教育教学中，能够非常好地理论联系实际，避免了教条主义的现象，对引导学生的发展发挥了非常重要的作用。1964年暑假，中宣部召开全国大中学校政治理论课会议，清华大学的工作得到了表扬，学校还受邀在大会介绍经

---

[1] 艾四林：《新时代如何办好思想政治理论课》，人民出版社，2019，第1页。

验。朱育和等老师作为典型，在会上介绍自己教育教学的体会与经验。与会人员还受到了毛主席的接见。这批老师为清华大学思想政治课的建设做出了不可替代的贡献，他们的思想和经验至今仍然是清华大学马克思主义学科建设中十分宝贵的思想资源。

其实，这种"听话、出活"的特点或格调至今仍然体现在清华人的工作中。有一次，学校准备在邻近校园一块属于清华的土地上盖出版社大楼，正当各方面准备就绪时，工地附近居民小区的部分业主对清华的这个工程有了意见，并且采取了各种方式表达自己的意见。据称该工程可能会妨碍小区部分居民的生活，包括在光线、噪声等环境方面的影响。此事产生了一定的社会反响，也引起了政府的关注。为了维护社会的安定团结，学校听从了政府部门的建议，停止了这个项目的建设。而且，学校的相关干部和老师们也都理解与支持学校的做法。这真的是挺不容易的。类似的故事还有不少，包括在学校内部，各个院系和老师们也常常能够从学校发展改革的大局出发，安排和调整自己院系和个人的工作。这种识大体、顾大局的胸襟和气度，也是清华的一种格调。时至今日，这种"听话、出活"的精神仍然体现在清华人的行为中。如今，尽管毕业生已经可以自主择业——清华毕业生能够得到的机会也非常多，但很多非常优秀的毕业生仍然像他们的学长们那样，响应国家的号召，到边疆、基层、贫困地区等地方就业，成为国家发展的栋梁之材。

当然，在建设中国特色社会主义市场经济的时代和环境中，仅仅讲"听话、出活"可能就不够了，也比较容易引起人们的误会。在清华大学建设世界一流大学的实践中，人们又从不同的角度对清华人应该有的格调进行着新的总结和凝练。而"厚道、精明"就是其中一个非常有价值的说法。

厚道、精明

也许这个说法并不像"听话、出活"那样流行，但它也多次在清华校园中流传。多位学校领导在不同的场合提到和表达过这个说法，即清华人有一种"厚道、精明"的特点。乍听之下，似乎这个说法有些矛盾："厚道"与"精明"好像是两种非常不同的素养啊！而且，在人们通常的意识里，"精明"一词现在好像还带有贬义。然而细想下去，这种说法比较符合清华人的实际与追求。其实，这两个词在中国传统文化中，不仅分别代表着一种很高的褒义，而且，两者结合起来不仅不矛盾，倒是更能够体现一种很高的做人的品位。

所谓厚道，通常指为人善良宽容，不刻薄。就像《大学》中说的那样，"物有本末，事有终始，知所先后，则近道矣"。厚道的人比较清楚事物的本末和终始，进而能够知道该做什么，不该做什么，以及做事情的分寸，等等。所以，厚道绝不是一种单纯的老实，更不是"傻"。恰恰相反，厚道是一种真正的智慧，是一种"大聪明"。

实际上，"精明"是一个很好的褒义词。对此，孔子在《论语·述而》中说，"子之所慎：齐、战、疾"。在他看来，一个君子应该特别注意三件事，即斋戒、战争与疾病。由于斋戒关系到人们的诚心和敬意，用现在的话说，则是要顺应客观规律，因此是最首要的。而且，根据《刘氏正义：韩诗外传八》："《传》曰：居处齐则色姝，食饮齐则气珍，言语齐则信听，思齐则成，志齐则盈。五者齐，斯神居之。"[1] 而按照《礼记·祭统》的解释，"精明"则是"齐"的最高境界。因为，"君子之齐也，专致其精明之德也……齐者，精明之至也，然后可以交

---

① 程树德撰：《论语集释》，中华书局，1990，第456页。

于神明也"。汉代班臣的《白虎通·杂录》则认为："斋者，言己之意念专一精明也。"所以，"精明"指的是做事情很仔细，专心至诚，而且，精明的人考虑问题比较周到齐备。正如《国语·楚语下》："夫神以精明临民者也，故求备物，不求丰大。"简单地说，精明就是考虑问题周到，实事求是地按照客观规律做事情的本事与能力，也是君子的一种素养。对此，清华校友、北京大学原党委书记任彦申先生的说法是，清华大学所在地北京市海淀区对清华的印象比较好，而清华从海淀区得到的实惠也比较多，原因之一是"清华在同社会打交道时，要比北大精明、务实得多'①。换言之，这种"精明"其实是一种务实的态度。

从上面的解释可以非常清楚地看到，"厚道"与"精明"虽然在表面的词义上有所不同，但本质上是非常一致的，是一种品德与能力的结合。它们与"听话、出活"并不是矛盾的，而是新的发展和弘扬。它们是"又红又专"在新时代的一种新的体现，反映了清华校训"自强不息、厚德载物"的时代内涵。

这种"厚道、精明"的格调既是清华人的一种追求，也已经体现和表现在清华人的言行举止中。提携年轻人正是其中的一个重要内容。1984年学校自动化系党委换届时，老书记余兴坤主动提议让系里年轻的贺美英老师担任系党委书记，自己担任副书记。同样的故事还发生在经济管理学院。陈章武教授担任经管学院党委书记期间，为经管学院的学科发展可谓是殚精竭虑，功不可没。但是，着眼于经管学院的长远发展，也为了更好地培养年轻人，真正做到"扶上马，送一程"，他在卸任党委书记的职务以后，又主动向学校提议，让年轻的副书记杨斌教授担任书记，自己毫无怨言地出任了学院的党委副书记，积极

---

① 任彦申：《从清华园到未名湖》，江苏人民出版社，2007，第9—10页。

配合年轻的新任党委书记做好工作，保证了院系和学科的顺利发展。

无独有偶，同样的故事也发生在学校信息学科的发展过程中。今天，当人们看到清华信息科学的进步与地位，看到计算机系系主任吴建平院士的成绩与贡献时，总是会不由自主地想到 20 世纪 90 年代清华大学牵头建设中国教育网的情景。这是当时中国第一个全国性的网络。为了推进这项前沿性的科技工作，教育部和国家计委将这项工作交给了清华大学。学校主管领导梁尤能副校长根据教育部和国家计委的建议，特别考察了这个领域中多位年轻的学者，了解到年轻教师吴建平当时开发建设某个网络的成绩，听取了陶森同志的建议，积极推荐吴建平老师担任中国教育网专家委员会的主任，主持和领导这项十分重要的工作。在清华的影响下，第一批参加中国教育网的 10 所重点大学都选派了非常年轻的教师参加专家委员会，由此也影响了整个教育领域互联网队伍的建设。[①] 事实证明，吴建平老师确实没有辜负大家的期望。而这种提携后浪、能上能下的精神境界和宽阔的胸襟，确实体现了清华人的厚道。这样的故事在清华可谓是不胜枚举。在学校党委的支持下，还有一些院系的老同志把位子让给年轻教师，而他们后来都成为学校的领导和栋梁，为清华大学的发展做出了很大的贡献。从着眼于学校长远发展的角度来说，从他们对年轻人的赏识和任用而言，这难道不是一种真正的"精明"吗？

清华人的这种提携后进、重用年轻人的格调有着深厚的历史渊源。早年物理系主任叶企孙先生着力培养年轻人的传说，正是今天这些故事的一个特别典型和生动的历史注解。叶企孙先生是清华大学物理系的创始人，他曾与陈寅恪、潘光旦、梅贻琦一起，并称"百年清华四大哲人"。叶企孙本人有着非常深厚的学术修养和成就，不过更

---

① 这是梁尤能校长 2020 年 5 月 30 日上午对本书作者的介绍。

值得一提的是，他大力培育年轻人的胸襟和厚道。据不完全统计，他培养了 79 位院士，23 位"两弹一星"元勋中，超过一半是他的学生，因此，叶企孙也被称为"大师的大师"。著名物理学家吴有训先生和华罗庚先生来清华任教，都得力于他的鼎力支持。据说，他把吴有训先生的工资定得比他自己的还高，让他接替自己担任物理系的系主任。同时，他不为资历所限，大胆破格提升华罗庚为教员，让他讲授大学微积分课。不久，他又派华罗庚去英国深造，造就了一位世界一流的大数学家。据华罗庚后来回忆："我一生得叶老的爱护无尽。"这些既反映了叶企孙先生的厚道，也不能不说是他的"精明"。

在清华园里，年轻人的机会是很多的，他们的发展空间是很大的，有着非常好的发展前景。这种厚道的格调，使得清华大学的发展能够"青黄有接"，"此起彼伏"，绵延不绝。正如清华大学原党委书记陈希说过的一句话，"清华大学是一个可以做梦的地方"。这种"厚道"难道不就是一种最大的"精明"嘛！

当然，年轻人作为清华与国家的未来可以得到悉心的关注和提携，而老年人则由于其为清华的建设发展、为民族做出的贡献同样得到人们的尊重。说到这个方面的"厚道、精明"，就不能不提清华大学校庆中一个不成文的规矩，即"序齿不序爵"。无疑，清华大学多年来培养了一大批非常优秀的毕业生，他们也做出了十分优异的成绩，得到了社会的肯定，不少人也承担了非常重要的领导工作，担任了比较高的职务。这当然是清华的骄傲。但不管这些毕业生在政府、企业或社会机构中担任多高的职务，他们在学校里始终就是一个普普通通的校友，还得按学校的规矩尊老爱幼。

在清华园里流传着这样一个故事。话说有一次校庆，一位担任领导的清华校友回学校参加校庆。陪同来的工作人员习惯性地在主席台上寻找领导的座位，却一直没有发现，后来在大厅里找到了他的座位。而坐在主席台上的人都是入学时间早且年事已高的老学长。其他的校友，无论职位高低，都是坐在台下。他很不好意思地告诉了这位校友。没有想到的是，这位校友非常平和地笑着说，这正是清华的规矩。时至今日，大凡清华的校友回学校参加校庆活动，不管他或她担任什么领导职务，都是首先回到自己曾经学习的院系，或者去看望自己的老师。

清华人的这种"厚道、精明"，也反映在对人的评价方式上：总是能够努力去发现人们的优点和长处，而不会过多地盯着某些缺点品头论足。清华园里流传着这样一种话语方式："不仅……而且……"外人可能不明白它的含义，这却是清华人非常独特的一种品位。具体而言，它指的是在校外有关部门来清华选调干部，征求意见时，清华人常常会非常充分地列举出当事人的很多优点与成绩。这种语式的逻辑是"优点/优点"，如"某某某不仅在哪些方面非常好，而且他还有什么样的成绩和优点"，而不是"虽然……但是……"，即一种"表扬/批评"的语式。对此，清华大学校友、北京大学党委书记任彦申先生曾经说道："如果上级部门到北大、清华考察人才，在北大考察的结果往往是'虽然……但是……'，而在清华考察的结果往往是'不仅……而且……'。"[①] 换句话说，在清华园里，人不怕有缺点和短处，怕的是没有优点和长处；正如任何一个学校、院系或学科，都会有它的某些不足或短板，这是正常的。也正是由于清华园里存在这样的文化氛围和评价方式，所以，清华大学的年轻干部、老师和学生常常有更多的机会去政府部门或其他学校、企业等担任领导和管理工作。政府机构和有关部门也比较喜欢到清华大学来抽调干部和人才。人们常常好奇，

---

① 任彦申：《从清华园到未名湖》，江苏人民出版社，2007，第 8 页。

清华大学为什么会有那么多校友在各级政府工作，担任领导干部和企业负责人，这种"不仅……而且……"的评价方式可能是其中的原因之一。

清华人的这种"厚道、精明"不仅体现在学术和师生身上，而且还反映在学校的后勤与日常生活中。"清华大饼"就是一个十分典型的故事。这是在清华大学甲所餐厅用餐的客人必点的特色主食，而这一张面饼也有着它不寻常的由来。根据学校接待服务中心主任闻星火先生的介绍，这个"甲所大饼"有一个非常有趣的来历。事情还得从1997年秋说起。一天，时任总务长王晶宇老师来甲所餐厅用餐，餐叙过半，王老师表示让餐厅帮忙选择主食。虽然"吃什么"是一个常常能难倒人的问题，但这个需求并没有让餐厅经理为难，他果断地说："王老师是北方人，就烙一张放葱花的大饼吧。"于是，主食间厨师按照经理的指导，用大饼面、大葱碎、葱油制成面胚，将面胚放入饼铛定型后，按照经理的嘱咐，用甲所的果木烤鸭油烙烤，并搭配甲所的特色酱香汁，烙出了一张松软酥脆的大饼。当服务员端上这盘外酥里软、葱香浓郁、咸淡适口的金黄色葱油饼时，王老师和客人都对品相十分满意，品尝后更是赞不绝口，并称吃出了小时候的味道，真是才下舌尖，又上心间，既是滋味，又是情怀。从此以后，王老师每次到甲所用餐都会点大饼，而甲所大饼的口碑更是一传十、十传百地不胫而走，成为了甲所餐厅的一道名食。起初，很多客人慕名而来，却发现菜单上没有大饼的身影，只能描述为王晶宇老师推荐的饼。如此受欢迎的菜品怎能不列入菜单呢？但是，如此有特色的大饼也应该有个响当当的名字才行。考虑到大饼是因王晶宇老师而来，也是因王老师的宣传才名声大震，在得到王老师的首肯后，取名"晶宇大饼"正式入列菜单。随着时间的推移，甲所餐厅根据客人的反馈不断尝试不同的配料，精心优化制作工艺，大饼从面粉选料到调料选用再到和面手法等做了很多尝试和改进。配料方面，将大葱碎改为香葱碎。用油方面，将脂肪和胆固醇含量较高的动物油改为低脂健康的植物油，通过工艺把控口感和色泽，也更健康。因为是大名鼎鼎的甲所的特色主食，名称也按照王老师的要求改为"甲所大饼"。20多年过去了，甲所大饼声名不减当年，或许是因为这份质朴的味道能够温暖妥帖地安放来自五湖四海的清华人的乡思乡愁，家的情感。更有那些久别回归的清华人，坐进朴素雅致的甲所餐厅，必须点一份甲所大饼，似为大饼，实为甲所，为清华。甲所人也把对甲所、对清华、对校友的情感融进了香喷喷的大饼中，把一张张面饼做成了万千清华人牵绊的记忆符号，成为许多清华人的共同回忆和家的味道。许多来清华参观的人，也把尝一尝甲所大饼作为必要的"选项"之一。[①]

其实，在清华甲所餐厅里，各式各样的菜肴是非常丰富的，高档的菜品也不少。而且，甲所餐厅也常常是宾客盈门，甚至是国外的高官和学术界的大牛，也都是甲所餐厅的常客。而葱油饼作为一种主食，是非常便宜的，根本没有什么利润，做起来还挺费劲。但就是这样一种非常简单便宜的大饼，甲所餐厅却坚持做了20多年，而且能够不断地改进配料和做法，追求精益求精。能够把一种普通薄利的主食做到这个程度，还真是一种"厚道、精明"。

君子气质

当年，梁启超先生以《君子》为题的演讲，给清华学子提出了加

强道德修养的要求，这种希冀和要求已经成为清华人的一种教育自觉和不懈的实践。这里所说的君子，是踏踏实实为人、兢兢业业干事的人，是讲究道德修养的人，是具有强健体魄的人，是具有内在凝聚力的人。

优秀的风险

在一次清华大学某学院的新生开学典礼上，该学院的院长语重心长地对学生说，各位同学能够过五关斩六将，通过各种考试，成为清华大学的学生，反映了大家的水平，也说明各位同学都是非常优秀的青年人。他首先向大家表示祝贺，然后提出了一个让大家意想不到的观点。他请各位新同学一定要切记，优秀无疑是可喜可嘉的，但它对各位而言，也是有风险的。优秀竟然有风险！在座的新同学们都蒙住了！在他们一路走来的人生旅途上，优秀一直是他们努力拼搏争取的目标，是他们引以为傲的素养，怎么还会有风险呢？在院长接下来的话里，他们明白了风险在何处。

这位院长说，清华的学生都是非常优秀的，大家无疑是同龄人中的翘楚。大家理论基础扎实，知识面宽阔，动手能力强，外语水平高，还有国际的视野，坊间称之为"学霸"，也不无道理。这种"优秀"，当然是清华学生的骄傲，是大家发展与成功的基础，走向崇高和伟大的条件；这种优秀也使得大家有条件也有资本去获得更好的机会与待遇。所有这些，也是无可厚非的。然而，这种"优秀"也可能是清华学生潜在的风险，甚至有可能导致他们的平庸，甚至是失败。因为，正是由于他们的优秀，在学校里，在未来的发展中，将会面临比别人更多的诱惑；也正是由于清华毕业生的优秀，包括其出色的才干和能力，使得他们常常成为一些企业和部门下大功夫"挖"的对象。劳动力市场中各种人才公司与人力资源部门常常将清华的毕业生作为眼中的"猎物"，开出各种非常诱人的条件。当然，必要的流动也是优秀人才寻求最能够发挥自己才干的途径。但是，过分频繁的流动则很可能导致相反的结果，以至于在不断的流动中中断了自己的积累，消耗了自己的精力，浪费了可贵的年华，甚至最终有可能是一事无成。前些年在若干场合就听到过这样类似的信息，某位非常优秀的毕业生从原来工作的单位跳槽到了另一个单位；不久后，又从这个企业跑到了另外一个企业；过些时候，他又有了新的名片和行头。工资待遇在不断提高，职务的级别也在逐渐攀升，可他们的眼光似乎又转向了新的职场目标……这样的毕业生常常凭着自己的优秀而"待价而沽"，不断地游走于各个企业之中，以至于经常"头顶变换大王旗"。这样的活法，真的是对自己才华的一种浪费。这样的人也很难获得真正的成功。同时，由于自身的优秀，他们很可能自视甚高，往往不容易和其他人搞好团结；这种优秀也很有可能让人们对他产生过高的期望，以至于形成比较低的评价，如果不能正确地对待自己，保持一种谦虚谨慎、实事求是的态度，则也很容易失败……不待言，老院长的这番话，对于这些行走在鲜花和称颂中的优秀学子来说，无异于一种"清凉剂"。

当然，清华园非常欢迎优秀的学子，也希望他们能够更加优秀，不断争取卓越。但在清华园里，人们非常清醒地知道如何才能真正将优秀转化为成功。历年来，在清华大学十分隆重典雅的毕业典礼中，一个不可缺少的规定环节就是校友代表对毕业生的寄语，给即将走上社会的学生们介绍自己的学习和工作体会。因为校友和学长们的切身体会与人生经验对他们的学弟学妹们是最有说服力的。在这个环节中，让毕业生们和家长们感到意外的是，出席毕业典礼并给毕业生讲话的校友代表，常常并不是他们耳熟能详的那些著名官员、科学家，或者公众人物等，而是一些可能名不见经传的校友。但他们可不是普通的校友。他们中有的踏踏实实地长年奋斗在第一线的生产企业，有的心无旁骛地一直扎根在基层，有的长期钻研于某个领域或课题矢志不移，还有的忍受着各种各样的困难，执着地挑战着某种极限。这些校友和学长的成功经验当然是各不相同的，但他们又都有一个比较相同的特点，即能够安心在一个岗位上坚持努力工作，甚至长达十几年或几十年之久。换句话说，他们的成功都与长期的努力与坚持、忍耐与坚韧是分不开的。这恰恰就是学校对毕业生的一种期望。这种安排不能不说是非常用心的，它抓住了清华大学学生发展中一个十分要命的软肋：清华的学生太优秀了，与其他的同龄人相比，他们中的绝大多数人往往能够有更多的机会、能够有更大的平台、能够有更强的竞争力、能够有更好的前景、能够有更高的收入，甚至能够有更多的爱慕者；而这种比较优势则有可能使他们飘飘然，或者使他们在以后的发展过程中，不得不经常面临和遭遇一种"优秀的风险"。

这种定力与坚守就是一种敬业的核心价值观，是中华民族优秀传统文化的重要内涵，是一种君子气质。敬业就是对自己工作或职业的敬畏与专一，坚持正确的发展方向、定位与目标，不摇摆，不折腾，不东张西望，踏踏实实的态度。按照《周易·文言》的话说就是，"敬以直内，义以方外"；《论语·学而》则强调"敬事而信"；这里所谓"敬"的含义，即"主一无适"，讲的就是一以贯之，自始至终；正如《二程·粹言》卷上所言："或问敬，子曰：'主一之谓敬。''何谓一？'

子曰：'无适之谓一。'"《礼记·中庸》说的则是："君子素其位而行，不愿乎其外。"即君子只安于现在所处的地位，努力做好他应该做的事，不希望去做本分以外的事。《庄子》曰"虽天地之大，万物之多，而唯吾蜩翼之知"；意思是，凡做一件事，就要把这件事看作自己的生命，无论其他什么好处，都不能牺牲现在做的事来与其交换。而朱熹的《四书集注》更是非常明确地指出："敬者，主一无适之谓。"中国著名儒学家马一浮先生对浙江大学的学生说："今为诸生指一正路，可以终身由之而不改，必适于道，只有四端：一曰主敬，二曰穷理，三曰博文，四曰笃行。主敬为涵养之要，穷理为致知之要，博文为立事之要，笃行为进德之要。四者内外交彻，体用全该，优入圣途，必从此始。"而在梁启超看来，关于敬业，"唯有朱子解得最好，他说：'主一无适便是敬'"①。用现代的话讲，凡做一件事，便忠于一件事，将全副精力集中到这事上头，心无旁骛，便是敬。而且，敬业就是一种责任心。梁启超还说，"业有什么可敬呢？为什么该敬呢？人类一面为生活而劳动，一面也是为劳动而生活。人类既不是上帝特地制来充当消化面包的机器，自然该各人因自己的地位和才力，认定一件事去做。凡可以名为一件事的，其性质都是可敬。当大总统是一件事，拉黄包车也是一件事。事的名称，从俗人眼里看来，有高下；事的性质，从学理上解剖起来，并没有高下。只要当大总统的人，信得过我可以当大总统才去当，实实在在把总统当作一件正经事来做；拉黄包车的人，信得过我可以拉黄包车才去拉，实实在在把拉车当作一件正经事来做，便是人生合理的生活。这叫做职业的神圣。凡职业没有不是神圣的，所以凡职业没有不是可敬的……怎样才能把一种劳作做到圆满呢？唯一的秘诀就是忠实，忠实从心理上发出来的便是敬。《庄子》记

---

① 参看梁启超：《敬业与乐业》。

佝偻丈人承蜩的故事，说道：'虽天地之大，万物之多，而惟吾蜩翼之知。'凡做一件事，便把这件事看作我的生命，无论别的什么好处，到底不肯牺牲我现做的事来和他交换。我信得过我当木匠的做成一张好桌子，和你们当政治家约建设一个共和国家同一价值；我信得过我当挑粪的把马桶收拾得干净，和你们当军人的打胜一支压境的敌军同一价值"[1]。

实事求是地说，这种"主敬如一"是非常不容易的。尤其是对于优秀的清华学子来说，它需要有一种定力、一种坚守、一种矢志不移的决心。清华对学生和毕业生就是这样要求的，很多毕业生也是这样做的。正是这样的敬业，使他们做出了贡献，取得了成功，得到了荣誉。在学校校志《优秀交友名录》中，我们可以非常清楚地看到，那些能够在自己工作岗位和专业领域做出贡献的校友，都有一个看似简单，却十分关键的特点，即他们都能够长期坚守在自己的工作岗位，或者自己的专业领域，有些人甚至是矢志不移地一生就干好一件事。据清华大学校友会的统计，大凡清华的优秀校友，总体流动的平均次数只有 1.49 次；从他们走上第一个工作岗位到第一次流动，平均时间是 8.9 年。毕业 20 年在企业工作的优秀校友流动的平均次数是 1.78 次，第一次流动前的工作时间平均是 8.3 年；在学术与科研部门工作的优秀校友，平均的流动次数是 0.77 次，第一次流动前的工作时间平均为 10.5 年。这些人并不是没有流动的资本和机会，他们常常要面对许多的诱惑，包括更高的收入、更好的待遇、更好的地区、更高的职位等。由此可见，在清华大学毕业生与他们取得的成绩之间，存在着一个具有某种普遍性的统计学规律：校友的成就与他们在一个工作岗位持续工作的时间成正比。

---

[1] 参看梁启超：《敬业与乐业》。

今天的社会当然并不反对流动，也有了更多流动的机会与更大的流动空间。也正因如此，对于优秀的人才来说，坚守与定力往往就显得更为可贵。任何一个社会都非常需要这种能够坚守和有定力的人，干任何事情都需要这种能够坚守和有定力的人，这就是责任，就是一种君子气质。

无体育，不清华

注重体育是清华非常独特的格调。"无体育，不清华"说法的背后则还有一个生动的故事和悠久深厚的历史底蕴。

那是 2014 年初，学校研究生会体育部建立了微信群，但微信群的名字起得很随意，大家也都不太满意。直到除夕夜，有一个同学心血来潮，突然就把这个微信群的名字改为"无体育，不清华"。当时，谁也没有想到，这个名字竟然成为一句喊遍清华的口号。随后，"无体育，不清华"成为学校研究生运动会的口号。继而，在学校的东大操场边，"无体育，不清华"被制作成荧光灯箱，格外醒目。由此，"无体育，不清华"也成为学校体育工作的生动表述，也在学校其他各个部门和讲话中得以应用。的确，这个说法的问世的确有那么一点偶然性，但它成为热词却是必然。因为，体育一直就是清华办学的一个传统。早在办学初期，社会上所说的"清华有三好"，除了"校舍好、英文好"之外，另一好就是"体育好"。当年，清华有一个非常有名的"强迫运动"，据有关史料介绍，这种"强迫运动"要求，"于每日下午四时后，将全校各处寝室、自修室，以及图书馆、食品部等处之大门一律关锁，使全体学生到户外运动场，投其所好，从事运动……此法行至民七体育馆已落成，体育改为正课后为止，是为清华强迫运动时期"①。除此以外，清华还制订了检查锻炼效果的具体标准，例如1919 年《清华一览》"体育课程"篇阐述的"体育实效试验法"，规定试验注重"康健""灵敏""泅水术""自卫术"和"运动比赛时具有同曹互助之精神并能公正自持不求徼幸"，体育不及格者不能毕业。著名历史学家吴宓和大学者梁实秋就分别因为跳远和游泳不及格需要补考而不得不推迟出国；而在抗日战争时期威震一方的孙立人将军，作为1914 年安徽的状元，热衷于各种球类，最擅长的是篮球，是清华篮球队队长，获得过华北大学联赛冠军，入选过国家篮球队，获得过第五届远东运动会篮球冠军。这里，不能不提的是清华大学著名体育教授马约翰先生。他是中国高等教育历史上第一位体育教授，原来的学科是化学，但特别喜欢体育，乃改行做体育教师，为清华大学的体育做出了历史性的贡献，至今在校园西大操场旁边还有他的塑像。

在清华园里，可以为美丽校园增光添彩，并且与教学楼实验室，以及博物馆音乐厅等比肩并起的，就是各种各样的体育设施。从校园的布局来说，还真是处处有体育：校园的东边是学校非常集中的体育场所，学校的综合体育馆，东大操场，陈明游泳馆、跳水馆，旱冰场，足球、篮球、排球、网球的场地，等等。每年一度的马约翰田径运动会就在东大操场举行，这可是每个院系部门展现自身风采与形象的极好机会，领导们总是走在各个方阵的最前头，而且各个院系还都会精心构思能够体现自身学科特色的口号，搭配上潇洒的运动服，显得格外的精神。校园的北边是宽敞的紫荆大操场，暗红色的跑道与绿茵茵的人工草坪相映成趣，并且与一排排错落有致的紫荆学生宿舍配套，成为校园里一道亮丽的风景线，那也是学生们最喜爱的地方。每到下午时分，操场上一阵阵欢声笑语，洋溢着青春的气息。当然，要说清华

① 参看 1931 年出版的《国立清华大学二十周年纪念刊》所刊《清华二十年来之体育》。

体育的年谱，还得提到"西操"。那里可记载着清华体育的历史。且不说西大操场的过去与现在，仅就至今仍然被许多老清华人津津乐道的罗斯福纪念体育馆，就足足有一大箩筐的故事。据说那还是北京城里最早的室内体育馆呢！尽管它已经属于文物级的建筑物，但仍然是许多清华师生锻炼的地方。在校园的南边，各种各样的体育设施也丝毫不逊色于其他三面，但这里的风格又不尽相同。如果说，东大操场与紫荆大操场上更多是年轻的大学生们，而在南边的网球场、乒乓球场和工会俱乐部里，则是不知老之将至的教师们。他们那矫健的身形一点也不亚于年轻人。每天清晨，一位90岁高龄的老院士非常准时地与夫人一起，在网球场上与他人一起挥拍双打，然后骑着电动车回家吃早饭，虽然不及德国哲学家康德那样定时，但俨然也有了作息表的功能。清华园有两个游泳池，一个在室内，另一个是毗邻近春园的西湖游泳池。它们是清华学生上必修课的场所——游泳不及格是不能毕业的。清华的跳水馆已经达到了专业水准，成为国家跳水运动员的训练场所和冠军的摇篮。更令人羡慕的是清华的射击馆，那可是达到国际标准的射击训练和比赛场馆！

据不完全统计，学校现有的体育设施包括西操、东操、北操、紫荆、室内五个综合性的体育运动区域。四个标准的足球场，若干篮球场、排球场、手球场、网球场、体能训练场、棒球场、垒球场、沙滩排球场，等等；各类的体育馆有综合体育馆（其中包括篮球、排球、羽毛球、健美操、击剑、健身中心等）、西体育馆、射击馆、气膜馆、室内外两个游泳池、跳水馆等。加上新建的北体育馆，估计学校体育场地的建筑面积可以达到24万平方米之多。除此之外，学校学生社区管理服务中心还有学生公寓内的轻体育健身房，以及学生活动中心；为了给教师提供方便的体育设施，学校工会专门建设了乒乓球场、羽毛球场，以及多个网球场。每到周末，工会俱乐部还会变成热闹非凡的舞场。在清华园里有一个"大忌"：你不能说学校的体育设施太多了，或者是太好了，或者是哪一个体育活动没有必要。如果有什么体育活动，其他事情都要为它"让道"。在清华，谁要对体育说三道四，可没有好果子吃。

当然，这么多体育设施可没有闲着。从初春到严冬，校园里的操场上就没有消停过。你可以看到1月初全国中学生的体育冬令营；2月毕业生们的荧光夜跑；3月的阳光长跑；4月的教工羽毛球赛、校园马拉松，还有专门为离退休老师举办的趣味运动会；当然，马约翰学生田径运动会则是校庆的重头戏，成为全校师生员工的节日……据不完全统计，学校全年常规性的体育赛事就达20多项。这里不能不提的是，清华的体育不仅是一种群众性的体育活动，它也为国家培养和输送了非常优秀的体育运动员。清华大学对体育的一个基本共识是：体育人才也是大学的培养目标，高水平大学不仅要培养科学文化方面的人才，也应该有责任为国家培养和输送高水平的运动员。所以，无论是清晨还是傍晚，校园里、操场上或绿道上，总是人头攒动，你追我赶。其中，你还可以看到某些院士和大师的身影。

清华大学为什么会如此重视体育呢？这可不是一种偶然，且不说"为祖国健康工作50年"[①]，"每天锻炼一小时，幸福生活一辈子"等体育格言早已入脑入心，更重要的是，这是世界一流大学建设的重要内容。举目环视，大凡世界一流大学，大多特别重视体育。例如，英国牛津大学与剑桥大学每年一度的划船比赛就是一个世界知名的项目。自从1829年3月12日，剑桥大学向牛津大学发出挑战，从此这项赛事传统就被保留下来，至今已有180余年的历史。许多世界著名大学

---

① 1957年11月29日，蒋南翔在全校体育教师和干部会上提出："我希望每个同学大学毕业后要争取至少健康地为祖国工作50年。"之后，"为祖国健康工作50年"的口号响彻清华园，在一代代清华学子中传承至今。

在体育方面都有自己的保留项目。21世纪初中国的大学领导到美国耶鲁大学参加培训时，高尔夫球竟然也是其中的一节课。在著名的伊顿公学，体育活动是锻炼和培养学生的非常重要的课程，尤其是培养学生意志品质的重要途径。要想真正知晓清华重视体育的秘密，清华体育的代表人物马约翰或许可以提供答案。他在自己的硕士论文《体育的迁移价值》中说道："我自己好比一块被激流冲击的鹅卵石，逐渐被卷入越来越深的水中，时而暂时停留在巨砾旁边，经常去撞击那可怕的礁石；不时地又在松软的沙床上滑动。这就是我在试图和尽力探求有关学校中一般运动的迁移价值的真理或效果时的体验。"[1] 经过反复的琢磨，以及多少个辗转反侧的日思夜想，他找到了。他发现体育运动要求青年每天进行持续而细心的练习和训练，以使技能更加完美，这种要求和因此获得的进步使青年人确信，只要坚持不懈就一定会获得成功，这种意识深深地印在他们的脑海里，以至于成为他们的性格品质。[2] 著名进化论者赫胥黎先生的孙子阿尔都塞·赫胥黎在《身体的教育》一文中，也非常明确地指出，"讨论教育，不能不略分段落，而此种段落又多少总有几分牵强……初则品格的培植，次则知识的传授，又次则情绪的熏陶。到此，我们必须再照顾到另一种比这三种更基本而又相辅而行的教育，就是身体的教育"[3]。他在说明体育应该指导人们认识与协调自己身体的同时，特别强调了体育能够帮助人们控制自身的冲动，免于受到自己情欲的奴役，进而成为自己的主人。而对于体育的这种独特的概念，梁漱溟先生特别赞赏丹麦教育家的思想："体育并不是为军事或其他特殊目的的训练，亦不是单单为了锻炼人身的体力和敏捷。体育的目的，是全人格的发展。它要联合教育和锻炼以发展人类和动物不同的地方，这当然不仅是身体的发育，一个人纵然

---

[1]　马约翰:《体育的迁移价值》,《马约翰纪念文集》,中国文史出版社, 1998, 第44页。
[2]　马约翰:《体育的迁移价值》,《马约翰纪念文集》,中国文史出版社, 1998, 第60页。
[3]　[英]赫胥黎:《赫胥黎自由教育论》,潘光旦译述,商务印书馆, 2014, 第83页。

经长久的锻炼而能有强大的体力和敏捷的技能，亦决不能赶上牛的体力或猿的敏捷。但是他能超越各种动物之上，只是因为他能用他的意志来驾驭他的身体。"① 所以，体育是清华大学校训"自强不息、厚德载物"的题中应有之义。君子气质也是清华体育的初心。

"社会之表率"

1914 年，梁启超先生对清华大学学生说道："清华学子，荟中西之鸿儒，集四方之俊秀，为师为友，相蹉相磨，他年遨游海外，吸收新文明，改良我社会，促进我政治，所谓君子人者，非清华学子，行将焉属？虽然君子之德风，小人之德草，今日之清华学子，将来即为社会之表率，语默作止，皆为国民所仿效。"这篇演讲及梁先生对清华学生的期望，实际上反映了整个中国社会对清华的要求。这种"社会之表率"不仅仅是学术水平的标杆，更重要的是道德品质的楷模。德育始终是清华大学人才培养的首要目标，进而成为清华人最基本和最重要的格调，也是清华人对自己的一种自我要求。

清华在建校之初，由于与庚子赔款的关系，美国人又涉及其中，在社会上引起了不少的议论与非议。人们有着这样那样的担心和忧虑。有的学者甚至在报刊上对清华的办学进行质疑，这是可以理解的。毕竟它与众不同的"出身"和管理上的国际参与，很难不让人起疑心。然而，可能也正是这种"出身"，让清华人有了更强的民族意识和爱国热情。清华大学发展的历史与办学理念也为"知耻而后勇"的格言做了十分有力的现代佐证。可以想象的是，别人用掠夺你的金钱办学校，培养人才，还想将来由此得到最大的回报②，这是何等之耻辱。这也是

① 梁漱溟：《丹麦的教育与我们的教育》，《教育与人生》，当代中国出版社，2012，第 36—37 页。
② 1906 年美国伊利诺伊大学校长詹姆士给罗斯福的一份备忘录中声称："哪一个国家能够做到教育这一代中国青年人，哪一个国家就能由于这方面所支付的努力，而在精神和商业上的影响取回最大的收获。""商业追随精神上的支配，比追随军旗更为可靠。"

理解清华人骨子里中华民族复兴和国家繁荣昌盛之重要性的基本线索。可以想象的是，如此激发的爱国热情真真是发自内心的。所以，尽管是模仿美国模式办学，选派学生去美国留学，但爱国奉献的道德教育始终是清华的首选。

著名学者吴宓当年针对社会对清华办学的怀疑，曾经有过一个比较公正的评价。1926年，他在清华建校15周年总结清华办学得失时，将有良好的"公民道德"作为清华毕业生的两大优点之一。他说，清华有优点也有缺点，优点就是两条：第一条，办事能力强；第二条，公民道德高，而且不是一个人的，是毕业学生人人所长，有普遍性。[①]清华早期的教学安排里专门有一个"伦理演讲"的课程，落实培养学生们的道德素养，作为学校培养完全人格的教育宗旨。关于这个伦理演讲，《清华周报》上还有一段话："伦理道德为人生立身之大本，而应于学生时代加意涵养，异日在社会上方可站定脚跟，免除不名誉不道德之行为。本校特于道德一端，趋查实际之研究。成年学生由名人之演讲以发展其实用道德之趋向，幼年学生由职教员之教导以渐趋于正轨。"[②] 对此，就连对为人和教育极其认真，甚至有些苛刻的闻一多先生也对这门课程表示认可。他认为，"伦理演讲虽没有积极地提高'道德音调'之力，可是确有'杜渐防微'，禁恶于未萌底一种消极的功用，至少也能指示给我们什么是善，什么是恶，使我们知道世界上还有个真确纯粹的是非（我们做事纵然不能一一行规蹈矩，只要出了轨道的时候，自己知道出了轨道，也是好的）"[③]。 由此可见，德育是清华教育的一个传统。

重视德育是清华历史文化的一个传承。早期的校长之一曹云祥曾经说："有社会团体，即须有领袖，无领袖则不成其为社会团体矣。譬

---

① 吴宓：《由个人经验评清华教育之得失》，《清华周刊·清华十五周年纪念增刊》1926年。
② 参看《清华阳秋》，《清华周报》第12期，1914年6月9日。
③ 参看《清华阳秋》，《清华周报》第12期，1914年6月9日。

如电机，若无电力，则与无电机同也。为领袖者必须有领袖之才。以力服人者，非真人才也。唯以德服人者，始可为社团精神指挥者，而为真领袖也。"我们今天再讲所谓 leadership 的时候也要关注这一条。[①]蒋南翔校长说，我们的学生要做到三过硬，首先是思想过硬，第二个业务过硬，第三个身体过硬。而且，学校历届党政领导都十分重视德育，把德育放在学校工作的首位。在学校的各种主要场合和大会上，包括清华大学的教代会和工代会、学风建设大会、全校教师大会、党代会、务虚会、中层干部会以及专题会和院系的座谈会等，德育都始终是会议的主题，并且反复强调为学需笃行，为人重诚信，为学如为人，重视人的品德和修养，等等。

21世纪初，清华大学提出了一个"三位一体"的人才培养理念，即"价值塑造、能力培养、知识传授"。这种提法及顺序的安排是很有讲究的。而"价值塑造"的地位正是反映了立德树人的要求，体现了作为"社会之表率"的目标。众所周知，成为清华大学的学生是中国优秀青年梦寐以求的梦想。如同孟子所说的那样，能够得天下英才而育之，自然也是清华的一大乐事。但这也是清华大学的一个巨大压力：怎样把民族的英才培养成国家的栋梁，能够堪当大任，真正成为人们认可的"社会之表率"。这批学生天资聪慧，才智过人，如果培养不当，真的是对不起国家，甚至是对民族的犯罪。然而，从高等教育的规律来说，高水平学生的培养常常有一种越往上发展，其成长的边际效应越低，变量越来越复杂，难度越来越大的现象。因此，究竟应该给这些青春年华的优秀青年什么样的教育，才能真正使他们的成长幅度最大化，不辜负民族与人民的期望，成为清华大学一个与众不同的挑战。

---

① 曹云祥：《领袖人才之养成》，《清华周刊》第343期，1925年4月17日。

清华大学人才培养理念之所以将"价值塑造"放在第一位，正是发现了清华学生成长成才的一个秘密：价值观的塑造是清华学生成长的关键钥匙，是影响清华学生成长成才最重要的变量。实事求是地说，清华的学生天资聪慧，才华出众，学术基础扎实，而且具有很强的自我学习的能力。对他们走向社会和未来，及其发展和进步来说，关键不是怎么走，而是朝什么方向走；不是怎么做，而是做什么；不是增加知识，而是价值判断的问题。所以，价值观的塑造是清华大学德育最重要的抓手，也是这批英才心灵的"痒处"。心灵的这个"痒处"可以激发他们全身心的主动发展，真正实现德育与智育协调发展的目标。中国现代新儒家代表人物牟宗三在《为学与为人》一文中，非常感慨地提到了他的老师、思想家、教育家熊十力在《读经示要》一书中的一句话："为人不易，为学实难。"他一开始并不是十分理解老师这句话的含义，但经过几十年的艰难困苦，渐渐便感受到这句话确有意义。他说："'为学实难'，这个难并不是困难的'难'，这个好像应该说'艰难'…… 一个人不容易把你生命中那个最核心的地方、最本质的地方表现出来。我们常说，'搔着痒处'，我所学的东西是不是搔着痒处，是不是打中我生命的那个核心？假定打中了那个核心，我从这个生命核心的地方表现出那个学问，或者说我从这个核心的地方来吸收某一方面的学问，那么这样所表现的或者所吸收的是真实的学问。一个人一生没有好多学问，就是说一个人依着他的生命的本质只有一点，并没有很多的方向。可是一个人常常不容易发现这个生命的核心，那个本质的方向究竟在什么地方。我希望各位同学在这个地方自己常常反省、检点一下。你在大学的阶段选定了这门学问做你的研究对象，这一门学问究竟能不能进到你生命的核心里面去，究竟能不能将来从这个生命的核心里发出一种力量来吸收到这个东西，我想很困难，不一定能担保的。这就表示说我们一生常常是在这里东摸西摸，不着边际地瞎碰，常常碰了一辈子，找不到一个核心。就是我自己生命的核心常常没有地方可以表现，没有表现出来，没有发现到我的真性情究竟在哪里……我们承认每一个人都有他这个生命最内部的地方，问题就是这个最内部的地方不容易表现出来，也不容易发现出来。"①

不能不承认的是，熊十力先生的观点和牟宗三的体会是有道理的。而且，这是符合高等教育规律和大学生成长规律的。这种"价值塑造"的理念及其在大学人才培养中的地位，体现了大学生成长和大学教育的规律，丰富发展了高等教育的理论。人们常常羡慕大学生，对年轻人寄予厚望，把他们看成"早上八九点钟的太阳"，甚至将世界的未来委托给年轻人。殊不知，相对于成年人的现实性，"年轻"的真正意义却是一种可能性。这种"可能性"表明，他们现在什么也不是，但未来什么都可能是。他们有可能成为一位君子，也可能成为一个"小人"；他们有可能成为一位对国家、民族和社会有贡献的人，也可能成为一个虚度年华，苟且偷生的人；他们有可能获得幸福快乐的一生，也可能带着痛苦与悔恨活着……这种可能性既是大学生的骄傲，也是他们成长中的风险。在现代社会中，年轻人成长的空间更大，选择的可能性比以往更多。正如梁漱溟先生所说的那样，对于非常优秀的大学生来说，这种可能性既是他们的优势，也是他们成长的纠结。流行歌曲《潇洒走一回》中有一句歌词"我用青春赌明天"，其实也就是这个意思。这里的"赌"字，非常形象地表达了年轻人的这种风险。所以，能够在诸多的可能性中做出合理的选择，正是"价

---

① 牟宗三：《为学与为人》，载王兴国编《中国近代思想家文库·牟宗三卷》，中国人民大学出版社，2015，第580页。

值塑造"的意义。这种价值塑造不仅要敏锐地认识和理解市场的需求变化，适应社会现实的要求，还必须透过现象看本质，从不断变化和错综复杂的市场需求背后，发现事物发展的趋势与规律，进而顺势而为、乘势而为。就像杨振宁先生对大学生寄语的那样，找到一个适合于至少20年而不落后的方向和领域；更重要的是，能够从时代发展的趋势和潮流中，辨识人性的本质与初心，如同孔子在《大学》中所说的那样，"物有本末，事有终始，知所先后，则近道矣"。这些都体现了"价值塑造"的意义。显然，这种价值塑造一方面要求清华的学生能够认识和把握时代发展的现实要求和未来趋势，另一方面也需要认识和把握自己，进而把自己的选择与国家民族的发展结合起来。对此，牟宗三还进一步说道："这个地方大家要常常认识自己，不是自己生命所在的地方，就没有真学问出现"；"假定不发现这个核心，我们也可以说这个人在学问方面不是一个真人；假定你这个学问不落在你这个核心的地方，我们也可以说你这个人没有真学问"；"假定你把这个学问吸收到你的生命上来，转成德性，那么更困难。所以我想大家假如都能在这一个地方，在为人上想做一个真人，为学上要把自己的生命的核心地方展露出来，做成学问，常常这样检定反省一下，那么你就知道无论是为人，或者是为学，皆是相当艰难，相当不容易的"①。

价值塑造的内涵，就是要不断地反思和要求自己，把个人的选择与国家民族的发展趋势结合起来，进而成为"社会之表率"。著名学者梁启超先生在1927年6月30日偕其弟子做北海之游时，曾经发表了一个演讲。据参加活动的学生回忆，这篇演讲主要是劝勉同学们在道德和学业上加强修养。他说，"把做人的基础先打定"，"科学不但应用

---

① 牟宗三：《为学与为人》，载王兴国编《中国近代思想家文库·牟宗三卷》，中国人民大学出版社，2015年，第580—581页。

于求智识，还要用来做自己人格修养的工具"；他强调，在求知时，在工作时都不要忘记道德修养，而道德修养并非"参禅打坐的空修养"，要在自己所接触的具体人和事上磨炼。他说："现在学校的人，当然是将来中国的中坚。然而现在学校的人，准备了没有？准备什么样来担任这重大的责任？旧识才能固然是要的，然而道德信仰——不是宗教——是断然不可少的。"他劝同学们在道德修养方面，最先从自己做起，立个标准，一面严厉约束自己，不跟恶社会跑，一面在朋友间互相勉励，渐次声应气求，久而久之便造成一种风气。①

　　历史就是这样，合理的就是现实的。在中国改革开放初期，中国社会曾经有一个引起普遍共鸣的口号："从我做起，从现在做起。"它就是清华大学化工系学生对自己提出的要求和向全社会青年发出的呼吁，它非常鲜明地反映了清华人的格调。2019 年 12 月，《中国青年报》专门以《青春承担责任　让责任引领人生》为题，举办了"从我做起，从现在做起"提出 40 周年的纪念座谈会。在 20 世纪 70 年代末，中国经历 10 年浩劫之后，正值拨乱反正、改革开放的初期，一方面百废待兴，另一方面举步维艰。广大青年存在着失学、失业、生活没有保障的困境，思想陷入极大的苦闷和迷茫中，存在对社会的信任危机。正如当年万人空巷的电视剧《渴望》的主题歌所唱的那样，"是对还是错，谁能告诉我"。社会对青年很不理解，认为他们是迷茫的一代、垮掉的一代。就是在这个时候，在众声喧哗中，清华大学工程化学系（后改为化学工程系）1977 级 2 班（以下简称"化 72 班"）同学没有怨天尤人，没有犹豫仿徨，而是发扬自强不息的传统反求诸己，喊出"从我做起，从现在做起"这句既不抒情也不高调的话来。1979 年 12 月 6 日，《中国青年报》以《搞四化要"从我做起，从现在做起"》为

---

① 参看孙敦恒：《清华国学研究院的师生情谊》，《清华大学学报》（哲学社会科学版），1997 年第 1 期。

题在头版头条进行了报道，随后，这个口号传遍全国，响彻大江南北，成为那个时代最响亮的青春回答。根据当年化工系同学们的回忆，作为"文革"后第一批大学生，大家当时对中国的发展的确有很多困惑，也提出了各种各样的问题。当时的团委书记贾春旺老师非常敏锐地抓住了这个问题，鼓励和支持同学们按照自己的方式开展讨论。在讨论中，时任化工系党委书记滕藤老师给大家上了一堂党课，提出了两个观点：一是要用发展的眼光看待社会问题；二是人类社会的前进是靠全体大众实践探索甚至纠错，才能有前进，才能有发展，这堂课为同学们提供了发现问题和分析问题的一把钥匙，引导同学们在面对各种困难和机遇时，没有怨天尤人，没有钻营投机，也没有高谈阔论，而是做出了"从我做起，从现在做起"的价值选择。由于这个口号反映了时代的强音和年轻人的心声，一首由清华大学学生集体作词，著名作曲家施光南作曲的歌曲《从我做起，从现在做起》，在20世纪80年代初一下子传遍了大江南北。它的歌词是这样的：

从我做起，从现在做起，投身到新长征的行列中去。从我做起，从现在做起，加入到四化建设事业中去。为了中华腾飞，为了民族崛起，我们要把握今朝，奋发努力，奋发努力。啊，啊，歌唱吧，同学们，同学们，唱响青春的最强音，从我做起，从现在做起，从现在做起。

从我做起，从现在做起，投身到新长征的行列中去。从我做起，从现在做起，加入到四化建设事业中去。满怀革命理想，勇于脚踏实地，我们要面向未来，刻苦学习，刻苦学习。啊，啊，歌唱吧，同学们，同学们，唱响青春的最强音，从我做起，从现在做起，从现在做起。

正是在这种精神的鼓舞下，清华的很多同学都能够放下个人得失，去基层与边疆，去祖国最需要的地方，把自己的青春和一生献给了国家。经过媒体的宣传，这个口号的影响越来越大，也在社会上得到了非常积极和广泛的回应。当年天安门前挖掘地道的青年突击队长还到清华大学学生部赞扬化72班的同学喊出了当代青年的呼声，突击队员感到全国青年都鼓起劲儿来了，信心更足，干劲儿更大，效率也更高了。还有一位60多岁的老大娘邮寄来10元钱，并写了一张纸条说："我从你们身上看到了我们青年人是有出息的一代！"对此，《中国青年报》的评论是：当年清华大学化工系的同学们正是从他们自己做起，从他们当时做起，时至今日，都已经成为了国家的栋梁之材。虽然人们也许并不记得他们的名字和样子，但"从我做起，从现在做起"的口号却成了不朽。"如今40年过去，每一代青年都曾经'迷茫'，都曾被长辈担心'垮掉'。而任何时候，最有效、最不忽悠人的'解药'，仍是这9个字：'从我做起，从现在做起。'"[①]

这种自强不息、反求诸己的价值塑造是清华大学一以贯之的办学思路。当年，清华校长梅贻琦先生在《大学一解》里有一段十分精彩的话。他说："孔子于《论语·宪问》曰，'古之学者为己'。而病今之学者舍己以从人。"这里讲的是，古代的学者通过学习修养自己和反思自己，提高自身的道德修养和做人的境界。而现在有的学者学知识不是自我修养，而是为了追求功利或取悦他人，得到社会的某种奖赏和回报。梅贻琦先生还说："曰安人百姓者，则又明示修己为始阶。"强调自我修养是为人的第一个台阶；"本身不为目的，其归宿，其最大之

---

① 《穿越40年的青春回答》，《中国青年报》2019年12月6日。

效用，为众人与社会之福利，此则较之希腊人之人生哲学，又若更进一步，不仅以一己理智方面之修明为己足也"。古希腊哲学家苏格拉底的智慧是认识自己，而中国的孔子倡导的却是修养自己。这显然是两个不同的境界。一个是认识，另一个则是道德实践。为此，梅贻琦在清华的办学实践中认为，学子自身之修养是中国教育思想中最基本部分，儒家哲学之重心所寄，今日大学生之生活中最感缺乏为个人之修养。①

可以说，"价值塑造"的人才培养理念充分体现并延续了清华人注重德育的传统，以及努力成为"社会之表率"的基本格调。它是中国优秀传统文化的创造性转化和创新性发展，为高等教育的理论与实践提供了一个十分有价值、具有示范性和可操作性的经验。

不漏气

清华人有着不同的格调和丰富多彩的个性，这是清华园的涵养性。清华人的格调中也有非常一致的方面。清华人这种十分鲜明且具有共性的格调，通俗地讲，就是"不漏气"：一般而言，清华的师生员工在校园外通常不会抱怨学校，向别人说清华的"坏话"，而是具有一种非常强烈的归属感和凝聚力。对此，曾经担任北大党委书记的清华校友任彦申先生有过一段比较客观的评述。他说道："清华注意内外有别，'家丑不可外扬'，尽管内部也有不同意见，但对外的声音常常是一致的。如果哪个清华人在外面说了清华的坏话，就会触犯众怒，招致'群起而攻之'。"② 其实，从清华文化的深处可以发现，这种"不漏气"并非是一种单纯的"内外有别"，也不是学校的某种严格要求，而是一种与生俱来的文化秉性和格调。对此，深谙清华文化的学校原党

---

① 参看梅贻琦：《大学一解》。
② 任彦申：《从清华园到未名湖》，江苏人民出版社，2007，第8页。

委书记陈希有一个很好的解释。他认为，清华人这种归属感与凝聚力与早期清华学堂的管理方式及师生关系具有某种非常内在的联系。由于当初留美预备班的学生年龄都比较小，大多是十四五岁的孩子，本身也不太懂事，所以，当时的老师对学生，就像家长对自己孩子一般，而且整个学校就像一家人那样，所以学生们对学校有一种非常强烈的归属感和凝聚力。这是很有道理的。

根据资料记载，清华学堂成立之初就承担了过去办理中国学生留美学习的游美学务处的职能。招收的学生包括两种类型，一种是15 岁到 20 岁；另一种年龄比较小，12 岁到 15 岁。所以，学校对他们采取了一种家庭式的事无巨细的管理，包括学生每个月至少要给家人写两封信，学生的钱要存放在学生储蓄银行里，支取时必须得到学校的同意，而且要记账，甚至连学生的课外阅读书刊也需要学校审定。有一次，梁实秋买了一本《绿牡丹》，晚上躺在床上看，困极了后就随手一抛，后来为此事受到责问。另外，学生的自修课也会受到老师的监督。大家在一起吃饭，有严格的作息时间……据说当时有一位陈姓的斋务长，记得每一个学生的名字和相貌，学生们都很怕他。[1] 由此，使得清华的学生们产生了如同手足的情谊，彼此就像兄弟姐妹一样。

学生们对学校的归属感与凝聚力也间接地得益于清华的地理位置和环境特点。虽然清华园距离北京城只有十余里地，但当时交通工具十分落后，当天不能往返。据朱自清回忆，有一次他去城里看望教务长张彭春，到西直门坐洋车，结果花了三个多小时。[2] 可见，当时清华的交通多么不便利。而且，学校进出管理森严，学生除非有特殊理由请假，一般出去的机会很少。当然，学校本身的文艺与体育活动也是

---

① 参看吴景超：《清华的历史》，《清华周刊·清华十二周年纪念号》1923 年 4 月 28 日。
② 参看朱乔森：《朱自清全集》（第四卷），江苏教育出版社，1996，第 387—389 页。

丰富多彩的，每周都有电影，体育设施也非常齐备，学生们都非常喜欢参加各种活动，故而学校的风气比较纯洁。当然，这也从另一个方面促进了师生之间的感情，以及学生之间的友谊。

清华学生最初入校时大多是十几岁的孩子，没有亲人的陪伴，再加上语言的不通，孤独和悲伤很容易涌上心头。特别是在最初的日子里，寂寞无时无刻不笼罩着每一个初来乍到的学生，有的学生还嚷着要回家。梁实秋、贺麟等人，初到学校时都有这种感觉。[①] 但后来他们就如鱼得水了。因为，友谊就像一股清泉注入了清华这一汪异常平静的湖水中，带来了新的活力。这些友谊产生于知识上的切磋、品格上的涤净、事业上的辅助、情感上的安慰等等。[②] 这样的友谊丰富了他们的学习和生活，陶冶着他们心灵，也贯穿了他们的一生。当他们先后去往异国他乡的美国学习时，身在异乡为异客的感受更是让他们将清华作为连接心灵的纽带与精神归属。而"不漏气"恰恰体现了他们对自己家园的感情与念想。

清华的这种文化基因也影响了学校教师之间、师生之间的关系。据记载，清华国学院的导师虽然都是学术大家，但彼此之间相互尊重，坦诚相待，谦和礼让，友谊真挚。当年吴宓专门将陈寅恪教授推荐给清华。当曹云祥校长问起陈寅恪先生的学位和成果时，梁启超非常生气地说，他自己著作等身也不如陈先生寥寥数百字的价值。陈寅恪先生到校当天则登门拜谒王国维先生，彼此惺惺相惜，相见如故，结为忘年。而陈寅恪先生为王国维先生纪念碑铭的撰文中，"独立之精神，自由之思想"已经成为清华大学的学术箴言。而且，陈寅恪先生虽然被誉为"教授之教授"，但对梁启超、赵元任等先生仍然非常

---

① 参看梁实秋：《清华八年》，江苏文艺出版社，2011，第39页；贺麟：《我的清华生活》，《清华周刊·清华十二周年纪念号》1923年4月28日。
② 参看吴景超：《友谊》，《清华周刊》第271期，1923年3月1日。

尊重，他曾经将梁启超先生比作"南海圣人"①。其实，这种教授之间的益友关系又何止是国学院，在清华园里，教师们之间相互听课，彼此切磋学习，是一种非常普遍的现象。孔子在《论语》中论述人们之间的交往时，曾经说道："益者三友，损者三友。友直，友谅，友多闻，益矣；友便辟，友善柔，友便佞，损矣。"②清华大学教师们正是这样一种益友。师生之间的关系也十分融洽，有一种"鹅湖、鹿洞之遗风"。老师们能够像过去的学园那样带着学生游学；举办茶话会讨论治学方法与处世之经验，收取"观摩砥砺之益"。而且，学生们有问题可以到导师家中请教。非常可贵的是，清华国学院的学生们虽然非常尊重导师，但在学术上仍然可以就不同的见解和观点进行讨论，而导师也能够非常谦虚地接受学生们的学术意见。③正是在这种"益友"的氛围中，清华国学院以及整个清华大学，培养了一批批非常优秀的人才，并且由此形成了良好的学风和校风，酿就了今天这种"不漏气"的文化格调。

可以想象，身处这样如诗如画的校园里，沐浴在如此淳厚的文化雨露中，面对着德高望重的大师和才华横溢的青年俊杰，追求着恢宏崇高的人生理想与学术目标，人们哪里还有工夫去抱怨呢！这种归属感和凝聚力是一种有智慧的人的价值选择，是一批有高尚追求的人对生活的精神享受，也是清华人对母校的一种感恩。一所大学能够达到这样的境界，才是真正的一流。

2019 年秋，加拿大多伦多的一家酒店里聚集了一大批非常特殊的客人。他们就是清华大学北美校友会的第三届校友大会暨首届清华

---

① 参看孙敦恒：《清华国学研究院的师生情谊》，《清华大学学报》（哲学社会科学版），1997年第 1 期。
② 参看《论语·季氏》。
③ 参看孙敦恒：《清华国学研究院的师生情谊》《清华大学学报》（哲学社会科学版），1997年第 1 期。

大学北美校友马约翰运动会的清华校友们。他们来自于北美及其他共44个地区，总共有750多名校友。当地时间9月21日，"西山苍苍，东海茫茫，吾校庄严，岿然中央……"。深情的清华校歌唱响了整个会场。第三届北美清华校友大会隆重开幕，大会以"凝聚力量、共谋发展、引领未来"为主旨，与会校友共叙清华情谊，共商未来发展。邱勇校长对学校近年来发展建设的介绍，让大家为自己的母校感到自豪。而当他深情地谈起清华人的特质时，更是让全场的校友们热血沸腾。他说，清华人之间的感情就像家人一样，对于年长的，希望比自己更健康；对于年轻的，帮助他们成长，希望比自己更好。清华人对母校的感情，就好比季羡林先生"回忆起清华就像回忆我的母亲"，又如同朱镕基总理所感受的"母校对自己人格形成的重要影响"。而清华人离开母校后，依然牢记校训校风，在全球各地为母校的声誉贡献着力量。在9月20日举办的北美校友马约翰运动会上，来自5个国家和地区28个校友会的316名校友和家属参加了乒乓球、网球、羽毛球、高尔夫和长跑5个大项的比赛。在21日晚宴后的联欢会上，不同年龄、不同院系的校友们纷纷登台献艺，节目精彩纷呈，高潮迭起。就连北大的加拿大校友大山也来客串，为大家表演自己为大会专门创作的单口相声……当然，这种校友会活动是需要经费支持的，运动会和联欢会的奖品也是不可少的，而所有的费用全部来自校友的捐赠。这是独一无二的，而且是史无前例的。校友们的热情，积极的参与，全身心的投入，以及彼此之间依依不舍的眼神，还有那些说不完的窃窃私语，以及相互的邀请和承诺，等等，这就是对清华特质最好的表达和体现，也是对"不漏气"最充分的诠释与注解。这就是清华的格调。

清华人是一批什么样的人，清华大学应该为谁培养人，应该培养什么样的人，怎样培养人，这是清华大学必须回答的问题，是清华大学必须不断地扪心自问的问题。当然，这也是清华人应该向中华民族呈交的一份答卷。

后记

　　"清华风格"是清华大学百年来办学实践的产物，是改革开放以来清华人不断探索创新的结果，也是今天清华大学所有师生员工的一种精神风貌的反映和体现，而且是对大学办学理论与实践模式的一次探索。《清华的风格》一书则是对"清华风格"的一次初步的探索和梳理。在整个研究和写作过程中，我们得到了学校领导等多方面的帮助和支持，包括在理念、资料和数据等方面。这里，特别需要提到的有学校老领导方惠坚、贺美英、梁尤能、郑燕康、康克军等；有老教师钱锡康、林泰、白永毅、王孙禺、张德等；有校工会王岩、人文学院刘石、深圳国际研究生院高虹、政策研究室孙海涛、国际处郦金梁和杨庆梅等；体育部刘波、马克思主义学院艾四林、校史馆范宝龙和金富军、科研院王燕、苏世民书院潘庆中、文科处段江飞、教务处苏芃以及王小芳和孙若飞、学生处白本锋、校团委张婷、接待服务中心闻星火、修缮中心潘江琼、餐饮服务中心魏强、后勤处邢毅、绿色大学办公室梁立军、出版社马庆洲、海外宣传办公室林源、图书馆王媛、校友会黄文辉等；还有教育研究院的研究生张玮玮等；以及所有参加"清华风格征文"活动的组织者和参与者。这里，应该特别感谢清华大学教育研究院书记刘惠琴老师，她自始至终领导、支持和参与了这个项目，给予我们非常大的帮助。当然，这个项目从立项、实施，到完成，得到了文科处的指导和鼎力支持，包括在研究经费和出版等方面的帮助。没有大家的支持和帮助，这本书是不可能出版的。为此，必须由衷地感谢大家，包括在这里没有提到，但做出了默默奉献的其他朋友们。

我特别感谢我的两位合作者，他们是清华大学教育研究院的叶富贵教授和清华大学校史馆的李珍老师。他们自己都有十分重要的研究工作和任务，却非常投入地参与了这个项目。叶富贵老师作为这个项目的负责人之一，全程领导参与了征文和研究工作。李珍老师对清华的史料非常熟悉，对清华文化有十分深刻的理解。他们在部分章节的研究和写作中都发挥了十分重要的作用。这里，我还要特别感谢中央文史馆的刘梦溪先生。他对中国近现代文化以及清华大学诸位学者的研究，包括对清华大学办学风格的认识和评价，对本书的内容给予了学理的支持。

实事求是地说，"清华风格"是一个不太容易研究的课题，因为用"风格"去描述一所大学的办学特色，本身也是一种创新；清华大学本身是一个文化资源和底蕴十分深厚的"富矿"，更何况仁者见仁智者见智，一下子很难全面和十分准确地概括和把握其中的价值和内涵，而且本人的学术水平和悟性比较低，写作能力只能是差强人意。所以，如果本书有什么不妥的地方，是我自己的责任。特别是作为一个在清华大学工作为时不长、对清华历史文化与现实研究不够的人来说，挂一漏万或"缺斤少两"的现象肯定是在所难免的。假如在书中有什么说错的地方，或者是片面的分析，或者是无意的纰漏，务必请大家指正和谅解。

不瞒大家的是，整个项目的研究与写作过程总体上是非常愉快的，甚至可以说是一种享受。这是一个思想在历史与现实中不断穿越和旅行的历程，是一个学者在理论与实践之间反复盘桓诘问的过程，也是一个写作者在叙述与评论之间交错行走的过程。我们非常自信的是，我们做了一件非常有意义、有价值的事情。因为，我们研究的是清华大学的发展道路，是一所在中国和世界上具有广泛影响的世界一流大学的历史文化与现实，有助于人们更好地认识清华。在研究和写作过程中，我们常常越写越觉得有味道，甚至是彻夜不眠地思考和琢磨。而且，在写作过程中，我们也不断地得到来自同事、朋友和领导的鼓励，因而也越来越有信心。我们非常清醒地知道，清华的风格是一个开放的话题，我们的研究只是一次抛砖引玉。因为，在清华大学的新百年里，清华风格将不断发展并获得新的内涵，在实践中得到新的更加全面深刻的认识。更重要的是，我们自己就是清华人。如果说，《清华的风格》一书是对清华办学风格的研究和认识，那么，这本书的研究和写作过程，以及其中的思考、观点、表述和评论等，亦是我们对自己的反思：我们自己是不是这样的呢？为此，我们衷心希望能够通过这本书的写作，更好地认识自己，尽可能地有"自知之明"，督促自己做一名合格的清华人。

当然，本书的写作和出版一定要感谢三联书店的唐明星女士。她在我们整个写作提纲的思考和拟定过程中，提出了很有价值的建议，发挥了十分重要的作用，而且在疫情严重时，仍然积极参与讨论，让我们非常感动。同时，也必须感谢三联书店的领导对本书的支持。最后，我必须要感谢我的家人，特别是我的太太郭小莉，她悉心的照顾与可口的饭菜，让我能够在疫情居家期间有充沛的精力全身心地投入阅读、思考与写作。

谢维和

庚子初冬于清华园荷清苑